KB040695

시간 길어 올리기

■일러두기

· 저작권자 표시가 없는 사진은 모두 이경재가 촬영했다.

· 본문의 수채화는 이정숙^{한성대 명예교수}이 그렸다.

· 글에 나오는 음악은 페이지 하단 QR코드에 담았다.

그 설핏한
기억들을 위하여

시간
길어 올리기

이경재 산문집

샘터

책을 펴내며

세 분의 여인이 가까이 계십니다.
갑자생甲子生 98세이신 어머니를 가운데로
위아래 두 살 차이의 장모님과 고모님입니다.
오래된 신고辛苦와 외로움을 이고 계시지요.
모두 연치年齒만큼 몸 가누기가 부치십니다.
"하루가 왜 이리 기냐."는 말을 입에 달고 지내십니다.

시간은 무엇일까요?
눈 깜짝하는 순간들은 이내 세월의 더께가 됩니다.
길거나 짧게 보내는 하루….
한 해도, 사람들마다 다른 속도로 지나갑니다.

시간의 흔적은 언제 들여다보느냐,
마음결의 흐름에 따라 다르겠지만

세월을 그림이나 음악으로 만든다면 나는
모두 아름다우리라 상상합니다.

부대껴 온 세사世事들은 추운 겨울을 견뎌 내야만
비로소 피는 봄꽃처럼 모두 아름답기 때문입니다.
지금 절망뿐인 시간 속에 계신 분들은
무슨 허튼 소리냐고 핀잔주시겠지만 '절망'도 흘러갑니다.
아픔이 일상이 되어 무디어져 가고
어쩔 수 없는 일이라고 받아들이면서…,
세월이 됩니다.

'시간의 우물'에 두레박을 내렸습니다.
뽐내고 설레고 거침없고 벅차고 수줍고 휘날리던 때의 단물,
후회되고 가슴 저리고 부끄럽고 아팠던 센물,

어느새 섞였는지 단물곤물이 되었습니다.
길어 올린 물은…, 맹물이었습니다.

나는 이 두레박질을 통해
반짝 빛났던 시간들은 토닥여 주고,
깊이 번졌지만 이제는 아문 생채기는
어루만져 주고 싶은 속내도 있었습니다.

내가 가 본 곳, 만난 사람, 들은 것, 맛본 것,
부딪치고 느끼고, 읽은 것만으로 된 1인칭의
글이 얼기설기 꿰어졌습니다.
이 글은 내 삶의 행간, 쉼표, 음표音標입니다.

깊고 짙고 때로는 무슴슴한 여백들이
나머지와 어우러지면서 비로소
나의 그림과 음악의 궤軌를 맞출 수 있었을 겁니다.

어설픈 글짓이
겨우 순해진 물을 흐려 놓는 팔매질이 되는 게 아닌가
두려움도 스쳐 갔지만….

그러나… 소슬바람에 퍼뜩 깬 한낮의 선잠 속 꿈처럼
내가 나비가 된 건지 나비가 나인지….
모든 것은 물살에 쓸려 가듯 허망하다는 것도
다시 깨달았습니다.

지금도 가뭇없이 지나가는 모든 분들의 '시간'에 경의敬意를!

2021년 11월 이경재

차례

02 그곳, 그 설핏한 기억들을 위하여

03 시간 길어 올리기

04 물 마시고, 낯 씻고, 숨 쉬며

01

호모 사피엔스
인간
사람

브루니 그리고 칸트

좋은 노래는 여러 가수들이 리메이크해 부르는 경우가 많다. 듣는 이의 취향에 따라 오리지널보다 더 좋은 경우도 많은데, 그래서 나는 최백호의 「열애」를, 장사익의 「봄날은 간다」를, 인디안 수니의 옛 노래들을 더 좋아한다.

1960년대 말, 태미 와이넷이 부른 컨트리 뮤직 「스탠바이 유어 맨 Stand by your man」을 오래 즐겨 들었지만, 몇 년 전 이태리 출신의 프랑스 가수 카를라 브루니의 『프렌치 터치』 앨범에 수록된 같은 제목의 노래를 들은 후 나는 세상을 떠난 지 한참 된 태미 와이넷을 몰래 버리고 이 여자를 택해 버렸다. 브루니의 「스탠 바이 유어 맨」은 그 후 〈밥 잘 사 주는 예쁜 누나〉라는 달달한 드라마에 OST처럼 들어가면서 엄청 떠오르는 노래가 되었고, 그 인기의 세를 몰아 2018년 11월 브루니의 내

한 공연이 마침내 성사되었다.

경희대 평화의 전당 4천여 석을 거의 가득 메운 청중 앞에 청바지와 흰 셔츠 차림의 늘씬한 그녀가 드디어 나타났다. 낮게 깔린, 특유의 속삭이는 듯한 목소리, 아주 심플한 율동 속에 공연이 시작되었다. 비교적 앞자리에 앉은 나는 노래에 빠져들기보다는 마치 CSI의 수사관이라도 된 양 두 시간여 그녀를 관찰하는 데 집중했다. 도대체 그 무슨 매력, 무슨 마성 때문에 그 많은 스타, 셀럽 들이 그녀에게 무릎을 꿇었는가!

브루니를 안 지는 제법 됐다. 금세기 초 『누가 내게 말했어요Quelqu'un m'a dit』라는 1집 앨범을 우연히 들은 후 나는 범상치 않게 속삭이는 이 여자를 소년처럼 흠모하기 시작했는데, 나오미 캠벨과 함께 당대를 대표하는 최고의 모델, 잘나가는 싱어송라이터 등등은 시시한 경력일 뿐, 그녀를 정작 돋보이게 한 것은 어느 남자든 점찍는 대로 결판을 내

브루니는 2020년 새 앨범 『Un grand amour』를 냈다. ⓒ Raph_PH

는 장엄하다시피 한 남성 편력이었다. 롤링 스톤스의 믹 재거, 기타의 신 에릭 클랩튼, 미국 영화배우 케빈 코스트너, 프랑스 인기 배우 뱅상 페레즈 등등 그녀가 데리고 놀다 놓아 준 유명인들의 이름을 대기만 하는 것도 벅차다. 사실 그녀의 대선배가 한 분 있다. 오스트리아의 작곡가 구스타프 말러의 부인이었던 알마 말러(1879-1964). 그녀는 화가 클림트, 시인 릴케, 건축가 그리피우스, 연극인 부루카르트 등 쟁쟁한 각 방면의 인재들을 거느렸었다.

자, 이제 브루니의 사냥 편력의 클라이맥스.

20세기 말, 그녀는 프랑스의 저명한 철학자이자 저널리스트인 19세 연상의 석학 장 폴 앙토방과 동거를 시작하는데, 동거 1년 만에… 그의 친, 진짜진짜 친아들이자 역시 철학자이자 그녀보다 일곱 살 연하인, 프랑스 철학계의 거두 베르나르 레비의 사위이자 예비 아빠 라파엘 앙토방당시 그의 부인은 임신 중과 사랑에 빠졌고 결국 둘 사이에 아들 오를리앙 앙토방이 태어났다. 그녀는 아버지 앙토방과는 '플라토닉' 관계였다는 명언을 남기고 몇 년을 잘 살았다.

더 드라마틱한 완결 편은 하나 더 있다.

2007년, 그녀는 엘리제궁 파티에서 프랑스 대통령 니콜라 사르코지

Stand by your man
Carla Bruni

를 만났고, 1년 후 그를 재임 중 이혼하는 첫 번째 프랑스 대통령으로 만들었다. 둘은 바로 결혼한다. 얼마 후 나는 사르코지가 활짝 웃으며 오를리앙 앙토방을 목말 태우고 브루니와 걷고 있는 외신 사진을 본 기억이 있다.

　이마누엘 칸트는 "사람은 모두 내재적 도덕률을 갖고 태어난다."라고 일찍이 주장하시었는데, 이 여자 브루니는 대신 '내재적 ○○률'을 갖고 태어난 게 분명한데, '○○'은 읽는 분들이 채워 넣으시라.

　어쨌든 그래도 난 그녀를 좋아하는데, 그녀의 노래 「내가 제일 잘났어Le plus beau du quartier」를 한번 들어 보시압.

Le plus beau du quartier
Carla Bruni

우조 향흔香痕

우조OUZO라는 이름의 그리스 술은 독특하다. 소주처럼 투명한 이 술에 물을 붓거나 얼음을 넣으면 젖빛으로 변한다. 아니스anis라는 식물의 추출물을 넣은 증류주로 박하향이 강해 얼른 친해지기 힘들지만 묘한 감칠맛의 중독성이 있다. 40도의 독한 식전주인데 그리스 사람들은 우리의 소주처럼, 국민주인 양 아무 때나 마신다. 주한 그리스 영사관 지인으로부터 한 병 선물을 받아 처음 맛을 알게 됐다. 그 후 그리스로 여러 차례 출장을 가면서술이 약해 한 두잔 마시면 금세 불콰해지면서도, 제법 오랫동안 우조의 풍미에 빠진 적이 있는데, 이 술을 구하기가 쉽지 않아 못 마신 지도 이제 몇십 년은 되어 가나 보다.

불과 4-5년 남짓 맛보았던 이 술은, 그러나 가끔씩 떠오르는 진솔한 옛 친구처럼 머리 한 모서리에 남아 있는데, 사람에 대한 추억도 마찬

가지이려니.

　오래전 몇 번 만났던 사람 중에 '나의 우조'처럼, 여운처럼 남아 시나브로 생각나는 경우가 비단 나에게만 있지는 않을 터인데.

　1993년 2월, 아테네 아크로폴리스 언덕 파르테논 신전의 야경이 멀리 보이는 인터컨티넨탈 호텔의 한 객실에서 우조를 마시며 밤이 이슥하도록 두런두런 얘기를 나누던 선생과의 기억이 가끔 생생히 떠오른다.

　당시 경향신문 논설 주간이던 그, 이광훈 선생과는 회사와 경향신문

· 「파르테논, 시간 속으로」 24cm X 32cm

과의 인연으로 몇 차례 여러 사람들과 자리를 같이한 적이 있을 뿐인데, 회사 행사 관계로 우연히 어울리게 된 그날 저녁은 무슨 얘기를 나누었는지 지금은 아무 기억도 없지만, 선생의 구수한 입담과 이국의 정취와 우조의 취기가 어우러져 오랜 지기라도 된 양 자정을 훌쩍 넘어서까지 정담을 나누었다.

큰 키의 꾸부정한 모습, 독특한 해학과 유머로 어떤 자리이든 휘어잡는, 묘한 안동 사투리(?)가 오버랩되는 선생에게 그날 밤 매료된 후론 그의 글들을 찾아 읽는 재미에 빠졌다. 일찍이 월간『세대世代』지의 초대 편집장을 지낸 문학 평론가답게 문화계 인사들과의 폭넓은 교류에서 축적된 '이런 실화'와 '저런 야사' 들은 '이광훈의 창고' 안에 가득했다. 특히 나는 선생의 문화 마당 얘기를 좋아했다. 신문에 연재되던 사설, 칼럼 들도 동東과 서西, 고古와 금今을 종횡무진하는 해박한 지식과 버무려져, 둔한 필법인 것 같지만 정곡을 찔렀고 글의 알맹이는 준엄했다.

누구나 좋아해 많은 지인들 사이에서 빠질 수 없는 좌장으로서의 자리를 확고히 했던 선생은 2011년 초, 무슨 긴한 볼일이 저세상에 있기라도 한 양 급하게, 그러나 조용히 이승과 별리했다. 남은 이들에게 그해 설날 즈음은, 허망했다.

사후 1년, 당대의 언론계, 문화계 인사들이 뜻을 모아 그를 추모하는 문집을 발간했다. 워낙 선생을 송덕하는 사람들이 많고 또 선생이 평생 써 온 글들을 요연하게 정리해 놓아 3권으로 된 문집을 발간하는

데 별 어려움이 없었다고 편찬 위원들은 회고했다. 책의 머리말 「문집을 펴내며」 중의 다음 구절은 선생을 모르는 사람이라도 한 시대를 풍미했던 한 언론인, 한 문화인의 향훈을 가늠할 수 있다.

"그의 글은 평이하고 모나지 않는, 누구를 몰아세우거나 고통을 주지 않고도 할 말을 다하는 글의 비법을 체현하고 있다. 이 문집이 범상치 않은 형의 전모를 다 말하지 못한다 해도 그가 평생을 간직하고 살았던 배려와 겸양과 총명의 한 자락을 읽는 이들은 엿볼 수 있기를 바란다."•

오늘, 소설小雪, 경향신문 2001년 4월 26일 자에 실린 칼럼의 한 부분을 다시 꺼내 보며 선생을 기리고 싶다.

지난해 말에 타계한 미당 서정주 시인은 회갑을 맞던 해인 1975년 겨울, 제주도 여행길에 올랐다. 제주의 지인 몇몇이 이곳저곳을 안내한 뒤 저녁에는 오랜만에 서울에서 내려온 시인을 위해 술자리를 마련했다. 대부분의 술자리가 그렇듯 분위기가 무르익자 옆자리에서 술시중 들던 여종업원에게 노래 한 곡 하라고 졸랐던 모양이다. 그러나 그 종업원, 노래에 자신이 없었던지 대신 시를 한 수 읊겠다며 미당의 시 「국화 옆에서」를 암송했다.

• 『이광훈 문집』 발간 위원 이종석의 글

마침 바닷가에 눈도 내리겠다, 시 한 수 감상하는 것으로 끝났으면
아무 일 없었을 것을, 어느 짓궂은 친구가 미당을 가리키며 바로
이 사람이 그 시를 쓴 서倫 아무개라고 소개한 게 탈이었다. 그 나
이 어린 종업원이 갑자기 미당의 품에 쓰러져 흐느끼기 시작한 것
이다. 아마도 시를 암송하며 꿈을 키우던 여고 시절을 떠올리다 왈
칵 설움에 북받쳤던 모양이다. 그 이후의 술자리가 어떠했으리라
는 것은 물어보나 마나다. 어린 나이에 술자리에 나앉은 그 '계집
애'가 마음에 걸렸던지 미당은 그날의 사연과 감회를 시로 남겼다.
「눈 오는 날 밤의 감상感傷」이 바로 그것이다.

제주에서 떠돌다 맞은
회갑 때 크리스마스 날 밤
눈 내리는 바닷가
주막에서 만났던 그 계집애-
고등학교 2학년 국어책에서 배웠다고
내 시 「국화 옆에서」를
고스란히 외여 읊던 그 계집애
짓궂은 어느 술친구가 작자 나를 소개하자
내 곁에 와 내 마고자에
두 눈 묻고 흐느끼던 그 계집애
눈 내리는 이 밤은 또 어디메서 울고 있는가
눈물도 말라 인제는 캬랑캬랑하는가

Time to say goodbye

1985년 11월, 국제 복싱 연맹이 주최하고 한국 연맹이 주관하는 제4회 월드컵 복싱 대회가 잠실 체육관에서 열렸다. 서울 올림픽을 앞두고 리허설처럼 열린 이 대회에는 국내에서 열린 국제 경기로는 처음으로 당시 미수교국이던 공산권 국가들이 많이 참가했던 의미 있는 행사였다. 대회 기간 중 열린 국제 복싱 연맹 집행 위원회에도 공산권 위원들이 모두 참석했다. 서울 올림픽에 공산권 국가를 참가시키겠다는 국가적 목표 아래, 여러 상황을 시뮬레이션하기 위한 전략적 목적을 가졌던 이 행사그전에 열린 1980년 모스크바 올림픽과 1984년 L.A. 올림픽은 이른바 자유 진영과 공산 진영만 각각 참가했던 반쪽 대회였다.

정부 당국은 행사 유치 단계에서부터 세심한 관심을 기울였다. 특히 당시 국가 안전 기획부 관련 요원들은 공산권 요인들이 입국하기 전부터 긴장하고 분주히 움직였다. 그 몇 해 전부터 복싱 연맹 관련 업무를 부업처럼 했던 나는 경기 부문을 뺀 이 대회 운영을 맡으면서 본래 일 이외에도 국정원 요원들의 활동을 도와주는 데도 시간을 쪼갰다.

몇 차례 국제 대회와 행사를 다니면서 나는 당시 국제 연맹 집행 위원이었던 동독의 칼 베어를 비롯해 소련, 불가리아 등 공교롭게도 공산권 집행 위원들과 말도 제대로 안 통하면서도 꽤 가까운 사이가 되었다. 그중 특히 각별했던 베어는 동독 정보기관 요원이라는 믿을 만한 정보를 들었는데…. 국정원 담당 요원은, 베어가 어느 레벨이냐고 슬쩍 던진 내 유도 물음에 잠깐 빙긋 미소 지었을 뿐 아예 대꾸도 안 했다.

그런데 당시 내 개인적 관심은 과묵하고 전형적 독일 병정 스타일의 베어가 여러 차례 내게 자랑했던 동독의 '헨리 마스케'라는 미들급 복서에게 있었다. 베어는 시합 전 열린 환영연에서 마스케를 내게 소개했다. 키 190센티미터, 조각 같은 마스크를 가진, 스무 살이 갓 넘은 그는 첫눈에도 매력적인 선수였다. 마스케에 대해 아무런 정보가 없는 내게 베어는 시합을 지켜보라며 연신 엄지손가락을 치켜세웠다. 왼손잡이 아웃 복서인 그는 역시 베어 말대로 출중했다.

날카로운 원투 스트레이트가 일품인 그는 당시 최강의 쿠바가 불참한 틈을 타 승승장구 경기를 휩쓸었다. 나는 경기를 보면서 점점 그에게 매료됐고 짬이 날 때마다 그를 찾아다녔다. 내 업무와 상관없는 체중 측정장에도 가 그와 마주쳤고 시합 전 선수 대기 장소에서도, 식당

헨리 마스케의 코치 유니폼에 적힌 DDR는 Deutsche Demokratische Rep. 옛 동독 국가명이다. ⓒ Bundesar chiv

에서도 만나면서, 베어와 내가 가깝다는 것이 상승 작용을 더했는지 제법 친한 사이가 됐다.

　월드컵 대회는 대륙 간 경기로 유럽 대표 팀 소속이었던 그는 결승 전에 올랐고, 북미 대표 팀 소속인 미국의 갤런드를 꺾고 금메달을 땄 다. 물론 나는 메달을 걸고 내려온 그를 링 사이드에서 포옹하며 축하 해 주었다. 대회가 끝나고 헤어질 때는 제법 오래 석별을 나누었다. 다 음 해 미국 네바다주 리노에서 열린 세계 선수권 대회에 가서도 그의 준우승을 지켜보았고, 서울 올림픽에서 금메달을 따는 모습도 가까이 서 보았다.

　그런데 세계 선수권 대회나 특히 올림픽의 경우 관련자가 출입할 수 있는 지역Access zone이 엄격히 제한된다. 링사이드, 선수촌 등의 출입이 허용된 'AD 카드'가 없었던 나는 서울 월드컵 때와 달리 아무 데나 맘대로 다닐 수 없었다. 그래서 마스케와는 우연히 마주쳐 잠시 반갑게 악수를 나누거나 멀리서 보고 손을 흔드는 정도에 만족해야 했다.

그와의 인연은 그게 끝이었다.

올림픽 챔피언인 그는 1989년 세계 선수권 대회에서도 챔피언이 되면서 동독의 스타가 되었다. 1990년 독일이 통일되던 해에 프로로 전향한 그는 1993년 미국의 윌리엄스를 물리치고 IBF 라이트 헤비급 챔피언이 되었고, 프로 통산 32전 31승11KO 1패의 기록을 세우며 독일의 유명 인사, 스포츠의 '영웅'이 된다. 축구 다음으로 인기 있는 스포츠가 복싱인 독일에서 그의 시합이 중계되는 주말 밤이면 독일 RTL 방송은 당시 최고의 시청률을 기록했다.

✳

이 글은 그의 프로 전적 가운데 유일한 1패에 관한 얘기에서 비로소 시작된다.

마스케는 미국 버질 힐과의 IBF 11차 방어전을 자신의 은퇴 경기로 미리 발표했다버질 힐은 L.A. 올림픽 때 우리나라 복싱 사상 최초의 올림픽 금메달을 딴 신준섭 선수와 결승에서 맞붙어 졌던 선수다.

마스케는 평소 친하게 지내던 네 살 위의 유명한 영국 여자 가수 사라 브라이트먼에게 은퇴 경기 때 열리는 오프닝 무대에서 자기를 위해 노래를 불러 달라고 간청한다. 1986년『오페라의 유령』에서 크리스틴 역을 맡으며 이미 스타 반열에 올라 있던 사라, 1992년 바르셀로나 올림픽 폐막식에서 호세 카레라스와 올림픽 공식 주제가를 불러 더 유명해졌던 그녀는 이 요청을 흔쾌히 수락했다. 무슨 노래를 부를까 생각하면서 그녀는 이태리로 여행을 떠난다. 나폴리 근교 한 카페에 들렀다가 흘러나오는 노래를 듣던 그녀는 그 노래에 꽂혀 가수를 수소문한다. 사라가 매료된 그 노래는 1994년 이태리 '산 레모 가요제'에서 신인상을 수상했던 가수가 1995년 같은 가요제에서 불러 4위를 했던 곡, 이태리의 F. 사르토리 작곡, L. 콰란토토 작사, 「당신과 함께 떠나리 Con te partirò」였다. 사라는 그 신인 가수를 만난다.

그는 피사 대학뜬금없는 얘기지만 갈릴레이도 이 학교 출신이다. 법학과를 졸업한 서른일곱 살의 변호사 출신, 선천적인 녹내장을 앓았으며 열두 살 무렵 축구 시합을 하다가 머리에 충격을 받고 시력을 잃은 안드레아 보첼리였다. 사라는 그에게 마스케를 얘기하며 이 노래를 함께 부르자고 제안했다. 보첼리는 두 사람의 명성을 익히 알고 있던 터라 흔쾌히 수락한다. 이태리어로 된 「Con te partirò」 가사는 영어로 바뀐다. 「Time to say goodbye」가 태어난 순간이었다.

Time to say goodbye
Andrea Bocelli & Sarah Brightman

1996년 11월 23일, 독일 바이에른 뮌헨의 올림픽 공원, 강철 케이블 위에 유리 아크릴 덮개로 씌워진 독특한 형태의 올림픽 홀. 2만 2천 관중석이 가득 찬 가운데 마스케의 은퇴 경기가 시작됐다. 2천만 명이 TV로 이 경기 중계를 지켜보았다고 보도됐다. 두 가수는 게임 시작 전 링 위에 임시로 만든 무대에 올랐다. 손을 맞잡고 「Time to say goodbye」를 불렀다. 절창이었다. 독일 영웅의 은퇴 경기에 꼭 맞는 송가였다.

　　그런데 마스케는 이 경기를 2-1 판정으로 졌다. 드라마틱한 승리를 열망했던 관중들은 크게 실망했지만 곧 마스케에게 위로와 격려의 큰 박수를 보냈다.

　　인상 깊은 장면은 바로 이때 펼쳐졌다. 블루 코너, 링의 맨 아래 줄에 올라선 그는 눈을 감고 고개를 숙이다가 관중들의 환호에 울컥했다. 마이크를 잡고 그동안의 응원에 감사의 인사를 하는 그의 눈에 눈물이 맺혔다. 캔버스에 무릎을 꿇고 흐느끼던 그는 일어나 관중들에게 손을 흔들었다. 그 순간 「Time to say goodbye」가 경기장에 다시 흘러나왔다. 노래는 슬프게, 슬프게 퍼졌다. 후렴구를 따라 부르는 관중도 있었다. 누가 따로 연출하지 않은 뭉클한 장면이었다. 그는 노래와 관중들의 함성을 뒤로하고 서서히 경기장을 빠져나갔다.

　　독일 스포츠의 영웅을 위한 이 노래는 올림픽 홀에서 이렇게 긴 여운을 남기며 세계인이 좋아하게 되는 명곡으로 거듭난 것이다.

　　안드레아 보첼리와 사라 브라이트먼은 런던 필하모닉 오케스트라와 함께 이 노래를 녹음했다. 이 싱글 앨범은 독일과 이태리에서 각각 3백여만 장씩, 세계에서 모두 1,200만 장이 팔렸다. 이 노래를 계기로 보첼리는 완전히 월드 스타의 반열에 올라간다.

한때 내가 알았고 좋아했던 복서를 통해 이런 멋진 노래가 비롯되었다는 '나만 간직한 인연'을 그동안 남몰래 즐겨 왔다. 이 노래를 들을 때마다 마스케와 그 옛날 잠깐 만났었던 순간들을 떠올리고는 했다.

이런저런 우연 땜에 인생은 더 재미있는데, 그 즐거움을 오늘은 슬쩍 공개하고 싶다.

마스케는 은퇴한 지 11년 되던 2007년 3월 31일, 1패를 안겼던 버질 힐과 뮌헨에서 재대결해 3-0으로 완승, 복수에 성공한다.

복싱계에서 완전히 은퇴한 후 인기의 여세를 모아 2010년 〈맥스 슈멜링〉이라는 복싱 챔피언 일대기를 다룬 영화에 주연으로 출연했으나 '목석같은 연기'로 웃음거리가 되는 KO 패를 당한다. 2012년에는 독일 스포츠 명예의 전당에 입성한다. 그러나 그는 높았던 영웅의 자리에서 서서히 내려온다. 리더십과 동기 부여 관련 강연도 가끔씩 하는 그는 독일 내 맥도날드 햄버거 지점 10개를 운영하며 현재 쾰른 근교에서 부인, 두 딸과 함께 살고 있다.

구도자

얼마 전 타이완을 잠시 여행했다. 타이루거太鲁閣 협곡이나 예류野流 지질 공원은 역시 빼어난 풍광이고, 지우펀九份은 사람과 풍물 구경으로 제격이다.

그중 양명산 길목 지선 공원을 지나 산 왼편 중턱에 중국 황궁을 본 떠 지은 '국립 고궁 박물원'은 얼마를 보아도 질리지 않을 보물 창고다. 세계 4대 박물관으로 꼽히는 이곳 소장물의 질과 양은 정상급이다. 1928년 국민당 정부의 북벌 성공으로 그들의 품에 들어간 북경 고궁 박물원에 있던 송-원-명-청나라 때 유물들은 기구한 역사 속에 헤매다가 1948년 국민당 정부가 타이완으로 퇴각할 때 함께 옮겨진다. 쑨원 탄생 1백 주년을 맞아 1965년 개관한 박물원 소장품은 70만 점이라는데 중국이 이 박물원 때문에 배가 아픈 지도 이제 백 년을 향해 간다.

이곳에는 관람객들이 많이 몰리는 곳이 몇 군데 있다. 동파육東坡肉을 조각한 육형석肉刑石, 옥으로 만든 배추에 여치가 올라가 있는 취옥백채翠玉白菜, 서태후가 소중히 여겼다는 벽옥碧玉 병풍 등등은 명품 중의 명품이다. 나는 꼭 빼지 않고 들르는 곳이 하나 더 있다. 옥과 산호 등 작품을 모아 놓은 집경조集瓊藻 컬렉션에 있는 투각된 상아 볼, 상아투화운용문투구象牙透花雲龍汶套球 앞이다.

청나라 시절에 만들어졌다는 이 상아 투구. 내가 가진 박물원 도록이 축소판이라 그런지 자세한 설명은 없는데 3대 90여 년 걸려 만들어졌다고 현지 가이드들이 호들갑을 떠는, 히스토리가 확인되지 않은 이 상아구를 한마디로 설명하기는 어렵다.

직경 15센티 정도의 동그란 상아 볼 안에 정교한 문양이 투각된 상아 볼이, 그 안에 또 투각된 상아 볼이, 마치 목각 인형 속에 조금 작은 인형이, 그 안에 또 작은 인형이 들어 있는 러시아 인형 마트료시카처럼, 각각 따로 투각된 얇은 상아 볼 17개가 저마다 자유롭게 움직이는 가운데 맨 끝에는 새끼손톱 크기의 작은 볼이 있는 다층구의 볼이다. 물론 이어 붙인 것이 아니고 통상아를 깎아 들어가 만든 것이다. 진열장 앞에는 항상 사람으로 북적인다. 모두들 탄성과 함께 "도대체 어떻게 만들었을까."가 여러 나라 말로 동시에 엉킨다.

그런데 이 상아 투구는 한국에도 있다. 한국 상아 투구는 1980년대에 만들어졌으며, 상아 볼의 수는 23개다.

일본에도 있다. 간사이 지방 '아가페 오쓰루 미술관' 4층 특별 전시

왼쪽이 장주원 작품. 오른쪽은 고궁 박물원 소장품

실에도 상아 조각가 시미즈 노부오 작품 상아구가 있다. 미술관 홈페이지를 통해 사진으로만 보았는데 모두 몇 구인지 설명은 없다. 인터넷을 찾아보면 어떤 한국 컬렉터도 이런 상아구를 입수했다고 사진으로 소개가 되어 있는데, 역시 몇 구인지, 누구 작품인지는 안 나와 있다.

'제임스 달가티 퍼즐 뮤지엄'이라는 홈페이지에 들어가면 이것을 어떻게 만드는지 설명이 있다. 선반 위에 상아 볼을 놓고 중심까지 드릴로 10여 개의 구멍을 뚫은 후 L 자형의 공구로 안쪽부터 볼을 깎아 만든다는 것인데 설명도 황당하고, 상상도 벅차 조금 생각하다 포기할 수밖에 없다. 처음에는 고궁 박물원과 한국, 두 곳에만 있는 것으로 알았다. 그 후 일본, 또 다른 한국인 소장자를 알게 되어 상아구에 대한 신비감은 반감되었지만, 그러나 1980년대 한국에서 만든, 아마도 가장 많은 볼이 들어 있는 상아구를 나는 직접 보았다. 만지면서 한참을 들여다보았다. 또 만든 분을 잘 안다.

중요 무형 문화재 100호 옥장玉匠 장주원(1937-) 선생이다.

선생은 하늘의 조화로 이루어진 묘한 재주를 가졌다고 표현할 수밖에 없는, '천공天工'이다. 장 선생을 안 지는 30여 년 가까이 된다. 그 무렵은 이미 장 선생이 옥공예에서 독보적인 경지에 올라 큰 일가를 이룬 때다. 그의 작품들을 설명하기는 쉽지 않은데, 쇠사슬을 대입하면 이해하기가 그나마 수월할까. 큰 옥돌 몸통에서부터 사슬을 만들어 나가는데 고리들이 계속 이어져 수십 개가 엮어진다. 연결 부위가 없음은 물론이다. 이 옥사슬은 결국 다시 몸통의 다른 부분으로 연결된다.

처음 상아구를 보고 벌어진 입이 옥사슬을 보고 다물 수 없었다. 장 선생은 손가락 굵기의 갈지자 모양의 산호로 만든 담배 빨부리도 보여주었다. 도대체 여기에 어떻게 구멍을 뚫어 관통을 시켰을까? 통옥을 깎아 만든 주전자도 있다. 물 나오는 주둥이가 매끄러운 곡선을 이루며 휘어져 있다. S 자로 굽어진 이 속을 어떻게 뚫는단 말인가? 나는 몇 개 작품을 보면서 무엇에 홀렸는지 아님 환상에 빠진 건지 헷갈렸다.

                                    ✳

　선생은 용 모양의 옥지휘봉을 만들어 달라는 한 의뢰인의 부탁을 받
았다. 어떤 용을 모델로 할 것인가 문헌도 찾았으나 마음에 똑 드는 문
양이 없었다. 용에 깊이 빠진 그는 하루 종일 멍하니 용 생각만 했다.
가족들은 며칠을 말없이 뭔 생각에 골똘한 그를 이상하게 보기 시작했
다. 그러다가 어느 순간 그는 피우던 담배 연기가 흩날리는 모양을 용
으로 착각했고 "바로 이거다." 하며 '유레카'를 외쳤다. 가족들은 허공
을 손가락으로 가리키며 소리치는 그가 비정상적인 상태가 된 것으로
판단했고, 결국 그는 정신 병동으로 강제 이송 되기에 이른다. 물론 진
단 결과 정상임이 밝혀져 며칠 후 집으로 돌아왔지만 그의 작품 세계
를, 또 그가 어떻게 작품에 몰입하는지를 극명하게 드러내는 일화다.
글을 쓰기 전 이 얘기를 좀 쓰겠다고 전화로 승낙을 구했다. 선생은
"아, 쓰시오."라고 구수한 남도 사투리로 쾌히 승낙을 해 주었다.

　그는 그의 예술, 작품에 대해 2차원, 3차원의 세계를 넘어 4차원의
세계까지 넘나들면, 설명을 할 수가 없다고 했다. 감각으로 공간을 처
리하다가 그것이 극에 달하면 매직이랄까 미쳤다는 소리를 듣기에 딱
이라고만 설명하는데 난들 더 이상 알아들을 수가 있나.

　선생은 어려서부터 손재주가 뛰어났다. 모교인 문태고등학교의 모
표는 중2 때 교내 콘테스트에서 뽑힌 그의 작품이다. 22세 때 서울 종
로 금은 세공장에서 기술을 익히기 시작했고, 27세부터 옥공예에 손
을 댔다. 1980년 고향 목포 죽교동에 공방을 차리고 본격적인 옥공예

를 시작한다.

스승도 교과서도 물론 없었다. 타이완 고궁 박물원이 유일한 스승이었다. 중국과 수교 이전, 오직 이곳만이 그가 비빌 언덕이었다. 그는 '셀 수 없이' 이곳을 찾았다. 아침에 박물원이 문을 열자마자 우유와 빵을 들고 들어가 하루 종일 옥 작품들을 뚫어져라 보고 있노라면 문 닫는 시간이 된다. 그러다 아이디어가 떠오르면 스케치하고 귀국하여 공방으로 달려갔고, 이런 생활은 몇 년 계속됐다.

결국, 옥을 잇거나 붙이지 않고 통옥을 그대로 둔 채 깎고 뚫어 내는 이른바 '뚫새김 방식', 신기를 바탕으로 한 예술이 탄생한 것이다. 옥을 다루는 기술이 뛰어난 중국에서도 그를 따를 사람이 없다고, 중국에서도 인정해 주었다고 그는 자랑한다. 경도 약 6.5도의 옥을 선생은 발틀, 쇠톱, 치과용 드릴 등으로 다룬다. 옥보다 강한 금강사金剛砂를 공구에 붙여 연마재로 이용한다.

목포항이 내려다보이는 언덕에 그는 살고 있다. 기념관이 '갓바위 문화타운'에 있지만 그는 바다가 보이는 이 집 울타리 안에 있는 중요 무형 문화재 전수 교육관에서 주로 작품을 만든다.

한때, 선생의 집 넓은 정원에 크게 휘어지다가 위로 힘차게 뻗어 올라간 '명품' 해송이 한 그루 우뚝 서 있었다. 그의 작품같이 빼어난 이 해송은 바닷가 절벽에 걸려 있던 것인데 어찌어찌해서 그의 손에 들어왔다. 그는 침이 마르게 해송을 예찬했다. 일본인들이 몇 사람 와 보고 부르는 대로 쳐 줄 테니 넘겨 달라는 것을 단호히 거절했다고 무용담처럼 으쓱하던 그는 소년같이 순진한 마음을 지금도 갖고 있다.

가끔씩 해송의 안부를 물을 때마다 "좋다."던 선생은 몇 년 뒤 해송의 죽음을 알리며 진심으로 애통해했다. 해송을 처음에 얼마 주고 손에 넣었느냐는 내 물음에 지금은 생각이 안 나지만, 꽤 큰돈을 주었다고 고백하고는 "집사람에게는 0을 하나 빼고 얘기했는데도 지청구를 들었다고 비밀을 지켜 달라." 당부했었다. 그러나 해송이 사라진 지도 십수 년, 없는 흔적이 이젠 비밀일 리 없다.

선생은 팔순을 훌쩍 넘은 요즘 평생의 역작, 녹옥향로綠玉香爐를 만드는 데 혼신을 다하고 있다. 높이 80센티미터, 폭 50센티미터 크기의 이 향로는 네 겹의 체인을 몸체에 두르는 것 등 "내가 가진 모든 재주를 다 쏟아부은 작품"이라고 한다. 한때 30여 명의 문하생까지 있었으나 모두 그만두고 남은 3명만이 그를 돕고 있다. 그는 작품 제작 과정을 일부 빼고는 보여 주지도 않고 설명해도 못 알아듣는다고 내 호기심을 만류한다.

노력과 감각, 그리고 스스로 표현한 '미친' 4차원 매직으로 그는 녹옥향로에 매달려 있다. 평생을 정진해 온, 옥을 향한 구도의 길의 막바지인 모양이다.

피아니스트 알프레드 브렌델(1931-) 체코 출신 오스트리아인에게서 나는 개인적으로 구도자의 냄새를 맡아 왔다. 그래서 그를 오래전부터 좋아했다. 하이팅크가 지휘하는 런던 필하모 닉 오케스트라와 협연한 베토벤 피아 노 콘체르트 5번 「황제」, 1976년 필립 스 LP판은 내 소장품 중 하나다. 이 디 스크 재킷에 실린 브렌델의 사진은 아 주 인상적이다. 두툼한 렌즈의 안경, 팔짱을 끼고 턱을 괸 그의 오른손 검 지, 중지 끝은 두툼한 반창고가 가로세 로 한 번씩 감겨 있다. 지문이 닳도록,

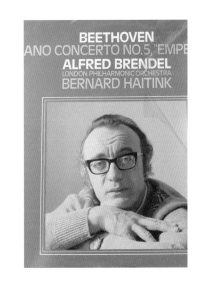

건반에 닿는 손가락 끝이 아파 손가락을 보호해야 할 정도로 그는 평생 피아노에 정진했다. 2008년 건강에 이상이 생긴 것도 아닌데 그는 "때 가 되었다."라고 구도자의 음악을 끝냈다.

예藝는 구도의 경지에 들어서야 영롱해지는 것 같다. 구도자 장주원 은 불가사의한 심연 속에 있어 다가가기가 어렵다.

구도자 브렌델의 피아니즘Pianism은 맑고 깊다.

다른 길을 가는 두 사람은 내 가슴을 잔잔하게 흔든다. 그래서 나는 사는 게 신난다.

Beethoven Piano Concerto #5 Emperor
Alfred Brendel

C 형

새로운 해가 시작됐다고 덕담을 주고받은 지 달포가 훌쩍 넘었습니다. 새 아침을 맞아 새 다짐을 해 온 지가 그동안 얼마큼인지 굳이 헤아리기를 접어 두고 싶어 하는 이들도 제법 있습니다. 오늘의 나는 어제보다 늙었지만 내일의 나보다는 젊다고 누가 얘기하던데 나이 먹는 것이 과식하는 것처럼 불편해서겠지요.

어제는, 파적 삼아 서가를 뒤적거리다 형이 연전 서단의 가장 큰 상을 받은 후 가진 초대전 기념 도록에 실린 글 하나에 눈이 갔습니다.

> "산山은 생生, 육育, 소消, 멸滅을 반복했다. 사시 절기 따라 그 소임이 다르다. 낳아 기르고, 비우고, 멸滅하지만 다시 채우고 그것을 반복하니…"

한 해도 똑같은 이치인 것 같습니다. 묵은해가 지나면 새날이 오는데, 무릇 모든 끝은 새 시작을 이끄는데, 결국 끝과 시작은 한 점인데, 세사는 굳이 둘을 갈라놓고 의미를 찾는 관성으로 오래 젖어 있나 봅니다.

지난주 몸담고 있는 학교는 코로나 바이러스 때문에 졸업식을 방송으로 교실에서 했습니다. 옛날만은 못하지만 아직도 들뜬 분위기를 즐기려는 학생들과 부모들에게는 김빠지는 행사가 되어 버렸습니다. 아시다시피 졸업식을 영어로 '시작'을 의미하는 '커멘스먼트 Commencement'라고 쓰는 경우가 많습니다. 졸업이 끝이 아니라 곧 새로운 세상을 향해 가는 시작이다…, 라틴어 영향이겠지만 영어가 깊이가 있는 언어라는 생각이 듭니다.

그런데 사실은 동양의 언어는 더 철학적이고 사변적인 것 같습니다. 누구 앞에서 무어 쓰는 격이 됩니다만, '마침'이야말로 곧 '시작'이라는 주역의 종즉유시終即有始, 끝이 있으면 곧 시작이고 인생사 모두가 끝없이 무한하게 반복된다는 것을 깨달으면, 한 점이 종착점이면서 동시에 출발점이라는 이치를 어렵지 않게 끄덕이게 되는 것 아닙니까? 이런 '되돌이'가 품은 함의를 가슴으로 가늠할 수 있게 된 지 어언 꽤 되는데도, 또 맘이 하고자 하는 대로 하여도 법도를 넘거나 어긋나지 않는다는 일흔 '종심從心'을 훌쩍 넘었는데도, 미련과 욕심과 잡념에 매여 아직껏 담담하게 세월을 보내지 못할 때가 많습니다.

한때 가까이해 보려다 너무 버거워 초입에서 접어 밀어 둔『태극도설太極圖說』. 양陽이 극極에 달하면 음陰이 되고, 음이 극에 달하면 양이,

또 동動이 극에 달하면 정靜이 되고, 그리고 정은 극에 이를 때 동이 된다는 것만, 추錘가 좌우로 움직일 때, 움직였다가 반대로 오기 위해 정지하는 찰나로 간신히 동과 정을 이해해 아직 머리에 남겨 두고 있는데, 모두가 한 줄거리 아닌가요?

군대에서 배워 아직 기억하고 있는, 공격하기 가장 좋은 시간이라는 해 뜨기 직전인 해상박명초海上薄明初, 해 진 직후인 해상박명종海上薄明終, 모두 빛과 어둠을 함께 어우르고 있는 '어스름'이 한 몸인 셈이지요.

한밤에 밝은 기운이 시작되고, 한낮에 어둠이 시작된다는, 결국 '커멘스먼트'와 『태극도설』또 『주역』의 가르침, 우리가 살아가며 만나는 것 모두 이런 사리가 담기지 않은 것이 없어 보입니다. 사물의 전개가 극에 달하면 반드시 돌아오게 되어 있다는 물극필반物極必反의 이치도 언젠가 일러 주신 걸로 기억합니다.

C형, 목포에 가면 호남선 철길이 끝나는 지점에 '호남선 종점' 팻말이 있고, 그 팻말 반대쪽에는 '호남선 출발 지점'이라고 적혀 있습니다. 오래전 가 보았던 포르투갈, 이베리아 반도의 맨 서쪽, 대서양 땅끝 곶인 카보 다 호카Cabo da Roca 절벽에는, 이 나라 큰 시인 카몽이스의 「여기 대륙은 끝나고 바다가 시작되도다」라는 시가 십자가 돌탑 뒤에 새겨져 있습니다. 대서양의 거센 바람을 맞으며, "여기가 땅의 끝인가 바다의 시작인가. 아님 바다의 끝인가 땅의 시작인가." 말의 유희를 무슨 큰 화두인 양 붙잡고 객쩍게 한동안 서 있었던 단애에서의 기

· 「보스포루스 다리」 28cm X 38cm 보스포루스 다리의 서쪽 끝을 지나면 'Welcome to Europe'이 반긴다.

억도 남아 있습니다.

이스탄불, 보스포루스 해협에 걸린 다리 동쪽 끝에 '웰컴 투 아시아 Welcome to Asia'의 안내판이, 다리 서쪽 끝에는 '웰컴 투 유럽Welcome to Europe'의 안내판이 서 있는 것을 보고 잠시 치기稚氣 어린 감흥을 느꼈던 새파랬던 시절도 생각납니다.

그런데, 그런데, 속리俗離와 세속의 경계는 어디입니까?

또 이승의 끝은 저승의 시작인데, 기독교의 부활, 불가의 윤회, 물음을 이어 가다 보면 마음은 점점 낮아지고 미물이 되어 버립니다.

C형.

내게 주신 아호도 따지고 보면 오늘 얘기와 같은 흐름 속에 있군요.

치허극수정독致虛極守靜篤,

"비움에 이르기를 지극하게 하고, 고요함 지키기를 도탑게 하라."

노자『도덕경』에서 집자集字해 주신, 아호라기보다 묵상의 화두 같은 '허정虛靜'은 곱씹어 볼수록 높은 산입니다.

"많은 것을 움켜쥐고 버리지 못하는 것을 경계하며, 늘 마음을 비워라. 마음의 고요를 지켜라."

내겐 붙들기 어려운, 그러나 언감생심 마음 한켠에 늘 두고 싶은 뜻이 담긴 그 챕터의 해설본을 펼치면 마음이 편해집니다. 언제나 새로운 생각이 들어올 수 있도록 고요한 가운데 자리를 비워 두는 것, 그러다 영원의 이치를 깨달으면 너그러워지고….

겨울이 끝나고 곧 새봄입니다. 겨울이 오면 봄이 멀지 않다는 것은 시인의 감성이 아니라, 소녀들에게 먼저 오는 기별입니다.

C형, 몸이 많이 불편하시다는 것을 알고 마음이 많이 시립니다. 그러나 지난번 조심스레 전화를 걸었을 때 병상에서 일부러 맑은 목소리

를 들려주셔서 조금 안도했습니다마는, 하루빨리 훌훌 털고 일어나시기를, 그리고 다시 붓을 적셔 대춘부待春賦 휘호나 시원한 선면扇面 하나로 전처럼 덕담 건네주시기를 바랍니다.

새로 온 잡지를 들춰 보다 시원하고 아찔한 사진 한 장을 보았습니다. 에콰도르, 바뇨스라는 깊은 협곡 절벽 꼭대기 끝. 아슬아슬하게 서 있는 한 나무에 긴 그네가 매어져 있습니다. 이 그네의 이름은 '세상 끝의 그네The swing at the end of the world'라네요. 어차피 가기야 어려우니 이 '세상 끝 그네'에 올라 신명나게 한번 구르고 창공을 차고 나가는 꿈을 꾸면서, 취생醉生 C아형雅兄, 어서 쾌차하시기를 기원합니다.

무춘早春 모일某日 동틀 녘- 허정虛靜 삼가-

C형은 취묵헌醉墨軒 인영선印永宣 (1946-2020) 선생이다. 평생 고향 천안을 떠나지 않고 먹에 취해 글씨에 매달렸다. 명리名利는 애당초 마음에 두지 않는 인물이었다. 흐르는 물처럼 순하고, 깊은 산 같고, 유柔한 글씨를 쓰고 싶어 했다. 서단은 그의 글씨를 눈여겨보다 제4회 일중 김충현 서예상 대상을 주었다. 문하생들을 만나면, 언제 적 인사인데 "밥은 먹었냐."며 안부를 묻는 동네 아저씨였던 선생은 이 글을 쓴 몇 달 뒤, 뒤도 안 보고 훨훨 갔다. 후학들은 킁킁대며 남겨진 문자향文字香과 서권기書卷氣를 모으고 있다. 유작전이 열리면 또 "밥들은 자셨나." 하며 잠깐 오실라나?

오스카상을 탄 퓰리처상

　도널드 트럼프 미국 대통령은 2020년 연말, 대통령 선거를 앞두고 '한 번 더'를 향한 캠페인에 박차를 가했다. 탄핵의 고비를 넘기고는 특유의 도전적인 행보를 펼쳤다. 4백여만 명으로 추산되는 인도계 이민자의 표심을 얻기 위해 왕복 약 2만 5천 킬로미터 걸리는 1박 2일 일정의 인도 방문까지도 강행했다. 인도 서부에 있는 세계 최대의 크리켓 경기장에 모인 10만여 명의 인도 시민들의 환호가 어떻게 미국 선거에서 피드백됐는지 모르지만, 구석구석 표를 캐는 데 공을 들였다.

　'또 뽑히기 위해' 헤치고 나아가야 할 난관은 도처에 있었다. 그중 제일 뿌리 깊은 골칫거리는 그가 가짜 뉴스 덩어리라고 싸움의 불을 댕겼던 주요 언론들과의 전쟁이다. 애지중지 편애하는 FOX 뉴스를 뺀 주류 언론들, "나의 적이 아니라 미국의 적"이라고 저주하다시피 한 뉴욕 타임스, 워싱턴 포스트, NBC, CBS, CNN 등 진보 언론, 적대 언론의 집중포화를 어떻게 피하고 견뎌 내느냐 하는 것이 넘어야 할 높은 산, 건너야 할 큰 강이었다.

마틴 배런(1954-), 트럼프의 적대적 리스트에 아마도 상위에 랭크되어 있을 그는 미국인들이 '더 포스트'라고 부르는 워싱턴 포스트의 편집국장. 1877년 설립된 더 포스트는 1970년대 펜타곤 페이퍼 보도로 지가를 높인 이후 닉슨 대통령의 사임을 가져온 워터게이트 사건 특종으로 정상 신문으로서의 위치를 확고히 했다. 그러나 종이 신문의 사양기와 2007년에 시작된 경제 위기가 겹쳐 경영난 속에 휘청했으며, 결국 2013년 아마존닷컴을 만든 세계 제1의 부자 제프 베이조스(1964-)에게 2억 5천만 달러에 팔린다.

보스턴 글로브에서 한창 잘나가던 배런은 이즈음, 2013년 1월, 더 포스트의 편집국장으로 스카우트된다.

시애틀의 가장 낭만적인 장소, 유니언 호수의 절경이 내려다보이는 레스토랑에서 베이조스와 배런은 첫 대면을 한다. 두 사람은 '어떻게 하면 더 포스트로 더 많은 독자들을 끌어모을 수 있겠는가'에 대해, 또 온라인 콘텐츠를 강화하는 것부터 논조에 이르기까지 담론을 나눈다. 이 대면 이후 배런은 독자reader 대신 고객customer 이란 말을 쓰기 시작한다. 많은 이들은 이 만남에서 전통적 진보 언론 워싱턴 포스트가 어떻게 공화당을 견제할 것인가에 대해서도 깊이 있게 의견이 교환됐으리라 추측했다. 실제 둘의 대화를 알 길 없지만, 2016년 선거에서 더 포스트는 미국 언론 특유의 분명한 정치적 컬러를 드러내며 노골적으로 힐러리 클린턴 편에 서서 트럼프를 집요하게 괴롭혔다. 그 맨 앞에 배런이 있었다.

그러나 탐사 보도의 백전노장 배런은 국지전에서 이긴 적은 몇 차례 있지만 결정적 한 방은 먹이지를 못했다. 결국 트럼프는 그해 11월 언론의 엄청난 공격을 이겨 내고 45대 미국 대통령에 당선된다. 배런은 진 것이다.

*

2001년 미국의 3대 일간지의 하나인 보스턴 글로브에 뉴욕 타임스, L. A. 타임스를 거치면서 근육을 단련시키고 마이애미 헤럴드에서 혜안과 노련미를 다듬은 유대인 배런이 부임한다. 그는 '스포트라이트'라는 이름이 붙은 이 신문의 '탐사 보도 팀'의 팀장 Editor-at-large 을 맡는다. 그리고 배런은 다이너마이트 같은 폭발력을 가진 한 어젠다를 가져와 스포트라이트 팀 데스크에 올려놓는다. 가톨릭 보스턴 대교구에서 30년 동안 사역해 온 존 지오건이라는 이름의 신부가 오랜 동안 교구를 옮겨 다니며 수십 명의 아동을 성추행했고, 보스턴 교구장인 버나드 로 추기경이 이를 알고도 덮어 버린 문건이 있다. 이를 취재해 보도하자는 것이다.

보스턴은 주민 중 44퍼센트가 가톨릭 신자인, 미국에서 가톨릭 신자가 가장 많은 도시. 당시 사주였던 뉴욕 타임스 컴퍼니 측은 보스턴 글로브 독자의 53퍼센트가 가톨릭 신자임을 주지시켰다. 또 당시 이 신문에도 많은 가톨릭 신자가 있었다. 하지만 배런은 완강했다. 열혈 기자 마이클 레젠데스, 월터 로빈슨 등 팀원들을 독려하며 꽁꽁 싸매어 감춰졌던 문건을 하나씩 찾아낸다. 증인들도 한 명씩 확보한다. 피해자 모임이 있다는 것을 알아내 그들을 만난다. 봉인되어 있는 해당 문건을 열람토록 해 달라고 끈질기게 청원을 넣는다. 이 청원은 결국 판사에 의해 받아들여진다. 1976년 처음 이 사건이 일어났으며 성추행 사제는 90여 명까지도 있을 수 있다는 사실이 밝혀지는 등 고구마 줄기는 당길수록 길어지기만 했다. 취재는 8개월이 걸렸다. 그러나 그해 '9.11 테러'라는 엄청난 비극이 벌어지면서 보도 타이밍은 조정된다.

2002년 1월 6일, "교회, 오랫동안 학대를 허용하다Church allowed abuse by priest for years"라는 1면 헤드라인을 덮은 보스턴 글로브의 폭탄이 독자들 아침 식탁에서 터진다. 기사는 드라이하게 팩트만으로 쓰였다. 배런은 이 기사에서 형용사들을 배제했다. 그는 "우리가 형용사들을 사용한다면 교회가 우리를 편파적이라고 지적할 것을 우려했다. 그래서 나는 마치 법정에 있는 것처럼 쓰려고 했다. 형용사는 공격받을 수 있지만 팩트는 그렇지 않다."라고 후에 털어놓았다. 첫 보도 이후 파장은 미국뿐 아니라 세계적으로 퍼져 갔다. 보스턴 교구의 피해자는 계속 늘어났으며 교구는 결국 수천만 달러의 보상금을 지급했다. 사제는 얼마 후 구속됐다. 교구장 로 추기경도 결국 사임했다. 2003년 보스턴 글로브 스포트라이트 팀은 이 보도로 퓰리처상 중 최고상인 공공 부문 봉사상^{Public Service}을 받는다.

이 실화는 2015년 영화로 제작되었다. 영화 제목도 〈스포트라이트〉. 보스턴 대학, 예일 대학원 출신의 엘리트 영화감독 톰 매카시^(1966-)는 배런과 4명의 팀원 역할을 할 캐스팅에 특히 공을 들였다. 마크 러펄로, 리브 슈라이버, 레이첼 맥아담스, 마이클 키턴 등 배우들에게 실제 인물과 비슷한 태도, 말투, 분장 등을 분석해 싱크로율을 높이도록 주문했다. 배우들도 열연으로 부응했다. 당사자인 기자들은 "배우들이 거울 속의 나를 보는 것 같았다."라고 혀를 둘렀다. 현실성을 높이기 위해 큰 세트에 재현된 편집국은 보스턴 글로브와 똑같이 집기들을 배열했고 기자들에게 자기의 책상을 직접 세팅시켰다. 낡은 컴퓨터, 키보드, 전화기의 위치까지.

'카메라'는 스포트라이트 팀원들이 취재해 가는 과정을 차분하게, 때론 스피디하게 추적했다. 사무실, 길거리, 도서관, 교회, 법정 그리고 보스턴 시내와 주택가를 따라다니는 로드 무비의 앵글. 버튼다운 옥스퍼드 셔츠에 구겨진 면바지를 입은 배우들은 피해자와 가해자, 변호사를 지루하지만 끈덕지게 찾아가며 입을 열게 한다. 논픽션을 드라마틱하게 만들어 효과를 극대화하고 싶어 하는 일반적 욕망을 감독은, 절제했다. 군더더기를 없앰으로써 오히려 영화는 더 서스펜스적, 극적 효과를 겨냥한다. 영화가 끝나고 엔딩 크레디트가 나오기 전 자막으로 보스턴 대교구 성직자 249명이 성추행으로 고소당했으며 피해자는 1,000여 명 이상으로 추정되었다고 관객에게 보고된다.

2016년 2월 28일 로스앤젤레스 돌비 극장에서 열린 88회 아카데미상 시상식.

영화 〈스포트라이트〉는 최우수 작품상과 각본상을 거머쥔다. 영화 〈헐크〉에서 이미 알려진 마크 러펄로, 〈배트맨〉에 출연했던 마이클 키턴 등 배우들 모두가 환호 속에 무대에 올랐다. 그들은 시상식에 참석해 있던 스포트라이트 팀의 마이클 레젠데스 기자도 불러 수상 무대에 세웠고, 환호는 더 컸다. 보스턴 글로브 2월 29일 자 1면의 머리기사는 오스카상 작품상을 받고 환호하는 배우들의 사진으로 장식됐다.

*

로마 교황청의 공식 기관지 격인 로세르바토레 로마노L'Osservatore Romano는 2월 29일 자 칼럼에서 "스포트라이트는 결코 반反가톨릭 영화가 아니다. 이 영화는 당시 교회 구성원들이 인간의 아픔보다는 교회의 이미지에 신경 쓰고 있음을 보여 준다. 냉정하게 생각하게 만드는 영화"라고 썼다. 교황청은 "피해자들의 깊은 고통을 들려준 영화"라며 찬사를 보냈다. 같은 날 바티칸 라디오도 수상 소식을 전하며 영화를 호평했다.

2017년 한국 가톨릭 평화방송 TV도 〈책, 영화 그리고 이야기〉라는 프로그램을 통해 이 영화를 담담하게 다루었다.

퓰리처상과 오스카 작품상을 함께 받은 경우는 또 있다. 마거릿 미첼(1900-1949)은 『바람과 함께 사라지다』로 1937년 퓰리처상 역사 소설 부문을 수상했고, 1940년 동명의 영화는 오스카 작품상을 받았다.

앞의 두 케이스와는 조금 다른 경우지만, 노벨 문학상을 받은 미국의 싱어송라이터 밥 딜런(1941-)은 2000년 영화 〈원더 보이즈〉의 주제가 「Things have changed」로 2001년 오스카 주제가상을 받았고, 2008년 퓰리처상 예술 부문 특별상을 받았다.

*

마틴 배런은 2021년 2월 워싱턴 포스트에서 은퇴했다.

Things have changed
Bob Dylan

눈동자들을 위하여

아프리카 수단에서 병원과 학교를 세우고 원주민들을 위해 헌신하다 젊은 나이에 선종한 이태석(1962-2010) 신부의 생전 얘기다.

"처음 병원을 세우고 선교 활동을 할 때, 환자들에게 약을 주며 하루세 번 식 후에 꼭 먹으랬더니 못 알아듣더라구. 하루에 한 끼를 겨우 먹는데 식후 세 번이라니…."

"나환자 마을에 가서 한 달 치 약, 강냉이, 식용유를 나누어 주는데 어떤 환자 하나가 영 이상해서 검진을 다시 해 보니 한센병이 아니야. 그래 '병 걸린 게 아니네요. 축하합니다.' 그랬더니 기쁨은커녕 갑자기 슬픈 눈이 되더라구. 강냉이와 식용유 땜에 환자인 양했는데 들킨 게 되어 버렸으니, 그 눈이 너무 안쓰러워 강냉이와 식용유를 주었지."

*

1984년 10월, 핀란드 탐페레라는 도시에서 탬머 국제 복싱 대회가 열렸다. 국가 대표 팀의 총무 격으로 그 대회에 따라갔다. 단장으로 모시고 간 상사께서 멀리까지 원정을 가 한 대회만 참가하고 오는 것이 너무 아깝다고 하여 일정을 늘리기로 했다. 주변 나라 관계자들과 급히 협의한 끝에 탬머 대회를 마치고 스웨덴 예테보리에서 친선 경기를 한 차례 갖고, 덴마크로 옮겨 한 번 더 경기를 하기로 했다.

덴마크에서 네 번째로 큰 도시라는 올보르에서 버스로 한 시간여 떨어진 북부 협만, 티스테드라는 작은 도시에서 시합이 열렸다. 왜 그런 변방까지 갔는지 몰랐는데 당시 대회 스폰서가 'Thy'라는 이름의 그 지방 은행. 의문이 풀렸다.

그때만 해도 한국 사람, 특히 운동선수들이 북유럽의 그런 시골까지 찾아가 경기를 하는 것은 아주 드문 일이었다. 당시 덴마크 주재 한국 대사도 우리와 동행했다.

유난히 파란 하늘 아래, 바닷가 작은 마을은 축제 분위기였다. 경기 일정과 그에 따른 이런저런 계획만 미리 맞추면 나머지 준비야 코칭스 태프들이 하고, 나는 할 일이 딱히 없게 된다. 경기장인 공회당 주변을 어슬렁 둘러보던 나는 한눈에 '한국 애들'로 보이는 소년 두 명을 발견했다. 걔들을 손짓으로 불렀다. 겸연쩍어하면서, 쭈뼛거리며 애들이 내게 왔다. 우리말로 "너희들, 한국 애들이냐?"라고 물으니 멍하고, "CHINA?" 해도 무반응, "JAPAN?"에도 대꾸가 없다. "KOREA?"라는 재차 물음에 얘들의 눈동자가 흔들렸다. 나는 그 순간을 지금도 또렷이 기억하고 있다.

덴마크 대회 관계자를 불렀다. 그가 통역을 해 주었다. 그렇다. 입양 아들이었다. 얘들은 갓난아이 때 공교롭게도 같은 시골, 이곳으로 왔고 한 동네 다른 집으로 입양되어 당시 열두 살의 덴마크 소년으로 자라고 있었다. 한국말은 물론 한 마디도 못 했지만 양부모가 일러 주었는지 자기들이 '코리아'에서 왔다는 것을 알고 자랐고, 어느 날 자기 동네에서 복싱 시합을 하러 '코리아 팀'이 왔다는 소식에 반가워 달려온 것이다.

걔들은 경기장에 와서 '코리아'를 가까이 보고 싶고 만지고 싶은데 막상 어쩌지도 못하고 주변을 빙빙 돌다가 나와 마주친 것이다. 두 아이의 흔들리던 눈동자에서는 '반가움', '신기함', '설렘' 그리고 '애절함', '그리움', '한恨'의 감정들, 아니 말이나 글로는 표현 못 할 모든 뭉클한 덩어리들이 한꺼번에 똑같이 일렁거리고 있었다. 얘들에게 무슨 말을 해 줘야 될지 말문이 막혔다.

나는 갖고 간 선물, 기념품 들을 급히 모았다. 걔들에게 한 보따리씩 안겨 주었다. 생각지도 못했던 선물 더미에 애들의 얼굴이 활짝 피었다. 연신 싱글벙글했다. 기념품에 찍힌 태극 무늬도 손짓 발짓으로 일러 주었다. 그러다가 작별할 시간이 됐다. 시합을 잘 보고 가라고 하고는 애들을 한 명씩 끌어안아 주는 것으로 '굿바이'를 대신했다. 그런데 그사이, 그 짧은 시간에 뭐가 통했는지 뭐가 무슨 작용을 했는지 한 아이의 눈동자가 출렁이었다. 그러더니 금세 티스테드의 가을 하늘이 글썽거리며, 무너져 내리기 시작했다.

이런, 이런… 나는 한 번 더 애들을 품어 주고 등어리를 토닥여 주고는 얼른 돌아서는 것으로 겨우 뒷감당을 했다. 뒤를 돌아볼 수 없는 〈미워도 다시 한번〉의 영화 장면이 되어 버린 것이다. 몇 년 후에 나온 〈수잔 브링크의 아리랑〉이라는 영화를 보면서 "걔들도 청년으로 자라고 있겠구나." 하며 그 눈동자들을 회억했다. 아직도 걔들이 눈에 선하다.

사람들 간의 커뮤니케이션 수단은 여러 가지이다. 말, 소리의 크기, 여러 모양의 손짓, 사람마다 다른 변화 많은 표정 등등이 다 동원되지만, 나는 그중에 눈빛이 으뜸이라고 생각한다. '눈으로 보내는 말', '눈의 표정'은 거짓이 없다. 진솔하고 절절하다. 모든 메시지가 눈동자에 담겨 있다는 편견을 나는 갖고 있다. 눈빛의 해석은 물론 보는 이의 몫이지만.

*

1992년 부산 달맞이 고개 한가운데 '추리 문학관'을 세워 많은 사람들을 찾게 하는 작가 김성종(1941-) 선생과는 오랜 인연이 있다. 1974년부터 1년여를 같은 직장에서 근무했는데, 두 사람 다 총각 때여서인지 아마 며칠을 빼고는 거의 매일을 같이 다닐 정도로 '꿍짝'이 맞았다. 『최후의 증인』이 한국일보 장편 공모작에 뽑히는 기쁨의 순간도 같이했다.

선생의 필명을 단숨에 끌어올린 것은 뭐니 뭐니 해도 장편 대하소설 『여명의 눈동자』다. 선생은 일제 강점기-해방 이후-6.25로 이어지는 우리의 근대사를 여명기로, 그 어스름의 세월에 온몸으로 처절하게 부딪쳐 나아가는 세 사람의 주인공과 다른 군상을 역사의 눈동자로 치환해 도도하게 이야기를 풀어 갔다.

그 작품에 매달려 있던 당시, 원래 깊은 선생의 눈은 더 헤아리기 힘들었다. "도대체 무슨 생각에 그리 골똘하느냐."는 물음에 큰 눈을 끔뻑이며 빙긋 웃기만 하던 얼마 후, 모두 열 권 분량의 대작의 봇물이 터지기 시작했다.

*

높은 시청률을 기록했던 TV 프로 〈미스터 트롯〉에서, 만 13살의 소년 정동원이 부르는 「희망가」는 짙은 여운을 남게 했다. 노래를 마친 그를 카메라는 얼마 동안 따라갔다. 음악 프로의 통상적인 카메라 워크는 아니었다. 그 롱테이크long take의 궁금함은 얼마 전 이 프로를 기획한 'TV 조선' 예능국장의 인터뷰를 통해 풀렸다.

"노래가 끝나고 천진한 표정으로 관객을 바라보는 눈빛, 세상이 아무리 어지러워도 이 눈빛이 희망이란 메시지를 주고 싶었어요."

추억의 명화 〈카사블랑카〉에서 옛 연인 일사잉그리드 버그먼를 만난 릭험프리 보가트은 술잔을 들며 낮은 목소리로 속삭인다. "Here's looking at you, kid.", 직역하면 "너를 들여다 본다.", 통상적 번역으로는 "그러면, 건배" 정도라는데, 영화 속 대사 자막은 "당신의 눈동자에 건배". 이 매력적인 의역 때문에 이 대사는 '영화 속 명대사' 랭킹 위쪽에 자리한다. 번역도 창작 아닌가?

희망가
정동원

나의 프로 야구 춘추기春秋記

    2019년 12월, 4년 총액 8천만 달러의 연봉으로 토론토 블루 제이스 팀으로 간 '류현진'의 호랑이 담배 적 얘기다. 홈경기가 끝난 뒤 구장 사무실에서 남은 일을 마저 보고 나서는 길에 그와 마주쳤다. 가볍게 1승을 추가한 날이었다. "어서 가서 쉬지 않고 어딜 가는데 그렇게 급하게 가니?", "형들이 아이스크림 사 오래요." 하며 룰루랄라 뛰어가는 걔는 영락없는 철부지 소년이었다.

    그러나 2006년 '한화 이글스'에 입단한 해 한국 프로 야구 사상 처음으로 신인왕과 MVP를 함께 거머쥐었고 그해 '한국 시리즈'에서 준우승을 하기까지 큰 힘을 보태 '괴물'이 된 그는 이미 최고의 스타. 스타는 개뿔(?) 선배들의 잔심부름을 군말 없이 하는 비슷한 장면을 그 후 경기장, 숙소 주변에서 여러 차례 보았다. '괴물'이란 별명은 매스컴이 붙여 준 거였고, 우리들은 그를 '핏뎅이'라 불렀다.

2004년 어느 때인가부터 될성부른 싹 찾아내는 데 눈이 밝던 구단의 스카우트 팀장은 "인천 동산고에 물건이 하나 있는데…"를 여러 차례 되뇌었다. 수소문해 보니 "팔을 한 번 수술했는데, 괜찮을 거 같긴 한데, 글쎄 아무래도 팔이, 너무 뚱뚱해서'류뚱'이라는 별명, 또 '소년 가장'이란 별명도 후에 추가됐지만…" 의견들은 좀 달랐는데 감독 등 전문가들의 결론은 '잡아야 할 물건'이었다. 문제는 지역 연고 팀 우선 지명과 전년도 성적 역순으로 선수를 지명하는 당시 제도상 '세 번째'에나 우리에게 차례가 올 수 있다는 데 있었다.

아무튼 2005년 8월 열린 2006년 신인 2차 지명 회의 1라운드까지 앞의 두 팀이 그를 선택하지 않았고, 류현진은 우리에게 '곱게' 넘어왔다. 그 과정은 모두 생략한다영업 비밀도 포함되어 있기 때문에. 낭보를 전하는 현장 스카우트 팀장의 목소리는 귀에서 전화기를 떼야 될 정도였다.

2005년 9월, 인천 공항 근처 한 호텔. 인천에서 개최된 아시아 청소년 선수권 대회 결승전에서 한 점 차로 일본에 져 준우승한 한국 대표팀 해단식 겸 축하연이 열렸다. 한 달 전 우리 식구가 된 류현진을 보러 그곳으로 갔다. 멀리 떨어져 앉았지만 한눈에 알아보았다. 그를 불렀다. "나 누군지 모르지?", "네….", "한화 이글스 사장….", "아!", "반갑다. 우린 이제 한식구 됐네." 수줍어하고 쑥스러워하는 그를 한번 안

아 보았다. 등판이, 고목나무 등걸을 아름 재는 것 같았다. 돌덩이같이 완강했다. '핏뎅이'는 그 후 7년 동안 무럭무럭 자랐다. 2012년 구단에 포스팅 금액 2천6백만 달러^{당시 280억 원}라는 통 큰 선물을 남기고 2013년 '큰물'로 뛰어들었다.

✳

나가사키로 구단이 마무리 훈련을 갔을 때 그곳 현^縣의 환영 행사가 열린다고 연락이 와 급히 갔다. 시내에서 떨어진 한적한 숙소 로비에 젊은 일본 여자 둘이 서성거렸다. 필시 구단 때문에 온 것 같아 알아보니 2005년 한화 이글스에 신고 선수로 입단했던 '조성민⁽¹⁹⁷³⁻²⁰¹³⁾'의 일본 팬이었다. 지바에서 직장에 다니는, 요미우리 자이언츠 팀 때부터의 팬으로, 한국으로 간 지 몇 년이 지났는데도 그의 스케줄을 꿰뚫고 있었다. 나가사키에 훈련하러 온다는 소식을 듣고 휴가를 내서 비행기 편으로 온 것이다. 숙소로 무작정 찾아와 그가 나타나기를 기다리고 있던 중이었다. 마침 방에 있던 조성민을 내려오라고 불렀고 나는 멀찍이 빠졌다. 팬들은 수줍음 반, 반가움 반으로 겸연쩍게 가져온 선물 보따리를 그에게 안겼다. 조성민은 고마운 마음을 익숙하게 나누며 사진도 찍고 했다. 2-3일 동안 두 팬은 훈련장까지 찾아와 그가 피칭하는 모습을 보며 즐거워했다.

조성민은 외모 때문인지 체격 때문인지 문자 그대로 '아우라'가 대단했다. 멀리서도 후광이 보이듯 훤했다. 하와이 전지 훈련지에서는 선수단이 드나드는 시간에 호텔 로비로 그를 보려는 관광객들이 모였다. 한물간 지 꽤 지난 때였지만 인기는 대단했다. 그는 2년여를 더 있다 구단을 떠났다. 방송 해설 위원이 된 후에 대전에 오면 반갑게 찾아왔다. 그러다, 홀연히, 갔다. 자신의 '아우라'가 너무 세 거기에 빨려 들어간 것이려니 하며 추모할 수밖에.

*

2009년 봄 하와이 전지훈련. 내가 거기를 따라간 것은 숨은 목적이 있었다. 당시 필라델피아 필리스 소속 선수였던 '박찬호'가 며칠 우리와 함께 훈련하겠다고 요청했고 "오케이!" 후, 거

기서 한번 보자고 연락했다. 음식 솜씨가 뛰어난 부인이 소개했다는, 트럼프 호텔 뒷골목에 있는 일본 식당 방에서 그와 단둘이 앉았다. 간 보지 않고 돌직구를 꽂았다. "고향 팀으로 와서 마무리를 장식해라." '투 머치 토커too much talker'인 그도 그 순간만은 의외로 심플했다.

"나도 같은 생각이에요. 그러나 내겐 이루어야 할 꿈이 아직 남아 있 습니다. '메이저 리그' 아시아인 최다승 기록을 꼭 남기고 싶어요. 그 후에 가겠습니다."

'고향 팀' 대對 '메이저 리그 대기록'의 대결은 더 겨뤄 보았자 싱겁게 끝날 수밖에 없었다. 그는 2010년 9월 13일, 메이저 리그 통산 123승을 달성해 일본 괴물 '노모 히데오'가 갖고 있던 기록에 타이를 이루었다.

피츠버그 파이리츠 팀 소속이던 2010년 10월 2일, 선 라이프 스타디 움에서 열린 플로리다 말린스와의 경기에서 두 번째 투수로 등판한 그 는 3이닝 무실점으로 승리 투수가 됐다. 124승 98패로 그가 꿈꾸던 아 시아인 최다승 기록을 드디어 달성한 것이다. 2011년 말, 약속대로 그 는 고향 품에 안겼고 1년을 더 뛴 후 은퇴했다.

✳

1984년 한국 시리즈에서 혼자 4승을 따내며 롯데를 기적적으로 우 승시킨 불세출의 영웅, '최동원(1958-2011)'도 우리와 몇 년(2005-2008) 을 함께했다. 그는 한마디로 세밀하게 후배들을 가르쳤다. 그러다가 2007년, 큰 수술을 받았다. 힘든 투병 생활을 잘 견뎌 냈다. 더 쉬라고 얘기해도 "괜찮다. 다 나았다."라며 빙긋 웃었다. 그의 강한, 특유의 '프라이드'가 병마 속에서 한순간도 흐트러지지 않고 버티게 해 준 힘 같았다. 구단은 그에게 2군 감독직을 맡겼다. 지도자로서의 운은 거기 까지였던 그는 몇 년 뒤 세상을 떠났다. '최동원 감독'이라는 칭호를 갖고 가도록 그의 노고에 작은 보답을 했다는 것이 구단에게는 그나마 위안이었다.

＊

'그'라는 선수가 있었다. 신인이었다. '눈썰미' 스카우트 팀장이 싹수를 일찍이 발견했다. 아직 덜 익었지만 쓸 만한 그릇이 될 거라고 했다. 그런데 그는 적이 있었다. 주변의 유혹이었다. 어느 지역, 주먹 좀 쓴다는 세계에서도 그는 새싹이었다. 이탈이 잦았다. 몇 번 데려오고 타이르고 주저앉혀도 얼마 후 또 '부름'을 버티지 못했다. 어느 날 '그'와 담판을 낼 속셈으로 방으로 불렀다.

"남들은 아무 재주가 없어 온갖 고생을 마다 않고 살아가는데, 너는 부모님이 물려주신 천부의 재능이 있다. 마음 다부지게 먹고 그 재주를 살려 나아가면 앞날이 환한데 왜 무모하게 바보같이 유혹에 빠져드냐. 제발 정신 차려라. 나도 옆에서 도와줄게."

내 구라가 잘 먹혔는지 '그'는 순간 눈물까지 글썽거렸다.

"이젠 됐구나."는 순진한 생각이었다. 결국 '그'는 떠났다.

야구계를 풍미했던 말썽꾸러기들이 꽤 있다. 뛰어난 재질을 가진 어느 선수 역시 '동지'들의 '부름'을 뿌리치지 못하고 그예 판을 떠났다. 최근 격투기 강자와 공개 스파링을 하는 것을 유튜브에서 보았다. 짧은 기간, '무시무시한' 공을 던지는 것을 보고, 다른 팀이지만 무척 탐이 났던 원석이었는데. 격투기 모습에 옛날 시원스러운 피칭 장면이 오버랩됐다.

야구에 관심 있는 이들은 다 알겠지만 그동안 프로 야구를 거쳐 간 재주가 아까운 '문제아' 선수들이 너무 많았다. 사회적으로 물의를 일으키고 결국 사라진, 뛰어난 실력의 그들만 모아도 '공포의 외인 구단'을 꾸릴 수 있었는데 이제 모두들 한물간 나이가 됐지만, 어디에서 어떻게들….

새싹 찾는 데 눈 밝은 그 팀장은 은퇴 후 고향에서 농사에 큰 재미를 붙였다. 가끔씩 땅콩이며, 고구마며, 감 따위를 보내 주는데 아주 맛있다. 맛있는 종자를 고르는 눈이 야구에서만큼 통하는 모양이다.
'개체'와 '계통'의 발달 과정, '생물 발생 법칙' 같은 어려운 원리를 본능적으로 꿰뚫는 타고난 감각을 가진 모양이다. 이 글 보면 또 한 보따리 보내 주겠지.

부모은중경

"나무에서 매미 소리 들리고 열수洌水의 압구정鴨鷗亭에 연꽃 향 나
는 여름"_하석

2016년 7월 21일 낮, 서울 강남구 압구정동 미성 상가 2층, 80여 평
은 되는 너른 방에 수십 명 사람들이 모였다. 에어컨 한 대 만으로 버티
기에는 힘든 열기 속에서 '세연회洗硯會'라는, 얼핏 알 수 없는 조촐한
잔치가 열렸다. 문자 그대로 벼루를 씻는, 글을 짓거나 책 읽는 것을
마무리罷接하는 뜻의 모임인데, 요즘 세상에 어디서 또 볼 수 있을까 하
는 귀한 자리였다.

구상하고 나서 오래 뜸 들인 끝에 먼 길을 돌아온 부모은중경父母恩重經
쓰기의 끝냄完書을 기념하는 날이다. 축하하기 위해 나들이한 안숙선
명창이 앞으로 나섰다. 하얀 모시 적삼을 입은 주인공인 서예가 하석

이날 하석은 일고수 안숙선은 이명창이 됐다.

박원규何石 朴元圭(1947-) 선생이 이날은 홀가분하게 북채를 잡았다. 20대
부터 전주 국악원에 다니고 전국 고수 대회에서 입상도 했던 그가 떡하
니 모양새를 갖추고 북 앞에 앉으니 천생 고수였다. 〈흥보가〉 한 자락
이 쩌렁쩌렁, 북재비 하석의 손끝에서 둥 둥 딱 둥 신명 나게 어우러졌
다. 국창과 주거니 받거니 추임새도 걸쭉했다.

"역시 일고수이명창一鼓手二名唱이요!"

열기가 후끈 달아올랐다. 연신 땀을 훔치며 보는 이들의 어깨도 들먹
였다.

부모은중경, 자식이 잉태되어 태어나고, 길러지고, 출세에 이르기까지 한 인간의 생애는 부모님의 가없는 은혜에서 비롯되었으니…, 불교의 경전으로 정리한, 종교를 초월하여 효를 상기시키는 대서사시다.

> "어머니가 아이를 낳을 때 서 말 여덟 되의 피ᅟ아픔를 흘리고, 여덟 섬, 너 말의 피 같은 젖을 먹이는 은덕을 생각하라. 자식은 아버지를 왼쪽 어깨에, 어머니를 오른쪽 어깨에 업고서 수미산須彌山을 백천 번 돌더라도 그 은혜를 다 갚을 수 없다."

부모의 열 가지 큰 은혜十大恩를 잊지 말라는 시퍼런 사부모곡이다. 손으로 옮겨 쓴寫經, 나무 판에 찍어 낸木版本, 한글로 번역된諺解本, 고려 때 것부터 많은 책이 남아 내려오고 있다.

하석은 도전적 서예가다. 우직하고 끈질기다. 수십 년 동안 한학을 공부해 왔다. 스승이 이제 고만 배우라고 해도 듣지 않고 찾아간다. 그가 세상을 뜬 후에야 배움을 접고는 혼자 파고든다. 본업인 글씨는 무얼 더 말하랴.

1984년, 첫 작품집인 계해집癸亥集을 시작으로 해마다 쓴 글씨를 모아 정축집丁丑集이니 경진집庚辰集이니 매년 펴낸다. 그 동네 사람들이 서가書家 위 반열에 일찌감치 모셔 놓았다.

"글씨를 많이 쓴 후에 능能해지고, 능한 후 교巧해지고, 교한 뒤에 숙熟하고, 숙한 후에야 무아의 경境에 이른다."라는 중국의 서법가 태평노인 우우임于右任(1879-1964)의 말대로 곁에서 보면 다 이룬 것 같은데, 공력功力을 보면 아직도 몇 개의 벼루를 더 바닥낼지, 붓 얼마를 더 닳아 없애겠다는 건지 모르겠다.

"곰삭아 한없이 부드러우면서도 골骨이 박힌 필획筆劃으로, 결체結體는 꼿꼿한"• 글씨가 바로 하석의 필세筆勢다.

전북 남원, 구례 화엄사 넘어가는 웅치 고개 오른쪽에 석주石舟 미술관이 자리하고 있다. 수십 년 모아 온 옹기 수만 점이 병사 도열하듯 늘어서 있어 장관을 이루는 이 집 주인 석주의 당호堂號는 구사재九思齋, 풍산豊山 류柳씨다. 우리 문화에 식견과 조예가 깊다. 문화인들과 교분이 두텁다. 옛것을 별나게 아낀다.

서로 안 지 30여 년 되는 석주와 하석은 2012년 부모은중경 제작이라는 담대한 모의를 시작한다. 그들의 궁리는 치밀했다. 텍스트는 석주 미술관 소장 고려본 『불설대보부모은중경佛說大報父母恩重經』. 글씨체는 고구려 장수왕이 아버지의 업적을 기리기 위해 414년에 세운 광개토대왕비의 그것으로 결정한다. 중국 지린성 지안시에 서 있는, 4면에 1,775자가 기록되어 있는 이 비석은 한민족 기상의 상징물. 글자 한

• 예술의 전당 서예 박물관 수석 큐레이터 이동국의 말

자의 크기가 사발만 하다. 웅혼하고 담박한 예서체다. 획이 굵고 기교가 드러나지 않고 강한 생명력이 서려 있다.

"광개토대왕비명의 서체가 아니고서는 부모은중경의 한없이 깊고 넓은 이야기를 도저히 써낼 수 없었어요."_하석

부모은중경의 글씨 크기도 그만은 해야 하지 않겠냐고 석주는 운을 떼고, 하석은 망설임 없이 '멍군' 한다. 한 글자 크기는 가로 28센티미터, 세로 32센티미터, 화선지 한 장당 4줄, 줄당 10자씩 모두 40자. 3,126 글자의 부모은중경을 담으려면 화선지는 가로 1.5미터, 세로 3.3미터는 돼야 한다. 모두 81장, 펼쳐 놓으면 길이가 122미터가 된다. 비범한 두 사람의 만만치 않은 기가 모아지는 순간이었다. 자기들이 무슨 고구려 호걸이라고, 말도 안 될 스케일, 무모한 계획은 그러나 단숨에 결정됐다.

큰 결심, 그 뒷감당, 고스란히 둘의 몫이다. 종이, 벼루, 먹, 붓에 대해 두 사람은 원칙을 세운다. "모두 극상품을 쓰자."

곁에서 황당한 과정을 보고 들었던 나는 이제 뒷짐 지고 큰 구경이나 하면 되었다.

우선 화선지가 문제. 전지라야 가로 70센티미터, 세로 130센티미터 안팎이 고작이라 따로 주문해야만 한다. 석주는 종이 장인을 여럿 찾아다녔지만 손으로 그 큰 종이는 도저히 만들 수 없다는 얘기만 들었

다. 국내에서 변통하려던 계획을 접었다. 중국에서도 쉽지 않았지만, 결국 베이징의 노포 유리창琉璃窓을 통해 안후이성에서 만든 종이 금록단피金鹿檀皮 3백 매를 손에 넣었다. 각별히 주문한 충청도 보령保寧 돌白雲上石로 만든 벼루, 음성陰城산 붓도 마련됐다.

문제는 먹. 워낙 글씨가 크고, 붓도 크고, 큰 작품이라 엄청난 양의 먹물이, 그만큼의 먹이 필요한 건 당연한 일. 오동나무를 태워 나오는 그을음을 모으고, 녹각을 고은 아교로 개어 만든 먹을 특등품으로 친다는데, 중국 먹은 대개 석유 같은 기름을 태워 만들어 성에 안 찼다. 일본으로 눈을 돌린다. 일본 나라奈良 지방에서 15대째 먹을 만들어 온 고매원古梅園의 금송학金松鶴 먹이 낙점됐다. 낱개로나 조금씩 팔리던 최상품 금송학을 50매나 주문하자 도대체 어디에 쓸 거냐고 깜짝 놀란 주인에게 설명하기 번거로워 석주는 그냥 웃고만 말았다고 한다.

이런저런 준비에 몇 년이 지났다. 하석의 서실인 석곡실石曲室 옆에 마침 방이 비어 한 달을 빌렸다. 잠시 쓸 방이지만 은묵당恩墨堂이라는 이름도 지었다. 거사 계획을 세우던 어느 날, 하석은 석주에게 조심스레, 거절하기 힘든 달콤한 의견을 낸다.

"먹을 갈려면 물이 필요한데, 수돗물도 그렇고, 생수를 쓰는 것도 맘에 안 차고, 백두산 천지 물을 쓰면 금상첨화겠다는 생각이 드는데…"

참 끝까지 황당한 얘기다. 끼리끼리 만난다고, 석주는 기발한 생각이라고 무릎을 치고는 바로 중국 장백산행 항공편을 예약했다. 결국 비룡 폭포에서 백두산 천지수를 한 말들이 두 통인가를 담아 낑낑 가져온다.

기가 찬 준비를 마치고, 작업의 시작을 축원하는 시묵회始墨會가 2016년 7월 6일 10시에 열렸다. 하석은 향을 사르고 안동 소주를 누군가에게 올리며 재배했다. 기계로 먹을 갈자는 얘기도 잠깐 나왔는데 무슨 쓸데없는 소리, 엄청난 양이지만 모두 손으로 갈기로 했다. 내가 이 큰 역사役事에 힘을 보탠 것은 먹을 한 30여 분 갈았나? 그걸 빌미로 이 얘기에 한 자락 끼어든 것이다.

가만있어도 등줄기에 땀이 줄줄 흐르는 복더위에, 면벽 수행 스님 같은 용맹정진이 시작됐다. 하석의 제자들도 힘을 합했다. 먹을 가는磨墨 이 네 사람, 종이를 펼치는擧本 이 두 사람, 여기에 이런저런 일을 거드는 이들까지 매일 예닐곱 명씩 품앗이에 나섰다. 그 많은 화선지에 연필로 일일이 줄을 그어 반듯하게 글 쓸 칸을 만들고, 다 쓴 글을 원본과 한 글자씩 대조하는 것은 석주의 몫이었다. 하루도 쉬지 않고 열엿새, 붉은 글씨로 크게 쓴 제목과, 서문序文, 제작 전말과 일지를 담은 발문跋文까지 기가 관통했다. 한 호흡의 글씨였다.

"쓴다기보다는 무거운 주춧돌을 들었다 났다 하는 고행으로 보는 것이 옳다. 무모하거나 바보 아니면 감행할 수 없는 만행卍行이다. 무표정하고 조용한 글씨는 잔잔해진 새벽 바다다."•

• 예술의 전당 서예 박물관 수석 큐레이터 이동국의 말

일흔 살 청년, 하석은 이렇게 붓을 잡은 것이다.

"명작이란 다시 못 할 것 같은 작품이라 생각합니다. 어리숙하게 보이기 위해서 어리숙한 것이 아니라, 익을 대로 익어서 펼쳐진 천진난만한 경지."

그의 바람 같은 작품이 태어난 것이다.

일반적으로 하는 표구는 당치도 않았고, 화선지 뒷면에 종이를 덧대는 배접도 원본이 틀어질 수 있다. 더 이상 손댈 일이 없었다.

2018년 5월 18일부터 열흘 동안, 부모은중경이 예술의 전당 서예 박물관에서 일반에 공개된다. 도원결의 후 4년 만이다. 설치하는 이들도 고역이었다. 아마도 우리 서예사에 이런 대작은 처음. 장안의 내로라하는 문화인들이 많이 모였다. 불가의 관심도 컸다. 알음알음 얘기가 퍼진 탓에 도대체 무슨 신묘한 작품이 태어났는지 찾아온 축하객들은 호기심 일색이었다. 높은 천장으로부터 두 칸으로 빽빽이 들어찬 작품을 보느라 목도 뻣뻣해졌다. 전시장은 시끌했다가 멍해지고, 적막 속에서 얕은 탄성이 새어 나왔다. 안 보면 후회할 전시였다.

이 무지막지한 작품을 어디다 보관하느냐는 처음부터 문제였다. 가로-세로-높이, 160센티미터-3백50센티미터-30센티미터의 보관함을 만들기로 했다. 나무는 오동나무, 남원 목운 공예사가 소목小木을 맡았다. 나무판은 이어 붙일 수밖에 없었다. 이음새가 힘을 받도록 삼베를 발랐다. 그 위에 옻칠을 7번, 두껍게 했다. 전북 무형 문화재 13호 옻칠장 남송 박강룡이 맡았다. 보관함 뚜껑에는 '하석사불설대보부모은중경지장궤何石寫佛說大報父母恩重經之長櫃', '석주미술관장石舟美術館藏'이라 썼다. 이 글씨를 광주광역시 나전 칠기장 송정 최석현이 꼼꼼하게 조개껍질로 끊음질했다. 함의 무게만 300여 킬로그램, 작품의 무게는 150여 킬로그램. 함을 옮길 때, 여섯 명이 들 수 있도록 참나무 들채 3개도 만들었다.

가끔 두 사람을 만나지만 이 얘기를 더 안 한다. 그리 공을 들인 일인데 끝난 일이라고 벌써 잊은 모양이다. 애틋한 그리움도 있을 텐데. 언젠가 저녁 자리에서 넌지시 얘기를 꺼내 봤다.

"글쎄, 훗날 사람들이 '그 옛날에 이런 짓을 한 사람들도 있었네.' 할라나?"

어리석은 이들이 산도 옮긴다는데 이런 답답한 이들이 모이고 모여 문화는 이어지기 마련이다.

「21세기 병신년본丙申年本 초대형 부모은중경은 빼어난 작품이다. 서예사적, 연대학적 가치도 크다. 제작 구상에서 완료까지 일지도 잘 정리되어 있고, 세세한 내용까지 제작 의궤儀軌에 모두 담겨 있다. 동양 3국의 재료들이 두루 사용되었다는 것은 흥미롭다. 잘 보존되어 있다. 그들의 기개가 돋보인다. 우주 시대, 오늘 23세기에서 그 가치는 보물이다.」

아, 필링!

1997년 4월 25일 정오, 세종문화회관 세종홀에서 열린 한 결혼식은 여러 면에서 화제를 모았다. 식장에는 언론계, 학계, 정계, 관계, 재계, 문화계 모든 분야의 쟁쟁한 얼굴들이 모여 얼핏 보면 대단한 명망가의 혼례로 보였다. 그러나 이날의 주인공은 평범한 언론인. 하객들은 거의 그의 친구이자 선후배였다. 나도 언론계 선배의 이 귀한 결혼식을 보기 위해 일찍 갔는데도 500여 좌석은 벌써 거의 차 있었다. 인사치레로 얼굴을 비친 하객들이 아니라 실로 오래 묵은 총각 인생의 막내림을 진심으로 축하해 주기 위해 모인 사람들이었다.

먼저 이날의 주례사부터 들어 보시라. 주례사는 "에, 검은 머리가 파뿌리가 되도록 서로…", "두 사람의 영원한 사랑을 약조하는…" 어쩌구가 아니라, 기름기 쪽 빠지고 뼈에서 쏙 발라지는 갈비찜처럼 맛깔

스럽고 구수했다. 또 「희한한 결혼식의 별난 주례사」라는 제목까지 붙여 온 주례사였다.

*

희한한 결혼식의 별난 주례사

지금부터 98년 전인 1899년 7월 정동 교회당에서 선교사 아펜젤러 집례 아래 배재학당 학생 두 사람이 이화학당 여학생 둘과 요즘 말로 합동으로 신식 결혼식을 올린 적이 있는데, 당시 한 신문은 조선 개국 이래 처음 있었던 이 결혼 예식을 두고 '희한한 일'이라고 평했습니다. 오늘 임한순 - 김진숙 두 분의 결혼식도 우리 세대에 한국에서는 좀처럼 볼 수 없는 '희한하고도' '별난' 결혼 예식이 아닐까 생각합니다.

제가 '희한하고도 별난' 결혼 예식이라고 한 것은 나이 예순에 첫 결혼식을 올리는 것도 그렇고, 이 예식에 참석한 대부분의 하객들이 반백의 머리를 보이는 것도 그리 흔한 일이 아니기 때문입니다. 서로가 이순耳順을 바라보는 동갑내기 친구이긴 해도, 세상에 늦게 난 사람이 먼저 태어난 분의 결혼식의 주례를 맡는 것 또한 '별난' 것입니다.

이 자리에는 신랑의 은사님들도 계시지만, 제가 이 자리에 선 것은, 신랑과 제가 지금부터 꼭 40년 전인 1957년 서울대학교 문리과 대학 사학과에 입학했을 때 클래스에서 가장 촌스럽게 보였던 두 시골뜨기였고, 이 촌맹들이 의기투합하여 자취 생활을 시작한 이래, 분야는 달랐지만 풍상을 겪은 여정이 서로 비슷하였으며, 거기에다 제가 신랑 신부 두 분의 관계를 비교적 잘 알고 있다는 인연 때문입니다. 주례로서는 대학 입학 시절 신랑과 자취 생활을 시작한 40년 전을 회상하면서, 지금까지

자취나 다름없는 생활을 벗어나지 못하던 이 친구를 이제야 결혼 생활로 이끌어 준다는, 말하자면 해묵은 숙제를 푸는 데에 일조한다는 심정으로 이 자리에 섰습니다.

오늘의 주인공인 신랑과 신부는 26년간이라는 교제를 통해 결혼에 이르렀습니다. 계기는 신랑이 누님의 소개로 하숙을 구하게 되면서 시작되었습니다. 처음에 한 하숙집 손님이었던 신랑은 그 집을 떠날 줄 몰랐고, 그 인내에 화답하면서 오늘의 신부는 사반세기가 넘는 기나긴 세월 동안 지극한 정성으로 한 남자를 뒷바라지해 왔습니다. 신랑의 허약한 체질과 까다로운 식성을 잘 헤아려 항상 섭생에 유념했을 뿐 아니라, 때로는 누님이나 동생처럼, 약간은 별난 이 남자를 조용히 보살펴 왔습니다. 지극한 정성은 그 남자의 마음을 녹였고, 용기가 없어 여성에게 결혼하자는 말을 육십 평생 한 번도 꺼내지 못했던 이 친구에게 담대함을 불어넣어 주었습니다. 오랫동안 한집에서 살아오던 두 사람이 이제 한방을 쓰게 되는 데에는 이러한 순애보적 일화가 향기처럼 스며 있습니다.

'별난 결혼'으로 소문나 있는 오늘, 이 결혼은 인생의 의미와 결혼의 진지성을 돋보이게 해 줍니다. 이 땅의 독신주의자들에게는 두 분의 결혼이 섭섭함과 실망을 안겨 주겠지만, 사랑과 협조를 더 필요로 하는 우리 사회에는 가능성과 희망입니다. 반백의 머리털을 자랑하는 하객들이나, 심신이 늙었다고 좌절하는 이웃들에게 두 분의 결혼은 새로운 용기와 모험을 불어넣어 주고 있습니다. 중략

약간의 호기심을 가지고 참석하셨을지도 모르는 하객들께서는 이제 마음으로 두 분의 용기 있는 출발을 축복해 줍시다. 지난 사반세기 동안 애틋하게 간직하기만 하고 드러내지 못했던 사랑의 공백을 신뢰와 지혜로 잘 메꿀 수 있도록, 그리고 늦깎이 부부지만 그들의 사랑 행위가 어색하지 않도록 주위에서 잘 도와줍시다.

*

주례를 맡은 친구 숙명여대 이만열 교수가 앞서 신랑 신부 맞절을 시키는 순간 식장은 폭소가 터졌다. 신부가 다소곳이 머리를 숙이자 신랑이 바닥에 넙죽 엎드리며 큰절을 한 것이다. 황공무지한 신랑의 진심이 표출된 것이다. 신랑과 동기인 여학생 할머니 세 분도 깔깔대고 환호해 주었다.

신랑은 기인 기질이 다분한 언론인이었다. 전국 사찰, 왕릉을 답사하며 풍수를 연구했다. 산골을 찾아다니며 그곳 사람들과 나눈 메모는 책 한 권에 담기에도 모자랐다. 등산을 좋아하는 그는 또 동전 수집가이자 자선 사업가였다. 북한산 보현봉, 문수봉, 도봉산 만장봉 언저리에서 치성을 드리는 많은 무속인들이 무슨 주술인지 바위틈마다 그릇에 수북이 모아 놓은 동전은 모두 그의 차지였다. 빠지지 않고 돌아다니며 긁어모아 배낭에 수북하게 채운 그 동전을 시내 여기저기에서 볼 수 있던 구걸하는 노인들에게 골고루 나누어 주었다.

결혼식이 끝난 후 방송 잡지 등에서 신랑을 찾아 인터뷰하는 등 그는 한동안 화제의 인물이 되기도 했다.

자, 그러면– 그 선배는 독신주의자도 아니고 그동안 '헤일 수 없이 수많은' 선을 보는데도 왜 짝을 못 찾았을까? 그가 꼽는 첫 번째 조건은 '필링'이 통하는 여자였다. 바로, 그 '필링'이 문제였던 것이다. 여러 차례 선을 주선 하다 하다 지친 어느 친구는 '장가가기 틀린 인물' 리스트 위 칸에 그를 놓았다. 그에 따르면, "임 기자가 '필링'이 통할

타입은 지성적이면서도 야성적인 매력이 있어야 하고 세련된 데다 순박미가 있어야 한다."라는 둥 도대체가 종잡을 수 없으며, 영화 〈애수〉의 가스등 밑에서 사랑을 나누는 애절한 여인 정도면 될 것 같기도 한데, "도대체 그런 여자가 조선반도에 어디 있으며, 또 있다 하더라도 그쪽으로 눈길 한 번이나 주겠느냐."라고 놀리기도 했다.

다음은 그가 당시 몸담고 있던, 지금의 연합뉴스 사보에 기고했던, 결혼의 전말을 고백한 「장엄한 회고록」 중 몇 대목이다.

*

장엄한 회고록

그것은 감천感天이었다. 아니 기적이었다. 우리 만남은 1971년 11월 하숙집 아줌마와 하숙생으로 시작되었다. 전생의 숱한 인연들이 아니고서는 어찌 이런 일이 일어날 수 있겠는가.

하숙집 아줌마, 아니 집사람은 정성으로 뭉쳐진 혼의 사람이었다. 수수깡 부딪치는 소리가 스산한 그해 늦가을 나를 첫 대면했을 때 차가운 듯하면서 고지식하고 진실되다는 인상을 받았다고 한다. 그리고 이런 남자라면 한평생 모시고 싶다는 생각이 들었다고 한다. 여러모로 까다롭기 그지없는 나의 성격에 조금도 구애됨이 없이 그녀는 여일했다. 음식 하나하나에 정성이 다 담긴다. 짜고 매운 것은 아예 먹지 않고 파, 마늘, 고추도 싫어하는 나의 식성에 맞추면서도 음식마다 담백하고 독특한 맛을 낸다. 약골인 내 육신이 이 정도나마 건강을 유지하고 있는 것은 정성이 깃든 음식 덕분이다.

갑작스러운 빗속에서 버스를 내리면 우산을 갖고 나와 기다리고 있다. 바깥세상에는 별 관심이 없고 검소하기가 자린고비 같다. 화장품도 경대도 없다. 그런 여인이 나를 위해서라면 간도 빼고 쓸개도 빼려 한다. 포도를 좋아하는 기색이면 이미한 광주리 사다 놓았다. 맥주 마시기가 어렵던 시절, 어느 날 퇴근해 보니 벽장에 캔맥주가 가득 들어 있었다. 전날 내가 맥주 한 병을 맛있게 마시는 것을 본 모양이다.

음식보다 여인에 나는 더 까다로웠다. TV 화면에 싫어하는 타입의 여인이 나타나면 내용에 관계없이 확 꺼 버렸다. 좋아하는 타입이면 브라운관이 뚫어질 지경이었다. 여인에 대해 찾는 것은 오직 '필링' 뿐이었다.

필링, 아 ! 필링….

이 필링이 내 생애를 지배하다시피 했다. 여인을 처음 보는 순간 숨 막히게 온몸으로 느껴 오는 강렬한 아픔 같은 자극이 여인에 대해 내가 찾는 모든 것이었다. 출신, 학벌, 경력 등은 아예 논외였다. 이혼녀, 과부도 맞선 상대였다. 미국에도 두 차례나 가서 맞선을 보는 등 세 자리 수에 이르는 맞선이었다. 하루에 세 번을 보기도했다. 하숙집 아줌마가 소개해 준 여인들도 여럿 된다. 전혀 내색은 없었지만 속으로는 울었을 것이다. 맞선을 보았던 여인이 친구 사이가 되고, 그 여인이 자기 친구를 맞선 보게 하는 경우도 있었다. 그러나 찾는 여인은 찾아지지 않았다. 그럴 수밖에 없었다. 외모에서만 필링을 찾았다. 내모는 완전히 무시됐다. 많은 여인들에게 죄를 지었다. 중략

허상을, 허깨비를 찾아 반평생을 헤맨 나에게 진상眞像을 보게 해 준 것은 하숙집 아줌마였다. 여인의 내모가 외모의 필링에 우선한다는, 너무도 평범한 진리를

내가 깨닫기까지 26년이라는 긴 세월을 직접 지켜보면서 참고 견딘 하숙집 아줌마, 그 지성至誠과 인고는 결국 한 남자의 철통같은 마음의 문을 열게 했다.

우리의 결혼은 기적이 아니다. 오랜 세월 참고 견디면서 지극한 정성을 다 바친 한 여인과 나이 육순에서야 눈을 올바로 뜨고 그 정성에 작으나마 보답하려는 한 남자가 끝내 이룩해 낸 진짜 순애보다.

＊

언젠가 이 '별난' 얘기를 한번 쓰고 싶어 결혼식 직후 주례사를 구해 묵혀 놓은 지 어언 몇십 년인가. 선배 한 분은 친절하게도 책『신문은 죽어서 말한다신동철·다락원(2003)』가운데 이 스토리들을 한 꼭지 정리해 주어 글쓰기에 큰 도움을 주셨다.

이 글을 출가出嫁시키기 전, 스토리의 원작자이자 주인공에게 허락을 받는 것이 도리란 생각이 들어 전화를 드렸다

"그래, 그렇게 해요."

한마디로 오케이다.

안양천 변에 살고 있는 그는 안양천에 살고 있는 잉어들 밥 주는 것이 즐거운 일과 중의 하나라고 했다.

"두 분 건강은 좋으시죠?"

"그럼, 그렇지 뭐."

쉰 하고도 서른을 훌쩍 넘긴 나이테가 주는 육신 곳곳의 평균율적 불편, 그 반갑지 않지만 어쩔 수 없는 선물을 선배는 불안해하거나 호들

갑 없이 또 거역하지 않고^{할 수도 없지만}, 천품^{天稟}대로 담담하게 잘 데리고 살고 계시다.

　무심하게 세사를 바라보는, 이제는 관조^{觀照}로 바뀐 그 '필링'이 듬뿍 밴 먹이를 받아먹는 안양천에 사는 잉어들만 어복^{魚福}을 한껏 누리고 있다.

Feelings
Vigon Bamy Jay

캐비아 연정戀情

잠이 막 들려고 하던 자정이 가까운 시간, 똑똑 노크 소리가 났다. 누가 이 시간에…. 방콕의 허름한 호텔. 방문에 달린 작은 렌즈를 들여다보았다. 방문 앞에는 낯모르는 외국 청년 둘이 서 있는 것이 아닌가. 또 노크를 했다. 자세히 보니 그들은 'CCCP' 글씨가 크게 박힌 트레이닝복을 입고 있었다. '아, 소련 선수들이구나.' 일단 안심은 했지만 '깊은 밤에 이 친구들이 왜 내 방을 두드리는 거지?' 소련 사람을 그때 처음 봤던 나는 경계심이 앞섰다.

1984년 4월, 회사 일과는 별도로 스포츠 관련 업무를 짬짬이 해야 했던 시절, 태국에서 열린 킹스컵 국제 복싱 대회에 국가 대표 팀과 함께 참가했을 때다. 옛날 왕궁 앞에 있던 로얄 호텔은 이름과는 달리 우중충한 분위기의 3성급쯤 될까 하는 호텔이었다. 잠시 망설이다 방문을 열었다.

"즈드라스트부이체."

'고맙다'는 '스파시바'와 함께 유일하게 아는 러시아 말인 "안녕하세요." 인사하며 어색한 미소를 지은 둘의 손에는 스포츠 색이 들려 있었다. 순박한 얼굴들이었다. 그들은 쭈뼛대며 방으로 들어왔다. 주섬주섬, 침대 위에 뭣인가를 꺼내 놓기 시작했다. 투박하게 생긴 작고 검은 상자, 가만히 보니 카메라였다. 쇳덩이 같은 손목시계도 나왔다. 처음 보는 마트료시카 나무 인형, 군용인 거 같은 쌍안경, 손바닥 반쯤 되는 크기의 납작한 캔, 비슷한 크기의 유리병도 꺼냈다. 이런 것들을 좀 사 달라는 거였다. 말은 한 마디도 안 통하는 답답한 흥정이 시작됐다. "서티 돌라, 피푸티 돌라, 텐 돌라." 값을 얘기하는 모양인데 내 눈길을 끌 만한 물건은 한 개도 없었다.

"노 딸라."

내 뜻을 확실하게 전하자 그들은 아쉽다는 얼굴로 방을 나갔다.

다음 날 아침 국제 대회를 많이 다녔던 경기인에게 어젯밤 얘기를 했다.

"걔들 거 살 거 하나 없어요. 사 주지 마세요. 참 그런데 걔들 캐비아는 최고예요.", "캐비아요?", "상어알 모르세요? 걔들 게 최고예요. 근데 대회 끝나고 가기 전날 그때 사세요. 그때는 헐값에 팔아 치우거든요. 나도 그때 사려구 버티고 있어요."

캐비아를 그때 처음으로 알았다. 첫날 한 캔에 몇십 달러인가를 불렀던 캐비아는 하루가 지날수록 값이 내려가기 시작했다. 난 결국 귀국하기 전날 5달러인가에 두 통을 샀다. 귀하고 비싼 거라는데 싸게 잘 샀다고 잠깐 기분이 좋았지만 귀국길에 비행기 안에서 값을 더 쳐 줄걸 하고 얄팍한 동정의, 뒤늦은 후회를 하기도 했다.

국제 대회에서는 주최 측이 숙식을 제공하는 것이 관례인데, 식당에 소련 선수들이 별로 안 보였다. 알아보니, 임원들은 못 하게 했지만 선수들 상당수가 식사를 안 하는 대신 돈으로 받아 갔다는 것이다. 식사를 그러면 어떻게? 호기심이 발동했다. 탐사 끝에 알아낸 사실은…, 그들은 빵을 갖고 왔었다.

"너네 빵이 영양식이라던데 좀 나눠 달라. 물건도 다시 좀 보고."

손짓 발짓 끝에 한 선수의 방으로 갈 수 있었다. 세상에…, 껍데기도 안 벗겨진 밀이 군데군데 박혀 있는 단단하고 시커먼 빵이었다. 보통 식빵 크기였다. 맛 좀 보자며 한 조각을 얻었다. 방으로 갖고 와 베 물었는데 도저히 먹을 수가 없었다. 전에 '로스케^{일제 강점기때 러시아 사람을 비하하는 말} 군인들은 전쟁 중에 딱딱한 흑빵을 갖고 다니다가 잘 때 베개로도 쓰고 때 되면 베어 먹고 한다는 말을 들은 적이 있었는데 바로 그런 빵 같았다. 거기에다 가져온 무슨 염장 해산물 같은 것을 얹어 하루에 한 끼니 정도를 때우는 것이다. 체력 소모가 유난히 많은 국가 대표 복서들이 말이다. 소비에트 사회주의 공화국 연방은 그때 그랬다.

식도락가들은 송로버섯, 캐비아, 푸아그라를 3대 진미로 꼽는다. 육해공을 각각 대표한다. 푸아그라는 거위나 오리 목에 대롱을 꽂고 강제로 옥수수 같은 사료들을 밀어 넣어 간을 크게 만드는, 잔인한 제조 과정이 떠올라 몇 번 먹어 보고는 내쳐 버렸다. 트뤼프라고 불리는 송로버섯은 언젠가 도쿄의 전문 레스토랑에서 입 호강의 행운을 가진 적이 있지만, 흙냄새도 조금 나는 특유의 향이 강한 좋은 물건을 내가 자주 만나기가 쉽지 않을 것 같아 제껴 놓았다. 이들은 모두 만만치 않게 비싸다. 송로버섯 극상품은 1킬로그램에 천만 원에 가깝다는 보도를 본 적도 있고, 캐비아는 품질에 따라 차이가 커 온스당 금보다는 싸고 은보다는 훨씬 비싸다고도 한다.

염장한 모든 생선의 알을 캐비아라 부르지만, 삼대 진미의 캐비아는 카스피해에서 잡은 철갑상어의 지름 2-3밀리미터 크기의 검정에 가까운 짙은 회색 알만 해당된다. 그중에서도 스탈린이 즐겼다는, 지금은 보기 힘들다는 '알마스'가 있고 그 아래가 '벨루가', 또 '세브루가니'나 비행기 1등석에서 주는 '오세트라' 역시 상급이다. 철갑상어의 종

캐비아의 최고품은 카스피해산이다. ⓒ Olleaugust

류, 가공 방법에 따라 몸값이 결정된다. 전에는 카스피해에 붙어 있는 나라, 소련과 이란에서만 주로 공급됐지만 호메이니 혁명 후 이란은 캐비아 수출이 금지됐고, 소련이 해체된 후에는 러시아, 카자흐스탄, 아제르바이잔에서 나온다물론 서유럽에서 가공한 것도 많지만.

방콕에서의 우연한 인연을 시작으로 나는 캐비아를 좋아하게 됐다. 그 맛은 말이나 글로 풀어내기가 쉽지 않다. 비릿하면서도 스치듯 고소한 향의 여운이 혀를 파고든다. 잃었던 옛 맛을 찾은 듯 짭조름한 아련함이 입 속을 돌다 침샘으로 배어든다. 러시아산 스톨리치나야 보드카나 샴페인에 곁들이면 황홀하다. 그 순간은 세상 부러울 게 없다.

그러나 내가 폼 잡으며 상류 사회의 식도락에 빠진 사람이라고 오해 마시라. 소련 복서들과의 가슴 저리는 사연에서 내 '캐비아 연정戀情'이 시작된 후 카스피 연안 사람들과의 친분이 공급으로 이어지면서 길들여진 혀를 갖게 되었을 뿐이다.

✳

국제 복싱 연맹 집행 위원에 고르디엔코라는 소련인이 있었다. 나보다 열 살 위다. 처음 악수할 때 손이 아파 움찔했던, 삼보 선수 같은 완강한 근육질의 그는 소련군의 현역 대령. 소속은 알려 주지 않았는데 육군이었다. 크렘린이라는 별명이 딱 어울릴 인상이다. 러시아어만 하는 그와 무슨 독심술이 서로 작용했는지 말귀가 통했다. 해외에서 여러 차례 만나면서 꽤 가까운 사이가 되었다. 그는 내가 캐비아를 좋아한다는 것을 안 다음부터는 만날 때마다 한 통씩을 꼭 챙겨 주었다. 캐비아는 달러를 벌어들이는 소련의 주요 수출 품목 가운데 하나였다. 내외국인 모두 소련 내에서 산 것도 반출할 수 없었다. 면세점 제품만이 오케이될 만큼 관리가 엄격했다. 고르디엔코는 해외에 나올 때마다 이번에는 어디 숨겨 왔느니 하며 무용담 늘어놓듯 자랑했다.

서울 올림픽이 열린 1988년, 그도 서울에 왔다. 반갑게 만났다. 국제 연맹 임원들의 숙소는 당시 삼정 호텔. 내게 줄 선물이 있으니 방으로 오라며 덩치에 어울리지 않게 한 눈을 찡긋했다.

그날 저녁 그의 방으로 갔다. 그는 싱글벙글하며 이민 가방 같은 큰 가방에서 무슨 자루를 꺼냈다. 밀가루 포대보다 좀 작은 두꺼운 비닐 자루였고 안에는 삼분의 일쯤 무엇이 들어 있었다. 그는 조심스레 옭매 놓은 여러 겹의 자루를 풀었다. 화장실 양치 컵을 갖고 오더니 뭔가를 퍼 올렸다. 와아! 캐비아였다. 캐비아 통을 모두 뜯어 비닐 자루에 옮겨 담은 거였는데 눈대중으로 반 말은 족히 되어 보였다. 선물할 사람들은 많은데 완제품의 반출은 안 되고, 궁리 끝에 만든 캐비아 반출용 특별 용기였다. 반 컵쯤 되는 캐비아를 어서 먹으라고 재촉했다. 분위기에 전혀 맞지 않고 캐비아의 자존심을 크게 깎아 내리는, 캐비아에게 미안하고 무식한 시식이었지만, 그의 호의가 고마워 티스푼 한 가득 퍼서 입에 넣었다.

으악 소리가 튀어나오는 것을 용케 참았다. 이게 도대체 뭔가? 어떻게 이런 짠맛이 날 수 있는가? 짠 게 아니라 썼다. 도저히 먹을 수가 없었다. 고르디엔코는 "어때 맛있지.", "어때 나 잘했지." 하며 으쓱하는 소년의 표정이었다. 난 그것을 얼른 삼켰다. 그러나 티 안 내려는 내 연기가 서툴러 얼굴이 살짝 일그러진 모양이다. "아, 썰트." 하며 그는 엄지와 검지손가락을 약간 벌리면서 "조금 짤 거야."라는 수화手話를 했다. 비닐 자루에 잔뜩 캐비아를 풀어 넣기는 했는데 여행 중 변질될까 봐 또 염장을 한 것이다. 캐비아 자체가 소금에 절인 음식인데 무지막지한 나의 친구, 이 '레드 아미' 대령은 손 크게 소금을 퍼부은 것이다. 나는 그의 성의에 혹 상처가 갈까 보아 조금 짜긴 한데 괜찮다, 너무 고맙다고 인사치례를 하지 않을 수가 없었다.

곤혹스러운 장면은 바로 이어졌다. 그는 작지만 제법 큰 비닐봉지를 꺼내더니 덥석덥석 컵으로 세 번인가를 담았다. 내게 주는 것이다. 나는 "너무 많다. 다른 사람도 주어야 할 텐데 조금만 담으라." 했으나 그는 베스트 프렌드 어쩌고 하며 그예 한 자루의 캐비아를 내게 안겼다. 캔으로 치면 열댓 캔은 될 분량이었다. 일단 집으로 가져온 그 캐비아를 물에도 씻어 보고 이래저래 소금기를 빼 보려 했지만 부드러운 알에 제대로 배어든 염분을 빼낼 방법이 없었다. 여러 차례 시도해 보아도 도저히 목에 안 넘어갔다. 결국 캐비아와 '대령 친구'에게 큰 죄를 지었다.

이제 좋은 캐비아를 안정적으로 공급해 줄 이들은 내 곁에 없다. 스포츠 세계에서 떠난 이후로는 유럽 공항 면세점의 캐비아 코너에서 아주 큰맘 먹고 한 병 사는 게 고작이었다. 헐값에 샀거나 선물을 받았었는데 막상 사려니 그 비싼 캐비아의 체감 가격은 더 비쌌다. 근데 어쩌랴. 옛 '소련' 친구들이 이미 내 입맛을 길들여 놓았는데.

나는 경건한 마음으로 캐비아를 맞고 싶다. 비스킷이니 삶은 달걀의 흰자에 얹어 먹지 않고, 내 식대로 작은 나무 스푼으로 떠서 입에 넣는다. 금세 삼키지 않고 혀에서 녹이면서, 가끔씩 눈을 감아도 보면서.

철갑상어의 배를 조심스레 가르고 알이 흐트러질까 나무 주걱으로 곱게 퍼내어, 섬세하게 손질을 하는 카스피 연안 장인들을 떠올린다. 복이 오더라도 한꺼번에 누리지 말고 나누어 쓰라는 '석복惜福'처럼, 아끼면서 캐비아를 먹고 싶다.

얼마 전 냉장고 구석에 감춰져 있던, 유통 기한이 몇 년은 지난 캐비아 한 통을 발견했다. 서울 올림픽 때에 이어 난 또 죄를 졌다.

아주 오래전 일이 느닷없이 생각나는 경우가 가끔 있지 않은가? 무의식이건 회상이건 영화 속 플래시백처럼 지난 어느 날이 아련하게, 때론 생생하게 떠오르는 경험 말이다.

그날이 바로 그랬다. 1994년 7월은 나의 역마살驛馬煞이 요동친 여름이었다. 헝가리 부다페스트에서 1백여 킬로미터쯤 떨어진, '코다이 음악원'으로 유명한 케츠케밋이라는 작은 도시, 그곳 공장의 준공 관련 행사 때문에 들러 이틀 일을 보고, 부다페스트 헬리아 온천 호텔에서 사흘 동안 열린 스포츠 관련 회의를 마치자마자, 인수한 지 얼마 안 되는 그리스의 사업장을 서울에 소개하기 위해 아테네로 떠나는, 부다페스트에서의 마지막 날이었다.

체인브리지라고도 불리는 세체니 다리는 부다와 페스트 지역을 이어 주는 두나강의 얼굴 같다. ⓒ Markus_KF

국제 복싱 연맹의 집행 위원에 아다자니아라는 인도인이 있었다. 브라만 아래 크샤트리아인 그는 넉넉한 풍채에 깊은 눈을 갖고 있었다. 인도인 특유의 억양을 곁들인 영국식 영어를 바리톤 음색으로 느릿하게 깔아서 했다제대로 알아듣지 못해 답답했지만. 내가 좋아해 가깝게 지내던 멋있는 신사였다. 그가 아침 일찍 떠난다기에 작별 인사를 하려고 호텔 로비에서 기다렸다. 출발 시간이 지났는데도 그가 나타나지를 않았다. 방으로 전화를 해도 안 받아 동료들이 호텔 직원과 함께 방으로 올라갔다. 잠시 후 갑자기 프런트 쪽이 시끄러워졌다. 그가, 돌연사한 것이다. 경찰이 오고 앰뷸런스도 왔다. 소란은 한동안 이어졌다. 흰 천에 덮인 구급용 들것이 지나가는 것을 멀거니 지켜보았다. 심근경색이었다. 경찰이 시신을 인수해 가면서 허망한 일은 한 시간 남짓에 수습됐다. 호텔은 언제 그랬냐는 듯 평온해졌다. 이런 먹먹한 이별이 있나. 한동안 얼빠진 듯 로비에 앉아 있었다. 당시 담배를 피우던 나는 유럽 출장길에만 맛볼 수 있던 파란 갑의 프랑스제 골루아즈 블롱드를 내리 예닐곱 개비 피웠다. 무척 더운 한여름 날의 꿈이었다.

✳

1933년, 헝가리 작곡가 레조 세레쉬는 「글루미 선데이^{Gloomy Sunday}」라는 곡을 만들었다. 단조^{短調}의 구슬프고 어두운 곡이었다. 헝가리는 당시 1차 세계 대전 패전국으로서 안게 된 한몫의 책임의 여파가 길고 깊었고 극심한 경제 공황까지 겹쳤다. 오스트리아·헝가리 제국은 소수 민족들의 독립 요구로 쪼개지고 있었다. 대혼란기, 그때 태어난 이 곡은 그의 친구이자 시인인 라즐로 야보르가 후에 가사를 지었다.

"내 마음과 나는 모든 것을 끝내리라 마음먹었네."

이런 노랫말 때문인지, 희망 없는 당시의 암울함 때문인지, 자살이 급히 늘었다. 믿기 어렵지만 레코드 발매 8주일 만에 187명이 이 노래를 듣고 자살했다고 알려졌다. 노래와 자살의 유의미한 인과 관계가 증명되지는 않았지만, 어쨌든 장송곡 같다는 비난 속에 이 노래는 '저주의 노래'가 되었다. 헝가리는 물론 영국 BBC에서도 방송 금지곡이

됐다. 작곡자도 69번째 생일을 막 지난 후 스스로 생을 끝냈다.

이 노래를 테마로, 1988년 작가 바르코프는 「우울한 일요일의 노래」라는 제목의 소설을 썼고, 1999년 독일의 롤프 슈벨 감독은 영화〈글루미 선데이Gloomy Sunday〉를 만들었다영화 OST곡이 따로 있고, 「글루미 선데이Gloomy Sunday」는 삽입곡이다. 영화의 무대가 된 '영웅 광장'과 '세체니 온천' 부근에 있는 '군델 레스토랑'은 낭만을 좇는 여행객들의 순례지가 되었다. 영화는 세트에서 찍었지만, 인테리어니 헤렌드 도자기 접시니 은세공 포크-나이프 등은 모두 군델 것을 썼다지.

＊

부다페스트에서의 어느 날 저녁, 나는 페스트 지역 번화가인 바찌 우짜Váci Utca를 산책하고 두나강 가 작은 피아노 바 2층 테라스에 앉아 있었다. 강 건너 부다 지역의 야경이 물결에 넘실대는 것을 바라보며 처음 맛보는 약초 증류주 유니쿰을 홀짝거리고 있었다. 40도짜리 쌉싸름한 맛에 얼굴이 불콰해질 즈음 땅딸한 사내가 피아노 앞에 앉았다. 바와 어울리지 않게 검은 정장 슈트를 잘 차려입은 그가 느린 곡조의 음악을 연주하기 시작했다. 그는 유럽인이기는 한데 유럽인 같지 않았다. 같이 있던 동료가 "저 사람 동양 피가 섞여 있는 전형적인 마자르

Andras spielt
Gloomy Sunday OST

Gloomy Sunday
Rezsö Seress

인 같지 않냐."라고 뜬금없는 얘기를 건네는데 '어, 이게 무슨 음악이었지?' 아주 오랜만에 듣는 「글루미 선데이」였다. 원곡보다 훨씬 느리게 연주한다는 생각이 들었다. "그렇지. 여기가 이 슬픈 멜로디의 고향이구나." 술기운이 온몸에 번지자 피아노 소리가 귀에 착착 감겨들어왔다. 이 음악에 얽힌 얘기를 알고 있던 나는 'gloomy'와 'suicide'가 어떻게 연결됐을까 생각하며 마이너 키의 피아노 소리에 빠져들었다.

그 후 부다페스트에 몇 번 갈 때마다, 「글루미 선데이」와 아무 연관도 없는 허망하게 사라진 인도 신사가 잠깐씩 오버랩됐다.

✻

1970년 3월 18일, 아마도 아침 8시쯤이었으리라. 나는 그때 길거리를 뛰고 있었다. 정확히 짚어 보면 아현동 가구 거리에서 서소문 쪽을 향해 한창 피가 끓는 20대 청년이 숨을 헐떡이며 뛰고 있었다. 내 손에는 전날 밤 당인리 발전소 부근 강변도로에서 총에 맞아 숨진 젊고 예쁜 여인의 손가락 한 마디 정도 크기의 증명사진이 있었다. 석간신문의 마감 시간이 거의 지난 때였고, 마포 경찰서를 출입하던 선배가 어렵게 구한 그 여인의 사진을 본사로 갖고 가야 하는 임무가 한 달 전 입사한 얼뜬 견습 기자인 내게 주어졌다. 차를 타고 가기 때문에 별거 아니었지만 아현동 고개부터 길이 막혀 차는 꼼짝 못 했고 조금 기다리다 차에서 내렸다. 마라톤 전사가 된 것이다. 어쨌건 신문에 사진이 실렸으니 당연한 임무를 다한 거였다. 속옷까지 흠뻑 젖은 것을 아는 사람은 아무도 없었다.

오빠가 운전하던 차 뒷자리에 앉아 가다 총을 맞고 숨진 그녀는 고급 요정을 누볐던 26세의 밤의 여인. 당시 고위층들만 가질 수 있었던 복수 여권까지 소유한 그녀 아들의 아버지가 누구냐, 범인은 누구냐, 누가 범행을 사주했느냐를 놓고 오랫동안 제3 공화국의 엄청난 정치 스캔들로 번졌던 이른바 '정인숙 사건'이 시작된 것이다. 수습 기간과 상관없이 그 사건 취재에만 투입된 나는 귀한 경험을 쌓아 갔다. 그의 수첩에서 나온 명단은 화려했다. 그 많은 '쎈' 사람들을 진짜로 다 아는지, 대단한 밤의 여왕이었다. 사건의 복잡한 전말은 생략한다.

사고가 일어난 3월 17일 밤 10시쯤, 타워 호텔 18층에 있는 나이트클럽에서 정인숙은 신원이 밝혀지지 않은 남자와 같이 있었다. 그녀는 밴드에게 당시 인기 팝송, 잉글버트 험퍼딩크가 부른 「릴리스 미^{Release me}」를 세 번이나 연주해 달라고 부탁한다. 밴드는 단골인 그녀를 위해 연거푸 이 노래를 들려주었다. 그리고 클럽을 나간 그녀는 11시쯤 살해된다_{나이트클럽 얘기는 당시 종업원의 증언과 우연히 그 자리에 있던 한 기자에 의해 확인된 것이다.} 경찰은 범인이 오빠라고 발표했다.

오빠는 19년의 형기를 마친다. 출옥 후 그는 "나는 범인이 아니었다."라는 충격적 고백을 했다. 괴한들이 나타나 총을 쐈다고 주장했지

Release me
Engelbert Humperdinck

만, 이 사건은 끝내 실체가 밝혀지지 않았다.

사건의 핵심과는 먼 팩트였지만, 그녀가 평소에 「릴리스 미Release me」를 좋아했다는 것을 알고 나는 이 노래를 자세히 들어 보았다. "나를 떠나도록 놓아 주세요, 제발 놓아 주세요." 그녀는 자신을 붙잡고 있는 굴레에서 벗어나고 싶었구나. 이 고관高官, 저 대작大爵, 모두 그녀를 찾았지만, 자신을 옥죄는 손아귀에서 벗어나고 싶었던 것이다. 험퍼딩크의 목소리는 바로 그녀의 슬픈 절규였던 것이다. 죽음으로써 모든 것에서 풀려났지만.

*

서울 올림픽이 막 끝난 1988년 10월 16일 오전. 텔레비전은 황당한 사건을 생중계했다. 서울 북가좌동 한 주택가에서 벌어진 탈주범들의 잔인한 인질극 장면이 아무런 거름 장치 없이 생생하게 안방으로 전달됐다. 나는 이미 기업에 몸담은 지 오래되어 많은 시청자 중의 한 명일 뿐이었는데 마치 취재 현장에 있는 기자처럼 차가운 시선으로 화면을 지켜보았다.

10월 8일, 절도범인 지강헌은 영등포 교도소에서 공주 교도소로 옮겨지던 25명의 죄수 중 하나였다. 그중 12명이 교도관을 흉기로 찌르고 권총을 빼앗아 탈주해 서울 시내로 숨어들었다. 모두 잡혀 4명만 남았고 그들이 주택에 들어가 한 가족을 붙들고 인질극을 벌인 것이다.

경찰에게 포위된 지강헌은 창가에서 인질을 권총으로 위협했다. 그는 횡령으로 감옥에 갔다 풀려난 전두환 대통령의 동생 전경환과 자신을 빗대 "유전무죄, 무전유죄"라고 밖을 향해 절규했다. 거의 열 시간의 대치 끝에 탈주범 중 한 명이 협상을 위해 밖으로 나왔다. 두 명은 지강헌이 갖고 있던 총으로 자살했다. 그만 남았다. 최후의 순간이 다가온 것이다. 지강헌은 느닷없이 비지스의 노래 「홀리데이Holiday」를 구해 달라고 경찰에 청했다. 경찰은 그를 달래고 인질들을 구하기 위해 급히 카세트테이프를 구해 와 들여보냈다. 지강헌은 이 노래를 듣다가 잠시 허공을 보며 멍한 표정을 짓는다. 그리고 바로 자해하는 순간 인질의 비명을 인질이 위험한 것으로 판단한 특공대는 그에게 총을 쏜다. 그는 노래의 여운 속에 병원으로 옮겨진다. 과다 출혈로 죽는다. 그가 왜 이 노래를 좋아했는지, 또 왜 극한 상황에서 그에게 총을 겨누고 있는 경찰에게 「홀리데이」를 듣고 싶다고 부탁했는지, 노래를 듣는 순간 그는 무슨 생각을 했는지 아는 사람은 아무도 없다. 비지스의 배웅 속에 그는 비참한 생을 마감한 것이다.

✳

천재는 27살에 죽는다는 속설에 맞춰 죽은 영국의 여자 가수 에이미 와인하우스(1983-2011)의 노래 「백 투 블랙」도 슬픈 동네 노래다. 급성 알코올 중독으로 그녀가 죽은 후 뉴욕 타임스는 "그렇게 천박해 보이면서 위대하기란 쉽지 않다."라고 부음을 전했다.

'27세에 죽은 클럽' 멤버는 쟁쟁하다. 기타의 신 지미 헨드릭스, 너바

나의 보컬 커트 코베인, 롤링 스톤스의 리더 브라이언 존스, 도어스의 리드 보컬 짐 모리슨 등 스물댓 명은 족히 된다. 「사의 찬미」와 함께 현해탄에 몸을 던진 윤심덕은 두 살을 더 살아 이 클럽 멤버에는 못 끼었다.

무슨 조화인지 모르겠다, 모를 일이다.

음악은 무조건 아름다워야 한다는 편견을 나는 갖고 있다. 어두운 음악도 암울한 마음을 달래 주는 카타르시스가 됨으로써 음악 본래의 순기능을 역설적으로 다해 준다고 생각해 왔다.

음악을 만드는 이들은 단조短調라는 묘한 무기를 갖고 있다. 그들은 시작 음의 선택을 통해 사람들의 감성을 흔드는 비가를 마음먹고 지을 수 있다. 뇌 과학자들은 음악을 들을 때 감정을 담당하는 뇌 속의 아몬드 모양의 편도체扁桃體가 장조냐 단조냐에 따라 듣는 이의 기분을 조작한다고 한다. 그런데 그게 죽음에 이르게까지 하고 감성을 극한 상황까지 몰고 가 뒤틀고 흔들어 버린다면 나는 음악이 감추고 있는 그런 독까지 받아들이고 싶지 않은 거지만, 「글루미 선데이」는, 「릴리스 미」는, 「홀리데이」는, 「백 투 블랙」은, 모두 너무 촉촉하다. 감미롭다.

Holiday
Bee Gees

Back To Black
Amy Winehouse

바람, 물,

1992년인가 신문 귀퉁이의 작은 기사에 눈이 갔다. 서울대학교 교수 한 분이 사직한다는 내용이었다. 그게 무슨 화제인가 했는데 이유가 있었다. 서울대학교 역사상 관직에 나서거나 다른 더 큰 자리로 가는 경우를 제외하고 본인이 스스로 교수직을 물러나는 경우는 처음이라는 것이었다. 후에 들었지만 당시 총장님은 그의 사직서를 수리 않으려고 며칠을 결근했다는 얘기까지 나왔다. 암튼 사직서 낸 지 거의 2년 만에 그는 자유인이 되었다. 서울대학교 교수 자리를 평안 감사처럼 싫어했던 유별난 분, 그분을 아주 우연한 기회와 예상 못 했던 인연이 합해져 2002년 1월 하와이 호놀룰루에서 만났다. 며칠을 같이 지냈다.

그날따라 알라모아나 해변의 낙조는 유별나게 벌겠다. 쿠얼스 맥주 캔을 앞에 놓고 생소하지만 깊은 얘기를 나누었다. 아니 들었다. 그분을 무어라고 소개해야 되나? 서울대학교 지리학과 교수이셨으니 지리학자가 맞고, 그간의 많은 저서 제목 대부분에 '풍수風水'가 들어 있으니 풍수학자가 맞지만 자칫 풍수쟁이, 지관地官을 연상할까 꺼려지고….

우리나라 풍수지리학의 독보적인 자리에 있는 최창조 선생이다.

"하와이를 잠깐 돌아보니 여기가 왜 세계적 휴양지인지 알겠네요. 다른 화산섬들은 대개 땅기운이 강한데 여기는 그 지기地氣가 전혀 안 느껴져요. 그러니 너도 좋고 쟤도 좋고 누구든 다 좋아요. 모든 사람을 다 받아들일 수가 있는 거죠. 사람들은 여기 오면 편안한 기분이 들고, 그것참…."

궁금한 게 더 많았던 나는 말을 끊고 물었다.

"그런데 서울대학교는 왜 그만두신 거예요?"

잠시 뜸을 들이던 그는 말했다.

"자전거를 타고 출근을 했어요. 그랬더니 서울대 교수가 자전거 타고 학교에 오다니 하는 눈치가 심해 보였어요. 자전거를 버렸죠. 포니를 몰고 갔더니, 포니? 또 그런 소리가 들려요."

80년대 후반 선생은 지리학계의 스타였다. 풍수를 학문으로 끌어올린 그는 결국 전북대에서 모교로 스카우트된다. 그런데 풍수가로서의 이미지가 너무 강했는지 자부심이 강한 학교 내부의 분위기가 그를 감싸 주지 못하고 '싸'했던 모양이다. 자전거, 포니는 그 와중에 나온 해프닝이었다. 동료 교수 앞에서 공개 강의 식 발표를 하란 얘기가 나왔다. 처음 있는 경우라던가? 자유인 기질이 강했던 선생은 "'아, 내가 있을 곳이 못 되는구나.' 하는 생각을 했죠. 강의할 때는 안 매던 넥타이도 매고 했는데."

그의 입을 통해 물러날 때를 스스로 정했던 '장엄'하다시피 한 사직 결행의 심경을 직접 들은 것이다.

*

문학 평론가 김윤식 선생(1936-2018)은 아마 학자 가운데 책을 가장 많이 쓴 분으로 거의 공인받았다. 학술서, 비평서, 산문집, 번역서 등 평생 2백여 권이 넘는 책을 펴냈다. 80세가 넘어서도 문학지에 발표되는 모든 소설들을 읽고 평론을 발표했다. "내가 평론을 쓴 소설이 아니면 나는 그 소설을 읽은 게 아니다." 스스로 세운 고집스러운 원칙을 끝까지 지켰다. 그만큼 많이 읽었다. 연구하고, 썼다.

연구 분야도 다르고 단순 비교가 안 되겠지만 최 선생의 탐구력, 독서력, 집필력도 김윤식 선생에 버금간다. 23권의 책을 펴냈다. 책마다 뒤에 첨부된 주석의 양은 방대하다. 어느 책인가는 주석이 하도 많아 할 일 없는 사람처럼 헤아려 보았다. 8백 꼭지가 넘었다. 대부분의 책들은 30페이지 넘는 인용 목록이 펼쳐진다. 참고서가 유별나게 많은 학자. 거기에 땅속을 꿰뚫는 독특한 혜안, 통찰력, 상상력, 추론, 사회 과학적 접근법들이 잘 버무려져 책들은 태어난다. 거의 모든 책이 퇴직 후에 나왔으니 선생의 '학교 탈출'은 탁월한 결행이었던 셈이다.

재직하고 있는 학교가 체육관을 새로 짓게 되었다. 선생의 의견을 듣기 위해 모셨다. 대구 매운탕을 몇 숟가락 뜨는 둥 마는 둥 막걸리가 점심 대용이 되어 버렸다. 선생은 땅을 헤아릴 때 대개 맨발로 땅을 딛고 기운을 가늠한다고 들었는데 그날은 신발 신은 채 산기슭에 자리한 학교 주변 산과 아파트로 가려진 언덕 아래 마을을 오래 둘러보았다. 나는 대지를 응시하는 그의 모습을 몇 발자국 옆에서 응시했다. 눈빛은 형형했다. 눈은 깊었고 안광은 유난했다. 어디를 보는 것인지 알 수 없었다. 아마 눈으로 땅의 소리를 듣고 묻고 하는 것이리라.

작은 키, 마른 체구의 선생은 얼굴이 해맑다. 온순하다. 수줍음이 많다. 욕심이 없는 사람 같다. 몇 차례 선생을 더 만나면서 그 무욕을 나는 어렵지 않게 확인했다. 땅을 향해 온통 정신이 쏠려 있으니 다른 욕심으로 눈 돌릴 여력이 있을 리 있나.

"명당明堂이요? 마음속에 있습니다. 험한 땅이나 악지에서도 생명과 땅의 기운이 맞으면 생명은 번성합니다. 명당은 좋은 땅이 아니라 맞는 땅이에요. 힘차게 뻗어 자라나는 절벽의 해송을 보세요."

"이른바 지관들이 손꼽는 기가 막히게 좋은 명당에서 사는 사람이 나쁜 짓을 이어 간다면 거기는 이미 명당이 아니에요. 정을 붙이고 사는 곳이 명당입니다."

선생의 강의는 사실 더 들을 것이 없는 것처럼 보였다. 그의 풍수지리학은 쉽고 상식적이고 비범한 데가 없어 보였다. 그러나 평범의 깊이가 깊었다.

풍수의 시발점은 중국이다. 우리나라에 들어오면서 우리의 전통, 지리, 토양관과 합해져 새 이론, 이른바 자생 풍수自生風水로 발전되었다. 선생이 다른 풍수 연구가들과 확연하게 차별화된 것은 지리학을 바탕으로 우리 자생 풍수의 맥을 이어 놓았다는 것이다.

"비보裨補라는 것이 있습니다. 부족한 부분을 메워 주는 것이지요. 산줄기가 약하면 숲을 조성해서 전체의 모양을 만들어 줍니다. 자생 풍수는 명당을 찾는 것이 아니라 모자란 곳을 보완해 주는 것에 만족합니다. 복을 기원祈福하지도 복이 생겨난다發福고 믿지도 않습니다."

*

강원도 춘천 옥玉 생산지 부근에 아름다운 골프장이 만들어졌다. 이름도 제이드 팰리스다. 아무리 자연의 모양을 살린다 해도 바위를 손대고 흙을 파내거나 돋우거나 대지를 건드릴 수밖에 없다. 선생은 가

까이 지내던 골프장 측에 제안했다. 산을 따라 펼쳐지는 골프장 제일 높은 언덕, 그늘 집 옆에 그의 뜻이 받아들여져 화강암으로 만든 조촐한 '위지령비慰地靈碑'가 세워졌다.

> "인간들의 이기와 방종을 용서하소서. 세상살이 고단이 과해 이곳에 쉼터를 마련하다 보니 지령에게 심려를 끼치게 되었습니다. 이 터의 지령, 수목, 돌, 흙, 풀벌레 하나하나에 정성을 바칠 것입니다. 이곳에 품을 들인 저희들을 모쪼록 어여삐 여기소서."

잠시 쉰 후 다음 홀로 가는 골퍼들은 이 글 앞에 멈춰 선다. 산야에 손을 대서 놀이하고 쉬는 터를 만들어 놓고 그 주인, 대지에 정중한 예를 드리는 경우를 아마도 처음 본지라 대개 빙그레 웃는다. 그러면 마음도 편안해진다. 꽃과 나무, 풀, 산야에 보내는 시선도 다르지 않겠나? 선생의 다양한 비보裨補 가운데 하나다.

✳

승려 '도선道詵'. 신라가 망조가 들기 시작하는 시기부터 고려 초까지 살았던 천이백여 년 전 인물이다. 우리나라 자생 풍수의 비조鼻祖다. 생몰 연대나 기록들은 여러 군데 있지만 아귀가 안 맞는 행적이 너무 많다. 어머니가 구슬을 삼키고 잉태했다느니, 신화 속 인물로 파악되기도 한다. 미스터리한 인물이다.

"도선의 풍수를 정리하는 것으로 내 풍수 공부의 대미를, 평생의 업적으로 삼으려 합니다. 신라 때는 거의 알려지지 않았던 사람이 갑자기 고려의 지배 이데올로기가 됩니다. 왕건이 궁예 대신 도선을 국사國師로 추대합니다. 그런데 별 기록이 없어요. 하지만 도선 풍수는 우리나라 국토에 바탕을 두었어요. 고등학교 책에도 도선은 한국 풍수의 시조로 나옵니다."

"그의 풍수는 지리학이지만, 인간학이라고 부르는 것이 더 적합합니다."

오래전에 들은 그의 결기대로, 2016년 6백 페이지가 훨씬 넘는 최창조의 역작『한국 자생 풍수의 기원, 도선』이 출간됐다.

"전공 쪽 연구서, 정사와 야사, 신화와 전설, 민담은 물론 현대 과학, 땅과 풍수에 관한 글이 나오는 픽션, 논픽션에 이르기까지 세세한 근거들을 모두 동원했습니다."

천상병의 시「땅」도, 이문열 소설『변경』도, 홍성담의 그림도 차용된다. 그의 말대로 방대한 자료들을 긁어모으고 꿰맞추어 대하大河 미스터리 논픽션과 픽션을 연구서로 탈바꿈시켜 놓은 것이다.

여기서 그 책을 다 소개할 수는 없다. 다만 선생은 도선의 자생 풍수를 ●마음이 중요하다는 주관성, ●고침의 지리학을 일컫는 비보성, ●이상보다 현실에 충실한 편의성, ●내가 중심이라는 자애성, ●모든 분야에 적용하라는 적응성 등등 열 가지로 오늘에 맞추어 정리해 놓았다. 성품대로 담담한 그러나 일생을 걸고 덤빈 끝에 나온 결론이었다.

"풍수무전미風水無全美, '완전한 땅은 없다.' 사람이건 땅이건 결함이 없는 것은 없다. 그것을 고치고자 함이 도선 풍수의 근본이다. 그래서 도선 풍수는 우리 민족 고유의 '고침의 지리학', '치유의 지리학'이 되는 셈"이라고 선생은 마무리했다.

*

서울대 교수를 마친 1993년 선생은 봉천동에 2억 9천만 원을 주고 빌라를 샀다. 만 8년이 지나 구로동으로 이사하기 위해 그 집을 팔았다. 1억 8천만 원을 받았다.

> 부루퉁해진 아들이 불평했다.
> "아버지는 풍수를 공부하면서 신문, TV에 나가 땅에 대한 강연을 하는데 어떻게 이런 손해를 볼 수 있어요? 이제부터 어디 가서 땅, 부동산 얘기는 하지 마세요."
> 밤이 되어 홀로 화를 삭인다. 땅을 사람 대하듯 하라고 떠들고 다니던 자칭 풍수학인風水學人은 그날 엄청난 양의 술을 마시고 그 뒤 8일간을 밤낮으로 마셨다.
>
> 『최창조의 새로운 풍수 이론민음사(2009)』

사람을 땅처럼 대하는 습관도 있는 선생에게 한 방 먹였던 그 아드님은 지금 '대한 경찰'의 중책을 맡고 있다.

두 여인

꼽아 보니 돌아가신 지 벌써 16년이 됐다. 그보다도 훨씬 더 전에 그분을 만났다. 첫 만남부터 언제 보았다고 반⁺은 반말이었다. 거칠었다. 나보다 거의 30여 년은 연상의 여인이지만 전혀 '여인'이라고 느껴지지 않았다. 몇 번 만나면서, '억센 것이 캐릭터구나.' 하고 접어 버렸다. 그런데 얘기를 듣는 동안 귀에 거슬리는 대목이 불쑥 튀어나왔다.

"오늘 아무개 회장을 만났는데 말야. 돈을 좀 내놓으라고 그랬지. 내놓기로 약속했어. 근데 쩨쩨해."

뭐 이런 여자가 있나. 말투도 그렇고 깡패 같다는 생각마저 들었다. 더 만날 일도 없겠지만 가까이하고 싶지도 않았다. 그러나 한참 후 우연한 기회에 그가 모모한 인사들로부터 속된 말로 '슈낑集金'해 모은 돈은 거의 다 그분이 왕초로 있던 한국 문화 예술 단체 총연합회, '한국

예총' 산하의 문화 예술인들과 단체들을 위해 고스란히 쓰인다는 것을 알았다.^{그때 예총 예산이래야 뻔했다}.

원래 몸으로 때우는 데는 당할 사람이 없는 강골. 전시회니 음악회, 연주회, 출판 기념회, 발표회니 그 많은 문화 행사, 경조사 등 예총 회장에게 온갖 행사는 다 초청이 왔고, 연락이 온 것은 다, 연락이 안 온 것도 알아내 찾아다녔다. 움직일 때마다 얇더라도 꼭 봉투를 내놓았다. 우락부락한 그 여인, 언론인이고 수필가며 문화계 마당발인 조경희⁽¹⁹¹⁸⁻²⁰⁰⁵⁾ 여사가 어느 순간부터 아름답게 보이기 시작했다.

지금은 '여성 가족부'지만, 그전 여성 정책을 담당하는 정무 2장관실이 새로 생기면서 초대 장관에 그분이 취임했다. 각료가 어색한 듯 순진한 모습을 보이면서도 거침없는 성품대로 맡겨진 일을 특유의 뚝심과 돌파력으로 잘 헤쳐 나아갔다. 내가 당신이 좋아하는 후배의 조카라는 것을 안 이후에는 더 편하게 대했다.

"이봐, 이 선생^{반어법식 호칭도 아니고}. 이거는 어떻게 하는 게 좋을까? 그렇지? 그게 맞지?"

'장관님'께서, 여성계나 문화계 관련 문제를 내가 뭘 안다고 스스럼없이 의견을 물어볼 때도 있었다. 눈을 꿈뻑거리며 남의 말을 경청했고 결론은 명쾌했다. 문화계 대장이 반듯하게 공직을 잘 지켜 간다는 것을 가끔씩 확인하는 것은 기분 좋은 일이었다.

조 장관은 그때 정릉 넘어가는 아리랑 고개 근처, 30~40평은 될까 하는 허름한 단독 주택에서 건강이 편치 않은 부군과 살았다. '우리 선생님' 하며 남편을 깍듯이 모셨다. 집일을 도와주는 이도 없었다. 퇴근하고 집에 가면 연탄불을 갈고 직접 밥을 지어 내외가 맛있게 먹는 그 모습들은 비서관을 통해 그린 듯이 들을 수 있었다. 새벽 4시면 일어났다. 아궁이를 살핀다. 조간신문들을 정독한다. 그리고 출근이다. '마당발'은 하루가 짧기만 했다. 밤에도 갈 데가 많았다. 부군이 뇌졸중으로 쓰러진 후에는 한동안 집에서 수발들었다.

잠깐 옆길로 새 보자. 즐겨 보았던 넷플릭스의 드라마 〈더 크라운〉. 수십 개의 에피소드 모두 재미있지만 대영 제국의 여왕과 팽팽하게 '밀당'을 했던 철의 여인 대처 수상이 나오는 부분이 특히 흥미로웠다.

다우닝가 10번지는 무척 좁다고 한다. 2층에 방 2개와 주방 식당이 딸린 개인 공간도 역시 작단다.

1982년 '포클랜드 사태'가 벌어졌다. 영유권을 찾겠다는 아르헨티나와 전쟁을 벌일지 결정을 앞두고 대처는 각료 회의를 연다. 지리적으로 너무 멀리 떨어져 있고 전쟁 비용도 경제에 큰 부담이 되니 외교를 통해 해결하자는 의견이 더 많다. 이게 마뜩잖은 대처는 언성이 높아진다. 회의를 결론 없이 끝낸 그녀는 각 군 참모 총장들을 30분 후 자신의 2층 거처로 모이라고 긴급 소집 한다. 굳은 표정으로 2층으로 올라간 그녀는 작은 주방에서 앞치마를 두르고 총장들에게 줄 파이 등을 직접 만든다. 그리고 그들에게 콩을 더 먹으라느니 하며 덜어 준다. 이런 두 얼굴이 있나실제 그랬단다. 관련 사진도 보았다.

나는 이 장면을 보면서 조 장관이 연탄을 갈며 ^{그분의 평소 모습으로 볼 때 별로} ^{맛있지 않을 거 같은} 된장찌개를 끓이는 모습이 오버랩됐다.

런던에 살면서 영국 문제에 관한 깊이 있는 글을 오랫동안 써 온, 많은 팬을 가진 '폐친'은 대처 총리의 이런 모습들을 'humble'하다고 표현했다. '겸손한, 초라한, 소박한'으로 번역되는 이 단어는 꼭 같은 시기, 바다를 건너고 대륙을 가로질러 멀리 떨어진 반도^{半島}의 한 여자 각료에게도 똑같이 해당됐다.

'신독愼獨', 혼자 있을 때나 남이 볼 때나 한결 같다. 본다고 어쩌고 안 본다고 저쩌고 하지 않는다. 삼갈 것은 삼간다. 쉬운 듯하지만 무지 어려운 처신을 가리키는 말이다. 쉬운 일이라면 중국인들이 유교 경전 『대학大學』에까지 넣었으랴.

파이를 직접 굽고, 연탄불을 가는 고위 공직자인 두 여인. 그런데 그게 소박하고 한켠으로는 초라한, 험블^{humble}한 모습이라는 데서, 나는 뉘앙스는 조금 다를 수 있지만 신독이라는 말을 떠올린다. 조경희라는 여인은 신독이고 뭐고 애당초 안팎이 없었지만.

＊

그 여인한테서 다른 한 여인을 소개받았다. 내가 몸담은 기업이 활발한 M&A를 통해 해외 영토를 확장할 때였다.

"외국 기업이나 금융 기관 등을 인수할 때 그 나라 문화와 기업 풍토 등을 생각 않고 비즈니스로만 접근할 경우 생각지 못한 장애를 만날 수 있다. 문화적 접근부터 해 가는 것이 상대방의 마음을 열게 하는 효율적 방법이다."라고 수장首長은 판단했다.

한국 전통 예술을 그 나라에 먼저 소개하기로 결정됐다. 그 일을 맡게 된 나는 든든한 자문역, 조 장관께 이 일의 핵심이 될 엔터테이너를 골라 달라고 요청했다. 중심이 결정되면 자연스레 팀이 짜질 수 있지 않은가. 조 장관은 망설임 없이 한 분을 추천했다. 당장 만났다. 아니 그런데 이런, 그 여인은 나의 '큰' 기대와는 달리 너무 작았다, 왜소했다.

"이런 분이 어떻게…" 투정을 했다.

"당신은 쓸데없는 걱정을 한다. 나 몰라? 나! 두고 봐."

이제는 조경희 왕초와 여러모로 대비되는 그 여인, 5척 단구의 국창國唱 중요 무형 문화재 제23호 안숙선 선생 얘기다.

조 장관이 '사발'이라면 안 선생은 '종지'같이 작다.

말소리는 조근조근, 얼굴은 생글생글, 발걸음은 사뿐사뿐, 툭 치면 넘어갈 듯.

그러나 천하의 뚝심 조 장관이 맨발로 아무리 뛰어도 못 따라갈 천품이 안 선생에게 있다. 깊이를 모를 내공, 번개 같은 플라스마, 활화산의 폭발력이 그 작은 몸 안에 가득 차 있다. 누가 건드릴 때 터지는 것이 아니다. 스스로 에너지 농축 탱크의 게이지를 조절해 가며 때가 되면 무서운 마그마를 뿜어낸다.

2011년 가을, 국립 창극단이 국립극장 '해오름 극장'에서 《수궁가》 공연을 했다. 아힘 프라이어Achim Freyer(1934-)라는 독일의 오페라 연출가이자 오페라계의 피카소라고 불리는 무대 디자이너, 그가 총지휘하는 창극이었다. 신선한 연출, 파격적 의상과 무대 장치하며 보기 드문 무대였다. 안 선생은 도창導唱, 극을 끌고 나아가며 해설하는 내레이터 역할을 했다. 그녀는 높이 3미터도 더 되고 밑면 지름도 그만 한 원뿔형 장치의 꼭짓점에 혼자 올라가 서 있다. 그 거대한 원뿔은 파란색 바탕에 추상 무늬가 프린

안숙선은 말 그대로 작은 거인이다. ⓒ 국립극장《아힘 프라이어의 수궁가(2012) 국립 창극단》

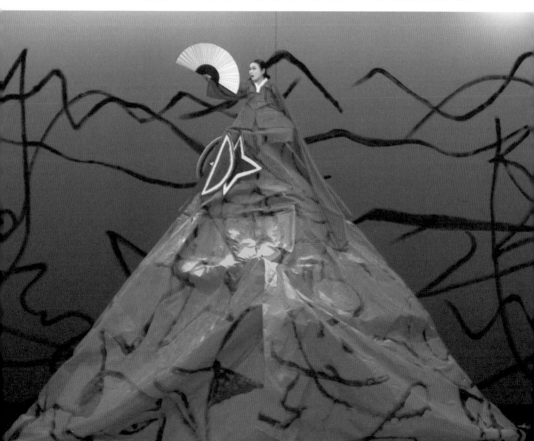

트된 치마였고 안 선생이 입은 저고리로 한 벌처럼 이어진다. 밑에 바퀴가 달린, '소리치마'라고 이름 붙은 그 원뿔이 서서히 무대 가운데로 굴러 들어온다. 치마폭에서 토끼니 양반이니 출연자들이 나온다. 장관이었다. 높은 데서 터지는 도창, 사설과 너름새가 신명나게 어우러진다. 나는 완벽하게 무대를 압도하는 그 모습에서 작은 거인, 누구도 감히 범접 못 할 '담대한 히로인'을 보았다.

국립극장 무대에서, 또 CD 녹음을 위해 그녀는 판소리 다섯 마당을 몇 차례 완창했다. 그것 땜에 산사山寺에서 몇 달 칩거하며 준비했다. 소리를 잘하는데 도움이 될까 싶어 동네 주민 센터에서 요가를 익혔다. 연치年齒 칠질七耋을 훌쩍 넘은 지금도 다리를 일자로 찢는다. 혼자 국립 창극단 지하에 숨어(?) 귀곡성鬼哭聲을 질러 모르는 이를 놀라게 한다. 그의 말처럼 "불에 김을 굽듯 차곡차곡, 혼이 담긴 소리"를 낸다.

그러나 여기서 그가 타고난 재능을 바탕으로 남보다 몇 배의 노력 끝에 득음하고 비로소 대가가 되었다는, "그렇게 아들 딸 낳고 행복하게 잘 살았다."라는 얘기를 하려는 것이 아니다.

헝가리 은행과 제조업체를 M&A한 즈음 한국 문화를 소개하는, 규모는 그렇게 크지 않지만 알찬 콘텐츠로 무장한 예술단이 부다페스트 복판에 있는 아름다운 오페라 극장에서 공연을 앞두었다. 국회 의장, 장관 등 고위 관료들과 문화계 인사들 그리고 비즈니스 관련 초청 인사들, 또 미리 홍보한 덕에 일반인 관객들까지 모여들어 표는 동이 났다.

공연 팀들은 색다른 무대라는 긴장 속에서 여러 차례 리허설을 잘 마쳤다. 공연 전날, 연출자는 일행의 긴장을 풀어 주기 위해 모두 데리고 시내 관광에 나섰다. 지금과 달리 쉽게 가기 힘든 1990년대 초반의 부다페스트. 구경할 곳이 오죽 많은가?

나는 급히 안 선생에게 확인할 게 생겼는데 당시는 핸드폰도 없었고, 혜실수려니 하고 그의 방에 전화를 걸었다. 웬걸, 전화를 받는다. 라운지에서 만났다. 용건을 끝냈다.

"아니, 그런데 관광에 왜 안 따라가셨어요. 공연 끝나면 내일 바로 귀국하는데 언제 관광하시려구요?"

"난 여기 구경 다니러 온 게 아니잖아요. 한국을 대표해 우리 문화를 소개하는 기회인데 정신 딴 데 팔지 못해요. 관광이니 뭐니 힘을 빼면 소리를 어떻게 해요? 판소리는 기氣가 흐트러지면 안 돼요."

또 조근조근 얘기하는데 단호했다. 그녀는 공연을 앞두고 동안거冬安居 스님처럼 방 안에서 꼼짝 않고 기를 모으고 있었던 것이다. 나는 아무 대꾸를 하지 못했다.

그 후 아테네, 워싱턴 등 몇 차례 더 해외 행사를 같이했다. 나는 그녀가 관광을 다니거나 쇼핑하러 다니는 모습을 감시(?)하려 흘금거렸지만 걸려들지 않았다. 비행기−호텔 방−식당−공연장만이 그녀의 동선이었다. 안 선생은 세계 곳곳 공연을 많이도 했다. 그런데 어디, 거기, 유명한 관광지를 가 보았냐고 물으면 배시시 웃기만 한다. 퍼런 서슬 같은 판소리의 자부심만으로 똘똘 뭉쳐진 무서운 여인이다.

'관기소불위觀其所不爲'라는 말을 언뜻 들은 적이 있는데, "사람의 참모습을 보려면 어려운 상황에 처했을 때 그가 하지 않는 것이 무엇인지를 눈여겨보라."는 말이다^{어려운 상황이라는 말은 조금 적절치 않지만}.

나는 두 여인을 좋아한다.

만 리萬里를 간다는 사람의 향기 때문에, 그윽한 향기가 나는 두 여인을 가끔씩 생각한다.

수궁가
안숙선

섬기다

서울 성북동에 길상사란 절이 있다. 사철 다 좋지만 나는 꽃무릇이 한창 피는 늦여름쯤이 더 좋다. 초입부터 발갛다. 한과 슬픈 사랑이 발갛게 맺힌 터인데 모르는 척, 가람은 품고 있다. 1997년 창건되었으니 이제 나이도 제법 들어 가고 있다. 대원각이라는 질펀했던 요정이 있던 자리라는 것을 젊은 친구들은 알고나 있을까?

시인 백석(1912-1996)은 서른이 되기 전에 이미 이 땅에 가장 뛰어난 서정 시인으로 자리를 굳혔다. 긴 머리를 쓸어 넘기는 잘생긴 얼굴, 코트 자락을 휘날리던 '모던 보이'. 일본 유학을 마치고 함흥 영생여고 교사가 됐다. 그는 함흥의 큰 요릿집 '함흥관'에서 술 시중 들던 김영한이란 여인에게 첫눈에 무너진다. 둘은 그날로 등에 섶을 지고 냅다 불구덩이로 뛰어든다.

그러나 집안의 반대로 사랑을 이루지 못한 채 신파스러운 약조를 남기고 백석은 만주로 떠난다. 김영한은 서울로 오고, 한국 전쟁으로 둘의 연緣은 아예 끊어진다. 진향眞香이란 기명妓名 대신 백석이 지어 준 자야子夜라는 그들만의 암호 같은 이름을 그녀는 평생 가슴에 묻고 지낸다. 고당 조만식 선생의 러시아어 통역도 했던 인텔리 백석은 그러나 일찌감치 북쪽 동네 윗사람들 눈에 나 버린다. 흘러 흘러 북한 양강도 농업 조합 축산반에서 양羊을 치다 1996년 눈을 감는다. 자야도 3년 후 죽으면서 이 대책 없고 허망한 사랑은 끝난다. 〈나와 나타샤와 흰 당나귀〉라는 백석의 대표작을 토대로 만든, 같은 이름의 뮤지컬이 이들의 사랑을 겨우 다독일까?

기생 교육 기관 조선 권번 출신. 정악도 익히고, 일본 유학까지 했고 후에 수필집도 냈던 문학 기생 자야는 성북동 배밭골 땅을 사들여 청암장이란 요정을 운영한다. 후에 대원각으로 이름을 바꾸면서 서울의 끈적한 밤을 쥐락펴락하는 여왕이 되고, 그 후 고깃집도 되었다가 결국 법정 스님의 책『무소유』한 권으로 집주인은 바뀐다. 크고 작은 집 40여 채, 7천여 평의 이 요정은 '간청과 거절'의 실랑이가 몇 차례 오간 끝에 법정 스님을 통해 통째로 불가에 시주된다.

언제 백석이 가장 생각났느냐는 질문에 "사랑하는 사람을 생각하는 데 때가 어디 있느냐."던 자야. "그까짓 천억 원은 백석의 시 한 줄만 못하다."며 미련 없이 큰 재물을 내놓은 큰 여인. 송광사의 말사末寺로 길상사는 이렇게 태어난다. 길상사는 송광사의 옛 이름이다.

1997년 길상사 창건 법회 날, 법정은 자야 보살에게 염주 하나와 '길상화吉祥華'란 법명을 준다. 길상화는 한마디 한다

"저는 죄 많은 여인입니다. 저기 보이는 팔각정은 여인들이 옷을 갈아입던 곳이었습니다. 제 바람은 저곳에서 맑고 장엄한 범종 소리가 울려 펴지는 것입니다."•

장구와 가야금 소리가 휘감았던 대연회장은 설법전說法殿, 요정의 본채는 극락전極樂殿, 기생 숙소는 요사채寮舍寨, 그리고 팔각정은 범종각梵鐘閣이 된다.

산해진미 기름 냄새, 술 냄새, 분 냄새가 진동했던, 밀실 정치의 안방이었던 그 자리는 그럴

극락전은 요정의 본채였다.

• 법보신문 2018년 11월 21일 자

게 불도들의 경건한 도량이 되었다. 여기가 요정이었다고 상상할 수 있는 흔적이라고는 하나도 없다. 이렇게 드라마틱한 기도와 섬김의 터가 어느 곳에 또 있으랴. 이곳을 찾을 때마다 '극락에서는 둘이 맺어졌을까, 맺어졌겠지.' 하며 사바娑婆의 궁금증을 기분 좋게 혼자 마무리한다.

그런데 꽃무릇, 상사화相思花라고도 하는 그 꽃, 꽃이 필 때 잎은 없고 잎이 날 때 꽃은 이미 져 '이룰 수 없는 사랑'이란 꽃말을 가진 게 좀 걸린다.

길상사 관음상, 성모상과 얼굴이 똑 닮았다.

일주문을 들어서서 경내를 돌다 보면 만나는 키 큰 관음보살상은 언제 보아도 푸근하다. 이 입상은 조각가이자 서울대 명예 교수인 최종태(1932-)의 작품이다. 그는 가톨릭 미술가 협회 회장도 지냈다. 1999년 법정 스님은 최 교수를 찾아갔다. 성모상의 화관과, 정병淨甁, 세상의 고통을 구하는 상징이 들어간 관음상을 만들어 달라고 부탁한다.

최 교수는 김수환 추기경에게 "성모상을 만들던 내가 관음상을 만들면 천주교에서 파문당하는 게 아니냐."라고 물었다. 추기경은 "일본에서 천주교가 전파된 초기에 관음상 한 귀퉁이에 작은 십자가를 표시해 기도를 드리며 박해를 피했던 일도 있다."•고 격려했다.

대학 졸업 후 불교 교리를 몇 달 배우기도 했던 최종태는 "내 평생 그때처럼 기쁘고 신나는 날은 다시 없었다."라고 당시를 회고했다. 누가 옆에서 그에게 '아니, 가톨릭교인이 어쩌고'라며 한마디 한 모양이다. "땅에나 경계가 있지 하늘에 무슨 경계가 있겠느냐." 그의 답이다.

분명 자비로운 관음상이지만 동시에 자애로운 성모 마리아의 모습도 또렷한, 두 이미지가 절묘하게 오버랩되는 이 작품은 그런 배태 끝에 태어났다.

길상사는 한 발 더 나아

혜화동 성당에 있는 최종태의 성모상

동아일보 2011년 8월 31일 자

갔다. 설법전 남쪽에 7층 보탑이 있다. 2012년 한 기업인이 세운 이 탑 앞에는 "길상화 보살과 법정 스님을 기리고 길상사와 성북 성당, 덕수 교회가 함께한 종교 간 교류의 의미를 전하기 위해 세웠다."라는 표지 돌도 있다.

김수환 추기경이 2000년 성균관에서 '심산상'을 받았다. 독립지사 심산 김창숙 선생은 성균관대 초대 총장을 지낸 유교의 어른이다. 추기경은 관례에 따라 심산의 유택을 찾아 큰절을 올린다. "어떻게 추기경이 큰절을 하시느냐."고 곁에서 한마디 하자 "아니, 어른께 인사하는 게 당연하지 않은가." 하고 답했다. 추기경은 심산 연구회의 살림이 어렵다는 얘기를 듣자 남모르게 작은 상자를 연구회로 보냈다. 상자 안에는 상금으로 받았던 7백만 원에 3백만 원이 보태져 있었다.

김수환 추기경 얘기 하나 더. 사후 그를 기리기 위한 영화〈저 산 너머〉는 불교 신자인 건축가 남상원이 제작비 40억 원을 내놓아 만들었다.

서강대 종교학과 길희성 교수의 얘기다. 가까운 분이 모친상의 장례 예배를 해 달라고 부탁했다. 그런데 고인은 불교 신자. 길 교수는 궁리 끝에 한글로 된 『반야심경』을 갖고 갔다. 추모객 대부분은 개신교 신자들이었다.

"고인은 평소에 사랑을 많이 베푸셨습니다. 『반야심경』에 나오는 공空은 사랑입니다." 길 교수의 추모사다. 그리고 반야심경을 모인 이들에게 나누어 주었다. "관자재보살 반야바라밀…."

· 「아야 소피아 성당」 32cm X 42cm
복잡한 이력을 가진 아야 소피아는 지금은 그랜드 모스크로 자리 잡았다.

길 교수는 "처음에 걱정도 좀 했는데 뒤로 갈수록 목청이 더 우렁차
더라. '아제아제바라아제' 대목에서는 쩌렁쩌렁할 정도였다."라고 말
했다. 다들 뜻깊어했다. 길 교수는 "종교가 형용사가 되면 이런 일도
가능하다."라고 말했다. ·

• 중앙일보 2020년 4월 29일 자

이스탄불을 처음 갔을 때 좀 헷갈렸다.

'아야 소피아'를 구경 갔다. 비잔티움 건축물의 대표작인 이 성당의 정체성이 궁금했다. 뒤에 지진으로 부서졌지만 애초 콘스탄티누스 2세가 세운 이 대건축물은 그리스 정교회 성당으로 시작했다가 후에 로마 가톨릭 성당이 됐다. 다시 정교회 성당이었다가 오스만 제국 때는 이슬람 모스크로 바뀐다. 그 후 한동안 박물관으로 사용됐다. 정복의 역사에 따라 역할을 바꾸어 간 끝에 지금은 '소피아 그랜드 모스크'로 자리매김하고 있다. 정교회, 가톨릭, 이슬람교의 신자가 같이 여기를 구경 가고 저마다 종교 의식을 동시에 치러도 다 될 수 있지 않나? 어린애 같은 질문을 혼자 묻고 답했다.

'톱카프 궁전'인가 갔을 때다. 기억이 흐릿하지만 입구에 세계 지도가 펼쳐진 큰 판이 있고 옆에 버튼이 있다. 그걸 눌렀다. 이슬람의 절정기 때 정복한 지역에 불이 들어왔는데 그 지도의 반 이상이 노란 불이었다. 중동 지역, 아프리카 모두, 지브롤터 해협을 건너 포르투갈, 스페인까지였다. 대단한 세력이었다. 피레네산맥을 넘지 못해 프랑스로 못 들어갔지, 유럽 전역까지도 번지기 직전이었다. 기독교 역사주의가 바탕이 된 세계사를 짧게 배워 이슬람의 파워를 체감하지 못했다고 혼자 뒤늦은 공부를 했다.

스페인 남부 안달루시아 지방, '산타마리아 코르도바 대성당'은 장엄하다. 이 성당은 711년 이슬람이 이베리아반도에 들어온 후 세운 이슬람 사원이다. 이슬람 세력이 물러간 후에는 '성모 승천 성당'으로 바뀐다. 한 공간에 이슬람 양식과 기독교 양식이 동거하는 세계 유일의 건축물이다. 이슬람 사원이었던 곳에 '성모 마리아'를 모시는 특별한 변신이 자연스레 이루어진 것이다. 다른 종교의 제단을 만들 때 먼저 있던 종교의 제단을 그대로 두었다.

종교는 배타적이기 마련인데 한없는 포용력 때문인지, 흔적을 지우기에 시간이 없었거나, 아님 연유를 알 수 없는 망설임 때문인지, 혼자 상상을 하다가 그만두었다.

종교 간의 벽은 높기만 한데 어느 순간, 어떤 공간에서는 없어진 것처럼 보일 때도 많다. 하긴 모두 연약하기 짝이 없고 늘 막막하고 벽에 부딪히게 마련인 사람들을 구원한다는 목적은 같으니까. 벽이 대수랴.

• 백석과 자야의 사랑 스토리는 다른 주장들도 많다. 여기서는 일반적 버전쯤으로, 김정운 교수 식의 '에디톨로지Editology'다.

미술이 문학을 만났을 때

    서울 북쪽의 성북동은 툭 터진 전망이 으뜸이다. 산 중턱에 자리 잡았기 때문에 사대문 안이 한눈에 들어온다. 그 가운데 옛 한옥 여러 채가 넉넉하게 배치된 '한국 가구 박물관'은 목가구들의 컬렉션만이 아니라 품위 있는 박물관으로 이미 외국 정상들과 해외 주요 큐레이터들의 순례 코스까지 되었다. BTS가 이곳에서 촬영을 해 '아미'들에게 벌써 사발통문이 돌았고, 시진핑, 브래드 피트가 다녀가 더 이름을 알렸다.

    반가班家, 여염집, 궁궐, 가람 등 사용처별, 안방, 사랑채, 부엌 등 용도별, 먹감나무, 은행나무, 소나무, 느티나무, 대나무 등 재질별, 또 각 지방별로 오랜 세월에 걸쳐 모아진 목물木物들, 고졸한 것부터 투박한 손맛이 그대로 나는 것까지 빈틈없이 모여 있다. 거기다 꽃담으로 둘러싸인 기품 있는 너른 마당까지 흠잡을 게 없다.

우리 옛돌들의 해학은 짓궂고 구수하다.

　더 위쪽에 있는 '우리 옛돌 박물관'도 보물 같다. 동자석, 벅수, 석
탑, 불상, 생활용품. 뾰족한 정 끝에서 빚어진 해학과 익살을 머금은
돌. 이 땅 곳곳에 서 있던 지역별, 용도별, 재질별, 시대별 크고 작은
석물들이 실내 전시실이고 산에고 전문 지식 없이도 알아보기 쉽게 배
치되어 있다. 우리 돌 문화의 종합 전시장이다. 나와는 아무 연관 없는
데도 더 알리고 싶어 기회만 있으면 떠드는 두 박물관 모두 개인의 질
긴 고집으로 이루어진 우리 문화의 자랑거리이다.

사설이 길어졌다. 사실 이 동네에는 내게 귀한 소장품을 갖게 해 준 인연이 있는 곳이 있다. 삼청각 뒤편 일본 대사관저에서 조금 더 올라가 맨 위에 자리한 집이 바로 거기다. 대문을 들어서 계단을 올라가면 정원이다. 꾸민 마당이 아니라 북악산 자락이 그냥 뜨락인 집이다. 큰 바위들이 있고 산에서 내려오는 개울을 잠시 쉬어 가게 붙들어 둔 못도 있다.

어느 해 여름, 그 집을 찾았다. 대문을 지나 바위 벽 사이로 올라가자 석탑, 석등, 석상 들이 터줏대감 바위 친구들 옆에 어울리게 서 있었고 커다란 돌거북도 기어 올라와 좌정하고 계셨다. '몸뻬'차림으로 꽃밭을 일구던 안주인께서 반갑게 맞아 주셨다. 층고가 아주 높은 2층 아틀리에, 정원이 한눈에 내려다보이는 세로가 긴 창가에 앉아 있던 주인장은 빙그레 웃으며 손을 흔드셨다.

유화, 부조, 도예 작품을 통해 한국적 정서를 아우른 개성 강한 서양화가 석은 변종하(1926-2000) 선생이다. 바로 그날, 선생은 내게 아주 귀

한 책을 한 권 주셨다. 시집이다. 당신이 표지를 꾸민 청록파 시인 박두진(1916-1998)의 여섯 번째 시집 『하얀 날개향린사(1967)』다. 하드커버의 표지야 보통 책과 다름이 없지만 책 겉장이 상하지 않게 종이를 덧씌운 책가위를 벗겨 내면 한

지 느낌의 하얀 표지가 있는데 거기에 선생이 직접 그림을 그렸다. 이 시집의 가치가 크게 돋보이게 되는 이유다. 붓에 옅은 색의 물감들을 묻혀 내키는 대로 쓱쓱 터치한 비구상 작품이다. 이 시집 속표지는 그래서 모두 다르다. 이렇게 각각 다른 초판본이 몇 권 발간되었는지 수소문해 보았지만 아는 사람이 없다. 프랑스 유학을 마치고 1965년 귀국한 뒤 평소 의기가 통했던 박두진이 새 시집을 내게 되자 장정을 맡기로 하고, 그 앞에도 그 뒤에도 없을 시집을 탄생시킨 것이다.

그런데 내가 받은 시집은 지금 일부 남아 있는 것과는 또 다른 차별성이 있다. 선생은 내게 표지를 그리게 된 박두진과의 인연을 얘기하고 나서 당신과 내 이름을 내지 첫 장에 써 주었다. 한 페이지를 더 넘기면 거기에는 박두진의 친필이 있다.

"다루시 ○○○ 여사 혜존 저자 혜산 박두진"이라고 한문 행서체인가로 쓰고 낙관도 찍었다. 희미하게 기억나는데 박두진, 변종하 두 분이 같이 아는 외국인에게 전달해 달라고 변 선생에게 맡긴 것인데 그를 다시 만날 수가 없게 되어 갖고 있던 것을 내게 준 것이다. '다루시 여사多樓時女史'라고 쓰여 있는 것을 보면 아마도 '도러시Dorothy아무개 여사' 아닐까 내 나름 헤아려 보았다.

박두진, 변종하, 다루시 여사의 이름이 들어간 그 귀한 책은 지금 유일하게 살아 있는 이경재의 서가에서, 꾸역꾸역 나이를 먹어 가고 있다. 갱지로 된 속지가 검누렇게 산화되는 것이 안타깝기만 하다. 때때로 책을 거풍시키지만 별 소용 없다.

"미술이 문학을 만났을 때…, 아주 매력적인 말입니다. 미술과 문학은 원래 한 몸처럼 동거했습니다. 시화일률詩畵一律, 바로 그것이었습니다. 시와 그림은 한 몸이었습니다."•

2021년 4월, 덕수궁 현대미술관에서 열린 '미술이 문학을 만났을 때'는 귀한 기획전이다. 1930-1950년대 이 나라 문예인들이 만든 융합과 창의의 산물들과 그들의 지적 계보를 정리한 야심 찬 전시회다. 오랜 준비 끝에 주제에 맞는 모든 자료들을 발굴하고 모았다. 문학과 미술계의 당대 스타들이 한자리에 모였으니 대중성까지 갖췄다.

이 전시회를 기획한 김인혜 국립 현대미술관 학예 연구관은 '가장' 아방가르드한 시인 이상의 '가장' 난해한 시 〈오감도〉 제1호를 집어내면서, "이 시가 '반세기 가까이 지나서 유럽에 유행한 개념의 예술— 이 시는 보고그림처럼, 그림은 읽는시처럼—을 시도한 것"이라는 그의 아내 변동림의 언급을 소개했다.

이상과 결혼 4개월 만에 사별한 변동림은 수화 김환기와 재혼김향안으로 개명했으니 바로 문학과 미술을 이어 준 이 기획전 테마를 상징하는 여인이 된다. 이상도 원래 화가가 되고 싶어 했고 조선 미술 전람회에서 유화 자화상으로 입선했던 '시를 그리는 사람'이었다.

김환기는 그의 절친한 친구인 시인 김광섭의 시 〈저녁에〉에서 영감

• 윤범모 국립 현대미술관 관장

을 얻어 그 시의 마지막 구절 "어디서 무엇이 되어 다시 만나랴"를 그대로 화제로 해 그의 점화點畵의 대표작을 탄생시켰다. 김환기는 1949년 〈그림에 부치는 시〉라는 시도 썼다.

> "유달리 새를 무서워했던 김향안, 새 그림을 즐겨 그렸던 김환기, 소설 〈날개〉를 썼던 이상, 이들은 어디서 무엇이 되어 다시 만났을까." •

*

화투장 땜에 곤욕을 치러 다시는 화투를 안 만지겠노라 선언한, 내가 좋아하는 가수 조영남의 어느 콘서트에서다. 가수가 죽으면 대개 히트곡을 장례식 때 동료들이 불러 주는데, 자기 경우 너무 남의 노래를 많이 하고 오리지널이 신통치 않아 자칫하면 "♪구~우경 하~안 번 와 보세요, 화개 장터♬" 어쩌구 하는 해프닝이 빈소 앞에서 벌어질까 두렵다는 입담 끝에 자기의 노래로 택했다는 「모란 동백」을 구성지게 불러 댔다. 노래 중간 "세상은 바람 불고 고달퍼라 / 나 어느 변방에 / 떠돌다 떠도올다" 하는 대목에 이르렀을 때 갑자기 울컥 목이 메더니 노래를 잇지 못했다. 반주가 몇 번 다시 되돌아오고 관객들이 박수로 틈을 메워 주자 노래를 겨우 마쳤다.

모란 동백
조영남

• 미술 평론가 황인 | 2021년 7월 31일 자 중앙선데이

이 노래는 소설 〈나그네는 길에서도 쉬지 않는다〉로 이상 문학상을 탄 '환상적 리얼리즘'의 소설가이자, 화가이자, 시인이자, 작곡자인 이제하[1937-]가 작사, 작곡했다. 기타를 치면서 노래도 직접 불렀다. 홍익대에서 서양화를 전공한, 그림을 그리는 소설가 손에서 만들어진 시와 노래가 다른 가객歌客에게로 넘어간 것이다. 이런 전방위 예술가 앞에서는 샘도 안 나고 무어라 할 말이 없게 된다.

✳

언제쯤인지 기억이 안 나는데 신문 귀퉁이에 '일본 가톨릭 정의와 평화 협의회'라는 단체에서 펴낸 김지하 시인의 책 『불귀不歸[1975.12.10.]』와, 옥중 투쟁 기록이 담긴 「김지하는 누구인가」를 명동 성당에서 무료, 선착순으로 나누어 준다는 기사가 실렸다. 이게 웬 떡…, 냅다 성당으로 달려갔다. 다행히 몇 권씩 남아 있었다. 일본어 설명과 함께 담시 「오적」, 「비어」 등 그의 대표작들이 모두 수록되어 있는 『불귀』는

인쇄는 조금 조악했지만 귀한 자료였다. 기하학적 선으로 심플하게 꾸며진 장정. 온몸과 시로 독재 정권에 거칠게 부딪쳤던 이웃 나라 투사를 위해 글을 모아 책을 엮어 주는 일본 동지들의 연대 의식을 상징하는 것처럼 표지는 그러

나, 강렬했다. 표지 장정을 맡은 이는 조셉 러브^{Joseph Love (1929-1992)}, 일본에서 활동하던 예수회 신부이자 미술 평론가였다. 한반도의 저항 시인을 응원하는 상수上手들은 그렇게 열도列島 도처에까지도 번져 있었다.

'기형도 현상', 신드롬을 몰고 다니는 요절 시인 기형도⁽¹⁹⁶⁰⁻¹⁹⁸⁹⁾는 「판화」라는 제목의 연작시를 지었다.

> "「바람의 집 겨울 판화1」으로부터 시작한 겨울 판화 시리즈는 어머니 「바람의 집 겨울 판화1」, 아버지 「너무 큰 등받이의자 겨울 판화7」, 삼촌 「삼촌의 죽음 겨울 판화4」 등 가족의 이미지를 그리면서 시인 스스로 판화처럼 어느 한 순간을 시로 새기고 있다. 그림을 아주 잘 그렸던 그의 개성과 기질이 은연중에 시 속에 드러나고…" •

※

'미술이 문학을 만났을 때' 전시회가 열리고 있는 같은 봄날, '근대 서지학회'가 주최한 '한국 시집 100년 기념 전시회'가 종로구 인사동 '인사 고전 문화 중심'에서 열렸다. 1921년 우리나라의 첫 시집, 김억 의 『오뇌의 무도』가 발간된 후 1백 년 동안 나온 대표 시집 1백 권의 초

• 『그대 시를 사랑하리 | 책만드는집(2014)』 이정숙 한성대 교수의 기형도 편에서

© 국가문화유산포털

간본을 중심으로 꾸민 시집 큰 잔치다. 규모는 작았지만 덕수궁에 이어 눈이 또 호강하는 속이 꽉 찬 전시회였다.

옆에서 "저 시집은 1억 원은 한다는데…." 하는 소리가 들렸다. 김소월의 『진달내꽃매문사(1925.12.26.)』 초판본을 두고 하는 말이다. 백석의 『사슴자가본(1936)』, 한용운의 『님의 침묵회동서관(1926)』, 서정주 『화사집남만서고(1941)』, 윤동주 『하늘과 바람과 별과 시정음사(1948)』 등등 나중에는 눈이 아프고 멀미가 날 지경인데도 눈을 뗄 수 없는 귀한 책들이 한자리에 모인 것이다. 그런데 여기서도 보는 이들의 관심을 끄는 것은 표지 그림이었다. 괴석 옆에 핀 진달래를 그린 『진달내꽃』의 표지 그림은 그예 작가를 못 찾았다.

임화-구본웅, 최남선-노수현, 이태준-김용준, 구상-이중섭, 이상-구본웅, 김기림-김여성, 백석-정현웅 식으로 작가와 화가는 짝을 맞춰 그때 시집들을 완성했다. 이들은 한 시대를 같이한 끈끈한 동반자들이었다. 서로 영감을 주고받으며 창작의 감성을 넓혔다. 화문畵文의 합이 잘 맞아떨어지던 시절이었다. 소동파蘇東坡 말대로 '시중유화詩中有畵, 화중유시畵中有詩'이런가.

얼마 전 '근대 서지 학회'는 흥분했다. 그동안 못 찾았던 청마 유치환의 첫 시집 『청마시초青馬詩抄·청색지사(1939)』의 책가위를 찾은 것이다. 구본웅이 그린 야수파 표현주의 화풍의, 힘차게 뛰는 푸른 말, 청마가 제자리를 찾은 것이다. 학회는 2020년 펴낸 22호 하반기호소명출판사 간 표지를 이 사진으로 장식했다.

*

망백望百을 넘긴 집안 어른이 한 분 있다. 1930년대, 충청도에서 상경해 혜화동에 자리를 잡고 사셨는데 소녀 시절을 또렷하게 떠올리며 몇 년 전 짧은 수필집을 냈다. 월북 후 행방불명된 작가 이태준(1904-?)과 이웃집에 사신 인연으로 또래의 그 집 자녀들과 소꿉놀이 친구였다. 바로 이웃에 또 북으로 간 화가 근원 김용준(1904-1967)이 살았다. 당시 보성중학교 미술 선생이던 김용준이 동갑인 이태준의 책 그림을 도맡아 그렸다는 두 사람의 우정, '문학과 미술의 만남'을 보았던 생생한 증언도 책에 담았다.

박제된 '로자'

외국 도시에 처음 갈 때마다 하는 내 버릇이 하나 있다. 생경한 그 동네의 낯가림을 없애고 또 새로 만나는 것에 대한 호기심을 채워 주기 위해 머무는 곳 주변을 빙빙 도는 나만의 순례 의식을 치른다. 이른 아침 빈속으로 호텔을 나선다. 머릿속도 비어져 아침 공기가 싸하다. 호텔을 중심으로 대개 구획이 잘된 도로를 따라 작게 한 바퀴, 다음에는 조금 크게 한 바퀴 컴퍼스 돌리듯 돈다. 돌수록 반경은 당연히 커지고 시야는 더 트인다 파리같이 방사선 도로가 많은 곳에서는 자칫하면 헤맬 수 있으니 정신 줄을 놓치면 안 된다.

그렇게 사나흘 지나면 그 동네와 빠르게 친해질 수 있다는 게 오랜 경험의 결과다. 더 일찍 채비를 하고 걷는 시간을 늘릴수록 그 근처 또는 큰 도시 복판을 몇십 번 와 본 사람처럼 눈에 쉽게 익힐 수 있다. 새롭게 만나는 도시건 시골이건 그곳의 맨얼굴과 주름까지 보면서 코끝에 감기는 서먹한 아침 냄새를 맡을 수 있다는 것이 늘 나를 설레게 한다. 풍경들을 골고루 한눈에 주워 담을 수 있는 이 버릇이 거듭될수록 알배기 여행자가 된다.

1995년 4월 어느 날, 나는 독일 베를린에 있었다. 동·서독이 통일된 1990년으로부터 5년 지난 그때 내가 머물던 곳은 과거 동베를린 지역. 메모가 남아 있지 않아 어느 거리 어느 호텔인지 알 수 없지만 회의를 주관한 단체가 예산이 부실해서인지 변두리 3-4성급 호텔이었다. 희미한 기억으로는 그 거리의 높지 않은 건물들은 모두 회색이거나 칙칙한 살구색. 거리는 봄인데도 춘기春氣는 움트지 않았다. 잿빛 동네였다. 길이나 오가는 차들이나 느와르 영화처럼 음울했다. 길에서 마주치는 아리안 민족의 혈통을 이어받은 자랑스러운 게르만인들은 오만하지도 당당하지도 않아 보였다. 모두 표정이 없었다. 호텔 주변을 도는 것도 식은 감자 수프 같았다.

동독 출신의 여걸 메르켈 수상이 당당하게 유럽을 이끌다 은퇴했지만, 당시에는 베시Wessi 라 불리는 서독인들이 오시Ossi 라는 동독 출신들을 은연중에 또는 대놓고 깔보았다는 보도가 많았다. 그 동네에 대한 삐딱한 내 시선은 그런 정보만 받아들였기 때문이었겠지만.

그런데 아마도 휴일이었을 그날 아침은 가야 할 곳이 있어 나는 조금 들떴다. 내가 한 번 만나 본 적도, 아니 물리적으로 만날 수도 없었고 나와는 전혀, 아주 먼 다른 세상에 있던 여인. 그러나 젊은 짧은 한때 내 감성을 건드렸던 오래 묵은 센티멘털리즘과 충동이 이끄는 대로 그녀의 흔적을 쫓아 보자는 설렘 길에 나선 참이었다.

호텔 컨시어지는 버스로 네 정거장인가 가면 '우반U-bahn역'이라고 분명히 얘기했는데, '어 이상하다.' 더 변두리로 가고 있는 것 같았다. 우반, 우반이라고 기사에게 외친 끝에야 내가 버스를 반대편 방향으로 탄 것을 알았다. 다음 정류장에서 내려 길을 건너고, 한참을 기다린 끝에 버스를 다시 탔다. 우반 지하철에 올라 몇 정거장 더 지나서야 내 목적지 '로자 룩셈부르크역'에 다다랐다. 밖으로 나오니 큰 극장인가가 보였고 거기가 바로 '로자 룩셈부르크 광장'이었다. '로자 룩셈부르크 슈트라세'였다.

'마르크스 이후 최고의 천재', '붉은 로자', '혁명의 독수리', 그 로자 룩셈부르크Rosa Luxemburg(1871-1919)는 박제된 채 베를린 거리에 메마르게 매달려 있었다. 나는 한동안 멍하니 로자 이름이 새겨진 이정표들을 바라보았다.

'유대인, 다리를 저는 장애인, 여성, 그리고 폴란드인'이라는 핸디캡투성이인 그녀. 정치 이론가, 사회주의자, 철학자, 혁명가인 그녀. 유럽 최대 노동자 정당인 독일 사회 민주당의 지도자가 됐지만 러시아 혁명의 여파로 일어난 독일 혁명 와중에 우파 군인들에 의해 비참하게 살해됐던 1919년, 그녀는 47세였다. 시신은 베를린 슈프레강의 동서를 가로지르는 란트베어 운하에 처박혔다. 다음 해 5월 물속에서 시신

암만 보아도 '붉은 로자'는 '혁명의 독수리' 같지 않다. ⓒ Unknown Author

이 발견됐고 베를린 교외 공원묘지에 묻혔다.

그런데 무슨 뜬금없는 소리, 그 로자의 시신이 사망 90년 만에 '베를린 자선 병원 의학사 박물관' 지하 창고에서 발견되었다고 독일 시사 주간지『슈피겔』이 2009년 5월 30일 발간호에서 보도했다. 머리와 손발이 없는 이 시신은 "단층 촬영 결과 사망 당시 40대 중반 여성으로, 한동안 물에 잠겨 있었고 골관절염을 앓고 있었으며 양쪽 다리의 길이가 다르다. 종합적 판별 결과 로자의 시신"이라는 것이다. 프리드리히 스펠데 중앙 묘지에 묻힌 시신은 "관절염이나 다리 길이의 차이 등이 검시 기록에 없다. 다른 사람 같다."라고 샤르테 병원 법의학 연구소의 미하엘 초코스 소장은 확인했다.

그녀의 시신에 대한 두 가지 다른 팩트, 그 진상은 아직까지 밝혀지지 않고 있다. 공원에 묻힌 '로자 인지 아닌지'의 유골은 나치 시절 묘지가 훼손되면서 없어졌다. 또 DNA를 확인해 줄 로자의 피붙이들은 아무도 남아 있지 않다. 오늘도 그녀를 기리는 좌파, 자유주의자, 여성주의자 그리고 이도저도 아닌 이름만을 좇는 순례객들은 묘지와 운하 다리에 서 있는 기념비를 찾는다.

유골이 무슨 대수랴. 로자의 족적이 더 중요하지.

사실 나는 로자라는 여인을 제대로 알지도 못했고 그나마 오랜 동안 새까맣게 잊고 있었다. 대학 시절, 당시로서는 흔치 않았던 자료를 통해 우연히 그녀를 만났다. 독일에서 '국가 사회주의'를 연구했던 교수

한 분을 통해 그녀의 얘기를 들은 것이 내 관심의 시초였다. 그렇지만 자료는 아주 적었고 일본어 자료들은 더러 있었지만 나는 청맹과니.

나와는 이념이나 사상 한 가지 구석도 연대감을 갖지 못했던 그녀. 그러나 1871년 '제정 러시아' 통치하 폴란드의 넉넉한 가정에서 태어난 천재 같은 그녀가 15세부터 파란波瀾의 혁명에 뛰어들고 이상을 위해 싸우다 스러진 드라마 같은 일생에 나는 한때 관심을 가졌었다.

친구 소피에게 보낸 옥중 서신을 통해 문학, 음악 등 예술에 천착한 순수한 영혼도 그 여성 혁명가는 함께 갖고 있었다는 조각조각 정보들을 꿰어 가면서 감수성 많았던 젊은 나는 아마 연민을 더 쌓아 갔었으리라. 오랫동안 잊고 있던 로자를 그때, 호텔방에 놓여 있던 베를린 지도를 훑어보다 발견한 것이다. '그렇구나! 여기가 그녀가 처참한 최후를 맞은 곳이구나.' 갑자기 옛 기억이 꿈틀거렸던 것이다.

그날 나는 그녀의 시신이 던져진 곳이 어디쯤인지를 더듬거리며 반나절 이상을 헤맸다. 그 이상 건질 게 없었다. 흐르는 운하만을 내려다보다 돌아섰다. 시작은 창대했지만 끝은 미약한 하루였다. 옛날, 귀동냥해 단편적으로 들었다가 한참 후에야 제대로 알게 된『로자 룩셈부르크 평전Une femme rebelle·푸른숲(2002)』에 나오는 그녀의 최후를 떠올리며, 아마 호텔로 돌아왔겠지.

"1919년 1월 15일 베를린 에덴 호텔 중앙 홀로 군인들은 한 유대인 여자를 질질 끌고 나왔다. 그를 둘러싼 '자유 군단Freikorps' 소속 군인들은 그녀에게 욕지거리를 퍼부었다. 한 군인이 그의 머리를 개머리판으로 후려쳤다. 그녀의 입과 코에서 핏덩어리가 물컹 쏟아져 내렸다. 그의 시신은 란트베어 운하의 다리로 옮겨졌고 물속으로 던져졌다."

로자는 폴란드어로 '이슬'이다. 유럽 사회주의 운동사의 걸출한 여자 혁명 전사는 그렇게 이름처럼 못 이룬 혁명의 '이슬'이 된 것이다.

이천몇백 년 전 진시황을 벤치마킹한 히틀러의 선전 장관 파울 괴벨스는 1933년 130여 명의 세계적 사상가, 학자, 교육자, 작가 들의 '불온한' 책 2만여 권을 골라 훔볼트 대학 맞은편 베벨 광장에 쌓았다. 하이델베르크 대학 철학 박사인 괴벨스는, 그 책들에 불을 질렀다.

"비독일인의 영혼을 정화시키자."
"옛 지성이 잿더미로 사라지면 그 속에서 새 인격이 싹틀 것이다."
"이제 과장된 유대인의 지적 우월의 시대는 영원히 막을 내렸다."

'나치 독일 학생 연맹'과 '갈색 셔츠단'으로 불리던 '나치 돌격대' 학생들은 구호를 외치며 불구덩이로 책을 던졌다.

에밀 졸라, 프란츠 카프카, 카를 마르크스, 지크문트 프로이트, 토마스 만 등등등의 책 가운데 유대인이며 불온한 사상가인 로자의 책도 당연히 들어 있었다. 1천 페이지가 넘는 그녀의 노작勞作『자본의 축적』, 『사회 개혁이냐 혁명이냐』, 『정치 경제학 입문』 등의 책도 활활 불쏘시개가 되어 불꽃을 보냈다.

베벨 광장 한가운데 투명한 플라스틱판이 있고 들여다보면 아래는 깊은 공간이다. 서가書架를 상징한다. 분서를 영원히 잊지 말자는 경고를 담은 슈투트가르트 미대 교수 유대인 미하 울만의 작품이다.

그 옆, 책처럼 펼쳐진 동판에는 하인리히 하이네의 글이 새겨져 있다. "책을 불사르는 곳에서 결국 인간을 불태우게 될 것이다."라고 시인은 예언했다. 그 예언은 로자의 모국 폴란드의 아우슈비츠와 뮌헨 근처 다하우에서 현실이 됐다.

02

그곳,
그 설핏한
기억들을 위하여

Naturalism, Naturism, Voyeurism

2018년 8월 23일 오후, 스위스 취리히 시청 광장 근처, 길거리에서 좀처럼 보기 드문 광경이 벌어졌다. 두어 명씩 여기저기서 모여든 열여덟 명의 남녀들이 '플래시 몹' 공연을 시작하듯 하나둘씩 옷을 벗기 시작했고 곧이어 모두 완벽한 나체가 되었다. 그들은 느린 동작으로 춤인지 체조인지 모를 퍼포먼스를 시작했다. 흐느적거리는 율동을 하다가 가로수에 매달리는 여자, 무아지경의 표정으로 걷다가 행인에게 얘기를 건네는 남자, 뒤엉켜 구르는 남녀 나신들, 가부좌를 튼 채 누워 버린 여자, 기괴한 춤사위, 다리를 민망하게 벌리고 큰대자로 누운 여인.

유럽 각지에서 온 행위 예술가 그룹 멤버들이 이 퍼포먼스를 하는 동안 이를 지켜보는 관객, 행인 들의 모습도 제각각이다. 유별난 볼거리라고 호들갑을 떨거나 하는 이 없이, 호기심 어린 표정들이 있긴 했지만 덤덤하게 또는 진지하게 보고 있었다. 어떤 이는 소가 닭 보듯 멍하니 쳐다보고, 휠체어에 앉은 노인도 먼 산 보듯 물끄러미 지켜보았다. 열심히 핸드폰으로 사진을 찍는 사람, 행인과 같이 가던 큰 개도 주인과 함께 멀뚱멀뚱 쳐다보고 있었다. 아예 고개도 안 돌리고 가던 길을 가는 사람, 표정 변화가 없는 사람들도 많아 보였지만 공연자들은 관객들의 반응에 아랑곳하지 않고 진지하게 공연을 이어갔다.

스위스 경찰 당국의 공식 허가를 받아 사흘간 열린 이 행사, 공연의 공식 이름은 '스위스 보디 앤드 프리덤 페스티벌Swiss body & freedom festival'. 표현 도구로서의 남녀의 알몸을 거리로 끌고 나온 실험 플랫폼으로 저녁에는 행사를 주제로 문화, 역사, 예술 등의 관점에서 보는 포럼Naked talks forum 도 열었다.

2009년 스위스, 시계 공장이 많은 비엘이란 작은 도시에서 이 행사는 시작됐다. "왜 내가 여기서는 알몸으로 편안하게 눕는데 인도에서는 두려움, 죽음, 강간 등의 공포를 느껴야 합니까?"라는 메시지가 담긴 이들의 첫 공연은 무허가였다. 경찰이 출동하고 벌금을 물고 끝났다. 그 후 2015년 당국에 정식으로 허가를 얻은 이들은 그해, 그리고 2018년 공연으로 이어 간 것이다.

이 퍼포먼스의 동영상을 나는 인터넷 여러 사이트를 통해 보았고, 다른 곳을 뒤져서 얘기들을 긁어모았다최근 다시 들어가 보니 사이트가 폐쇄됐다.

✻

1995년 5월, 독일 바이에른주 뮌헨, 그날 오후는 독일 날씨답지 않
게 화창했다. 영국, 프랑스를 거쳐 독일을 마지막으로 임원 해외 연수
프로그램을 마무리하고 귀국 직전, 네댓 시간이 남아 뮌헨 대학과 슈
바빙 거리가 연결되는 레오폴드가에 머무르게 된 우리 일행 30여 명은
어디로 갈까 의견이 분분했다.

한 무리는 『그리고 아무 말도 하지 않았다』라는 수필집과, 숱한 화
제를 남긴 채 비극적으로 생을 마감한 법철학도이자 독일 문학가 전혜
린田惠麟(1934~1965)의 지독히 가난한 유학 시절 아지트였다는, 이 거리의
'카페 제로오제'를 기억하는 동료를 따라 그 자취를 찾아 나섰다. 또 일
부는 나치에 저항하다 처형당한 '숄Scholl 남매' 등 뮌헨 대학 학생들과
교수들로 구성된 비폭력 저항 그룹 '백장미단Weiße rose'을 떠올리는 이
가 있어 대학 캠퍼스 쪽으로 흩어졌다.

이도 저도 안 따라 나선 여남은 명이 남아 서성이었다. 일행에게 '나
를 따르라'며 대단한 인솔자인 양 나는 앞장섰다. "어디 가느냐.", "뭔
데 그러느냐."를 귓전에 흘린 채 나는 지도를 보며 멀지 않은 곳에 있
는 '영국 정원Englischer Garten'으로 들어섰다.

뮌헨 시내를 흐르고 있는 이자르강 변의 이 공원, 대학생 등 젊은이
들이 날씨 좋은 날 많이 모인다는, 뉴욕 센트럴 파크보다 더 큰 공원
초입을 조금 지나 강가 비탈진 풀밭으로 들어서자 장관이 펼쳐졌다.
강가 둔덕을 중심으로 가득 모인 수많은 젊은 남녀, 그들의 대부분이

영국 정원은 뉴욕 센트럴파크보다 크다. ⓒ designerpoint

완전 벌거벗고 있는, 20세기 '에덴동산'으로 들어온 것이다. 타월을 깔고 누운 사람, 서서 얘기를 나누는 남녀, 또 당당하게 활보하는 완전히 벌거벗은 이 동네 '형님, 누나, 언니, 오빠' 들.

싱싱한 젊은 꽃들이 사방으로 눈을 돌려도 지천으로 피어 있었다. 나는 내심 예상을 하고 있었지만, 아무런 사전 지식 없이 나른한 공원 산책이나 하는 줄 알고 따라나섰던 동료들은 거의 패닉이었다. 탄성을 지를 수도, 얼굴을 어느 쪽으로 돌려야 할지, 또 어떤 표정을 짓는 것이 가장 대처를 잘하는 것인지 모르는, 난감하기 이를 데 없는 상황이 되어 버린 것이다.

그러나 이 동요는 곧 진정됐다. 눈치 빠른 순서에 따라 적응하는 요령을 터득하고 선글라스를 얼른 꺼내 쓰느니, 늘 보아 왔던 광경을 보는 거같이 얼른 표정을 바꾸느니, 나름 여유를 갖고 주위를 감상하기 시작했다. 비행기 탑승을 앞둔 우리 모두가 캐주얼한 복장이라 에덴동산에 어울리지 않는다는 것이 문제이긴 했지만 잠시 후 각자가 혼자인 양 찢어지면서 어색함도 해소됐다. 그 천국을 느릿느릿 돌아보던 우리 '신사유람단'은 약속보다 늦게 집결지로 모였다. 동료들의 격한 무용 담에 슈바빙과 뮌헨 대학 패거리들이 왜 진작 얘기 안 해 줬냐며 원망 들을 해 댔다.

그런데 사실 나도 자신이 없었다. 영국 정원이 누드가 허용된다는 얘기를 진작 들어 알긴 했지만 괜스레 떠벌리고 앞장섰다가 혹 낭패 할까 봐. 또 그날이 그런 '큰 대목의 장'이 서는 날인지 알 길 없었던 나 는 갈 데가 마땅치 않은 패들을 모아 뒤늦게 조용한 나들이에 나선 것 이었다.

알려져 있다시피 독일은 혼탕 문화가 여전하다. 동네에 따라 월화 또 는 수목 식으로 나누어 남녀를 구분하고 나머지는 혼탕으로, 또 아예 요일 구분 없이 일주일 내내 혼탕으로 운영하는 곳도 많다.

독일 남서부, 프랑스 국경과 가까운 울창한 '검은 숲Schwarzwald'에 둘 러싸인 바덴바덴은 '유럽 귀족들의 여름 수도'라는 별명도 가진 국제 적으로 유명한 휴양 도시이다. 서울 올림픽 개최를 결정한 IOC 총회 가 열렸던 곳으로 우리에게 기억되고 있는 이곳. '바덴'은 독일어로 온 천을 말하는데 '바덴'이 연속으로 붙어 있어 효험이 더 있을 것 같은 이 라듐천에는 숲이 뿜어내는 맑은 공기가 한몫 더해 1년 내내 많은 사람 들이 찾는다. 언젠가 알자스 지방에 간 김에 '내가 이 동네를 또 오랴'

싶어 이곳을 찾아 하루를 묵은 적이 있다. 르네상스 건축 양식으로 지어진 프리드리히 스파Friedrichsbad는 가장 크고 화려했다. 무슨 뮤지엄 같은 분위기의 이곳 중앙에 있는 대욕장 건물은 특히 아름다웠다.

그런데 평일 겨울의 오후로 기억되는 그날, 그 스파에는 무슨 연유인지 여자들이 훨씬 많은, 마치 여자 사우나에 잘못 들어온 것으로 착각할 만한, 그리스 신화 속 여인들의 제국 아마존족의 동네였다. 물론 간간이 남자도 보였지만, 아니 내 눈에는 남자들이 안 들어왔는지 모르지만, '쌩' 알몸의 여자들이 스파용 침대에 누워 책을 읽거나, 몇이 모여 까르르 웃으며 얘기를 나누거나, 또는 소파에 앉아 차를 마시거나… 그날 나는 끝내 시선 처리를 어떻게 해야 할지 모르는 멍한 상태로, 또 한편으로는 여자들이 나를 쳐다볼까 지레 움츠리며 몇 시간 동안의 그 넓은 스파 순례와 체험을 탈 없이, 무사히 마쳤다. 가슴을 드러내는 것이 자유라면 드러난 가슴을 자유롭게 보는 것도 자유 아닌가 하는 생각이 든 것은 뒤늦게였다.

✲

지금이야 국내 언론사들의 독일 특파원들은 베를린에 주재하지만, 90년대에는 행정부 소재지였던 본이 주 근무지였다. 본에 근무하던 모 신문사 특파원을 만나러 갔다가 그에게 들은 얘기.

부임 얼마 후 독일에 대해 모든 것이 궁금해 이런저런 취재와 경험을 쌓느라 돌아다니던 그때, 호기심이 발동해 '본'에서 가장 좋다는 사우

나탕으로 출동했다. 조심스레 옷을 벗고 잔뜩 움츠린 채 쭈뼛쭈뼛, 머뭇머뭇, 엉거주춤, 탈의장 앞 긴 복도를 지나 사우나 입구로 가기 위해 코너를 도는 순간 그는 엄청난 상황에 맞닥뜨렸다. 그와 마주친 사람은 부임한 지 얼마 안 되는 동안 부지런히 애용했던 한국 식당 여자사장님이었다. 그는 파랗게 질렸다. 순간 약간 당황한 것 같았던 그녀, 발가벗은 그 여사장님은 아무 말도 못 한 채 얼어붙어 어색한 미소만 억지로 짓고 있는 그에게 "아, 오셨네." 하며 번개의 속도로 그를 일별一瞥하고는, 쿨하게 손을 흔들며 사라졌다. 그녀는 독일 생활 수십 년 된, 본의 거의 원주민 같은, 보너Bonner.

독일의 나체주의는 1800년대 시작됐다. 일조량이 적은 지리적 특성 때문인지 모른다. 자연으로 돌아가 있는 그대로 자유롭게 편안하게 살아가자는 자연주의Naturalism에서, 아니 나체주의Naturism에서 출발했다는데, 게르만족이 사는 독일 이외의 나라는 이런 문화가 없는 것을 보면 아마도 독일 게르만족만의 독특한 문화가 아닌가 싶다.

이런 체험을 나는 몇 차례 더 했다. 그러면서 내린 결론은, 처음 맞닥뜨리는 어색하고 당황스러운 순간들이 지나고 또 반복을 해 가면 자연스레 그 분위기 속으로 동화되어 버린다는 것이다. 사우나를 나오거나 영국 정원을 빠져나온 담에야 "내가 지금 어디 갔다 왔지, 무얼 보고 왔지." 정신이 퍼뜩 들지만, 그런 환경 속에서 얼마를 지나고 몇 년을 지나면, '한국 식당 주인아주머니'처럼 되는 것이 자연스러워질 거라는 것이다.

이것이 나만의 '뛰어난' 적응력 때문인지, 아님 "자연으로 돌아가라."는 루소와 어떻게든 엮어 보려는 과장된 의욕인지는 차치하고, 이성의 벗은 몸은 대중 속에서 함께 드러날 때, 그리고 그게 생활화되면 점점 무뎌지고 결국 별게 아닌 것이 된다고, 또 그것은 아마도 누구에게나 마찬가지일 것이라고 단정하기에 이르렀다.

그런데 속맘을 솔직하게, 은밀하게 고백하자면, 나는 '그때'마다 자연주의Naturalism 와 나체주의Naturism 그리고 관음주의觀淫主義·Voyeurism 사이, 아니 외람되게도 '계몽주의'와 '정신 분석학' 사이에서 아슬아슬 줄을 탔다는 것이다.

토마스 칼라일 Thomas Carlyle(1795-1881) | 영국 역사학자

"대자연이 신의 의복이고, 모든 상징, 형식, 제도는 가공의 존재에 불과하다. 의복을 입지 않을 때 건강해진다."

월터 휘트만 Walter Whitman(1819-1892) | 미국 시인

"이렇게 자연과 가까이 있었던 적은 없다. 상쾌하고, 머리가 맑고, 고요한 자연 속의 나체"_ 나체 산책을 즐기던 그의 자전시 「나의 노래」에서

아름다움, 그 비극적인 것에 대하여

『비극의 탄생』, 독일 철학자 니체(1844-1900)가 20대 말에 펴낸 책이다. 이 책의 온 제목은 '음악 정신으로부터의 비극의 탄생'이다. '음악 정신'은 독일의 작곡가 바그너(1813-1883)를 의미한다. 니체의 첫 번째 저작이다. 바그너에게 헌정된 책이다.

두 사람 다 천재에 가깝다. 둘의 아이큐를 합하면 시원찮은 사람 둘 이상을 합한 것과 얼추 맞을까? 니체의 철학, 바그너의 음악, 모두 난삽하기로 둘째가라면 둘 다 서운해할 거다. 『자라투스트라는 이렇게 말했다』,『인간적인 너무나 인간적인』같은 니체의 그 많은 명저들은 지적 허영심으로 들춰 보다 집어던지기 딱 좋은 책이다 내 경험이니 다 읽은 분들은 오해 마시라.

클래식 애호가들도 바그너 하면, 마니아들인 '바그네리안Wagnerian'

라벨로 가는 길에 보이는 아말피 굽잇길은 드론으로 촬영해야 얼추 담을 수 있을 텐데….

빼고는 대개 절레절레 머리를 흔든다.

그런데 난해한 정신세계를 가진 이 둘이 의기투합했다. 1868년이
다. 유유상종, 끼리끼리 만난 것이다. 니체는 그리스 비극 시인 소포클
레스, 아이스킬로스의 비극 정신이 최상의 예술이라고 진작 결론 내
렸다. 그리고 그 비극 정신을 부흥시킨 것이 바그너의 음악이라고 했
다. 스위스에서 처음 만난 이후, 바그너와 나눈 길고 깊은 대화를 숙성

시키고 증류한 끝에 마침내『비극의 탄생』이 빚어진 것이다. 바그너는 니체의 아버지 같았고 우상이었다.

그런 죽고 못 살던 두 사람이 만난 지 10년도 못 가 앙숙이 되었다. 말도 안 되지만 천국같이 아름다운 곳이 빌미가 됐다.

이태리 캄파니아주 아말피. 지금은 작은 휴양지에 불과하지만 12세기 나폴리 왕국이 없어지기 전까지 막강한 군사 요충지였던 이곳의 해안선을 사람들은 '천 번의 굽잇길'이라고 부른다. 아말피에서 차로 30여 분, 해발 360여 미터 되는 산마루에 라벨로라는 보석 같은 동네가 있다. 상주 인구라야 3천여 명도 채 안 된다.

아말피 꼬불꼬불 바닷길이 내려다보이는 마을 가운데 두오모 성당이 있고 그 앞에 자그마한 광장이 있다. 그리고 광장 건너편에 니체와 바그너를 갈라지게 만든, 아름답기 그지없는데 비극이 잉태된 장소, 빌라 루폴로Villa Rufolo가 있다. 13세기 루폴로 가문이 세운 대저택. 아랍식과 고딕 양식이 섞인 건물 회랑을 지나면 바다가 한눈에 내려다보이는 '바다 전망 정원'이 있다. 넓은 꽃밭에는 지중해의 따가운 넘보라살, 넘빨강살에 녹아 버린 온갖 물감들이 설킨 채로 풀어져 있다. 눈이 아득해진다. 건물 벽에 석판이 붙어 있다. "클링조르의 '마법의 정원'이 발견되었다. _리하르트 바그너"라고 새겨져 있다.

《방황하는 네덜란드인》,《탄호이저》,《트리스탄과 이졸데》, 공연 시

두오모 성당 앞 작은 광장은 사실 관광객들로 번잡할 때가 많다.

간만 16시간이 넘는《니벨룽겐의 반지》등 쉽게 친해지기 힘든^{역시 내 경}
^{우다.} 대작들을 지어낸 바그너는 1840년대 중반 그의 음악 세계를 집대
성할《파르지팔》을 마지막 작품으로 머릿속에 그리기 시작했다. 이 작
품은 〈인디아나 존스〉, 『다빈치 코드』 등등 여러 영화나 소설의 단골
소재가 되어 왔던, 기독교에서 가장 성스럽게 여기는 성배聖杯의 전설
을 토대로 한 이야기다. 성배와 성창聖槍을 찾아 떠나는 기사 '파르지
팔'이 주인공이다.

Parsifal Prelude
Richard Wagner

《파르지팔》 2막 2장의 배경이 빌라 루폴로의 정원이다. 클링조르의 '마법의 정원'이 바로 여기다. 마법사 클링조르가 정원의 아름다운 꽃들을 반라의 꽃처녀들로 변신시켜, 성배를 찾으려는 파르지팔을 유혹하게 하는 현란한 장면이 펼쳐지는 곳이다.

바그너는 라벨로를 여행하다 이 정원을 마주친 순간 무릎을 친다. 그가 머릿속에 그리던 바로 그 선경이 눈앞에 놓여 있었다. 그는 이곳에 눌러앉아 작품을 마무리한다. 결국 구상한 지 수십 년 만에, 작곡을 시작한 지 4년 걸려 이 작품은 완성됐다. 바그너는 이 작품을 오페라라고 부르지 않고 '무대 신성 축전극', 번역자마다 다르지만 '무대 봉헌을 위한 축제Bühnenweihfestspiel'로 불렀다. 종교 의식같이 장엄하고 숭고한 작품이라고 했다.

1882년 7월 26일, 바이로이트에서 《파르지팔》이 초연된다. 중세 독일 서사시를 바탕으로 한 대본, 연출, 무대까지도 바그너가 직접 했다. 공연 시간은 4시간 반이 더 걸리는 대극이다. 막간에 박수도 치지 못하게 했다.

"신은 죽었다."

신은 니체에게는 기독교다. 니체는 이 도발적 명제를 앞세웠던 반기독교주의자다. 그런데 그리스 비극 정신으로 죽이 맞았던 바그너가 《파르지팔》에서 '그리스'에 등을 돌리고 '그리스도'에 귀의했다. 관념론적인 것, 기독교적인 것, 모든 전통적 가치를 허물어트리는 '망치를

든 철학자' 니체는 도저히 '바그너의 배신'을 받아들일 수가 없었다. 니체는 바그너 비판자로 돌아섰다. 나중에는 "나는 홀가분해졌다. 바그너에게 등을 돌린 것은 내게는 하나의 운명이었다."라고까지 말했다.

바그너는 니체가 자신을 비판한다는 것을 알면서도 처음에는 반응을 보이지 않았지만 도가 지나치자 나중에는 니체의 주치의가 일러 준 프라이버시, 니체가 성병 때문에 머리가 이상해졌다는 말까지 뱉고 만다. '그리스의 비극 정신'이니, '음악 정신'이니 하는 고담준론은 하루아침에 막장 드라마가 되어 버렸다. 다음 수순은 당연히 결별이었다.

평생을 어려운 얘기들로 일관했던 니체도 이런 글을 쓴 적이 있다.

"기뻐하라, 인생을 기뻐하라. 즐겁게 살아가라."

이게 뭔 소리, 싱겁기 이를 데 없다. 하긴 바그너도 전 세계 무지 많은 사람들이 결혼식, 신부 입장 때 쓰는 〈결혼 행진곡〉 같은 '유행가(?)' 대목을 《로엔그린》 속에 슬쩍 넣었지만….

불가사의한 천재들이다. 서로 돌이킬 수 없이 삐진 채 끝낸 것이 못내 아쉽다.

꽤 오래전 어느 해 5월, 나는 빌라 루폴로 정원 앞에 서 있었다. 말문이 막혔다. 절경이었다. 바그너가 아름다움을 찬탄했던 위치가 어디였는지는 가늠할 길 없지만, 아마도 내가 경치에 빠져들었던 곳과 그리 멀지 않았으리라. 백오십여 년 가까이의 시간을 훌쩍 뛰어넘어 바그너와 나는 같은 감동의 공간에서 판타지 드라마처럼 만난 것이다. 감성은 사람마다 폭의 차이가 있을 뿐, 발화되는 언저리는 거의 같다는 것을 나는 확인했다. 천재건 범인凡人이건.

바그너를 기리기 위한 '라벨로 페스티벌'이 1953년 이곳에서 처음 열린 후 매년 7월에서 10월까지 음악 축제가 열린다. 무대는 정원의 끝, 바다를 등지고 아찔하게 설치된다^{2003년 정명훈은 라디오 프랑스 필하모니를 이끌고 참여했다}.

반나절이면 걸어서 다 돌아볼 수 있는 라벨로를 천천히 음미했다. 세계에서 가장 아름답다는 인피니티 풀이 있는, 11세기부터 주춧돌이 놓인 벨몬트 호텔 카루소는 반짝반짝했다. 또 '무한 테라스'라는 별명이 붙은 마을 끝자락에 있는 빌라 침브로네는 눈이 부셨다.

별생각 없이 머무른 호텔 루폴로는 우연히도 D.H. 로렌스가 1년여를 지내며 『채털리 부인의 사랑』을 마무리한 곳이었다.

"길을 잃고 혼자 앉아서 내 마음과 교감한다. 세상 안, 내 작은 공간에 만족하고 떠나는 것이 기쁘다."

방 테라스에 앉아 명상했다는 설명과 함께 뭔지 뜻 모를 얘기를 써놓은 기념 액자를 한참 들여다보았다. 작곡가 그리그, 작가 버지니아 울프, 극작가 테네시 윌리엄스, 화가 호안 미로 등등이 라벨로를 찾아 작품의 영감을 얻었다고, 광장 카페에서 만난 동네 영감이 줄줄이 꿰었다. 보카치오의 『데카메론』 둘째 날 이야기에도 여기가 나온단다.

혹 상상력이 벽에 부딪혀 '몸부림'치는 예술가가 있다면 이곳을 한번 찾아보시라. 바그너, 로렌스 같은 엄청난 작품이 배태될지 누가 아나?

그리스를 위한 변명

　언론계에 잠깐 몸담았던 내 파릇했던 시절. 상사는 다소 거친 성정을 가졌지만 따뜻함을 맹수 발톱처럼 숨기고 있는 기인이었다. 그가 후배들을 부르는 호칭은 세 가지였다. '아무개 선생', '아무개 씨', 그리고 '어이 아무개'. 일을 시원치 않게 하면 목소리 톤이 확 올라가고 '아무개 선생'이었다. 반대로 일을 잘해 내면 '어이 아무개', 그냥저냥 평년작일 때는 '아무개 씨'.

　지난밤의 술은 오전 내내 덜 깨어 있었지만 눈은 매서웠고, 판단은 빨랐다. 천칭 같은 균형 감각, 허튼 곳을 족집게처럼 헤집어 냈다. 술이 문제지, 글 잘 쓰고 책도 많이 읽었고 이런저런 분야를 두루 꿰뚫었다. 그 밑에서 나는 현상과 팩트를 냉정하고 균형 있게 볼 줄 아는 훈련을 차지게 받았다. 암튼 '사자 새끼 절벽에서 떨어뜨리기' 과정을 잘 마치면 '어이 아무개'는 상이었다. 어느 날 당시 상영 중이던 〈고백〉이라는 영화를 보았냐고 물었다. 물론 못 보았고. "그게 뭔데요?" 했다가 그것도 모르는 너는 참 한심하다고 하면서도 꼭 보라고 했다.

〈고백The Confession〉의 감독, 코스타 가브라스(1933-)를 그때 처음 만난다. 그리스, 프랑스 이중 국적이지만 나는 그를 태어난 대로 그리스인으로 여긴다. 이브 몽탕과 시몬 시뇨레 두 프랑스 배우가 이 영화의 주연이다. 공산 체제 체코 외무 차관 이브 몽탕은 어느 날 미국 스파이라는 죄로 끌려간다. 재우지 않고 먹이지 않으며 감방 안을 빙빙 돌게 하고 멈췄다가는 간수들에게 폭행당한다. 그는 엉터리 신문 조서에 서명한다. 재판에서 증언할 것들을 달달 외우고, 동료들을 배신한다. 결국 스파이로 만들어진다.

1950년 체코에서 있었던 실화를 고발하는 영화다. '10월 유신'이 막 선포됐던 엄혹한 시기. 반공 영화로 수입이 '오케이'가 됐겠지만, 조금 달리 보면 유신 시대에서 벌어질 일일 수도 있는데 우국심 강한 검열관의 식견은 하나만 아는 청맹과니, 딱 거기까지였었나 싶다.

좌파 성향의 가브라스는 정치적 색채가 강한 영화를 계속 만들었다. 우루과이 독재 정권에 항거하는 지식인들을 잡아 가두고 고문하고, 그 과정들을 추적하는 〈계엄령〉, 아테네 의과 대학 교수이자 자유주의자 람브라키스의 암살을 다룬 〈Z〉, 아버지의 나치 부역 누명을 벗기려다 대반전을 맞는 〈뮤직 박스〉 등등 나는 결국 그의 골수팬이 됐다.

여든여섯 살의 그가 〈어른의 부재〉라는, 그리스의 정치 문제를 다룬

블랙 코미디 영화를 들고 2019년 부산 국제 영화제에 왔는데 가 보지 못한 것이 못내 아쉽다.

*

나는 그리스를 좋아한다. 그쪽 영화도 물론 좋다. 그리스 고전을 현대로 가져와 기막힌 비극 영화로 만든 〈페드라우리나라에서는 〈죽어도 좋아〉라는 제목으로 1967년 개봉〉는 갓 스물의 내게는 충격이었다. 감독 줄스 다신의 부인이자 앤서니 퍼킨스와 처절한 비련을 연기한 주인공 그리스인 멜리나 메르쿠리를 좋아한다. 훗날 그녀가 그리스 문화부 장관을 한 게 왜 좋았는지는 알다가도 모를 일이다.

두 번 보았던 〈페드라〉를 위해, 잠깐만 옆길로 새 보자. 전실 아들과 새엄마의 사랑, 그 끝은 고전 소포클레스의 비극대로다. 문학이나 영화의 소재로 '오이디푸스 콤플렉스'와 같이 자주 인용되는 '페드라 콤플렉스'다. 한국 개봉 시에는 둘의 정사 장면이 삭제됐다는 것을 나중에 알았다.

파멸의 끝. 스포츠카 애스턴 마틴을 몰고 내리막 굽잇길을 미친 듯이 달리는 앤서니 퍼킨스. 라디오에서는 바흐의 토카타와 푸가의 오르간 소리가 장렬하게 터져 나온다. 볼륨을 높인다. "라-라-라- 라- 라- 라-라" 미친 듯 부르짖으며 계모 페드라를 외치던 그는 결국 절벽으로 추락한다. 2분 가까이 되는 처절한 엔딩 신이 펼쳐지는 곳은 아름다운 수니온곶이다.

그 부부가 만든 영화와 노래 「Never on Sunday」를 좋아한다. 카잔차키스도, 『희랍인 조르바』도, 그걸 영화로 만든 미카엘 카코야니스도, 〈페드라〉에 이어 이 영화 음악을 맡은 '혁명 투사 테오도라키스²⁰²¹년 9월, 96세로 사망했다.도 모두 한 개성 하는 인물들이다. "성악의 '룰'은 내가 만들지요."라는 오만한 마리아 칼라스를 좋아하며, 그의 장학금으로 유학했던 메조소프라노 아그네스 발차⁽¹⁹⁴⁴⁻ ⁾의 팬이다. 특히 그리스 전통 악기 부즈키의 반주에 따라 처연하게 부르는, 레지스탕스가 되어 떠난 연인을 그리는, 이 노래 땜에 투옥된 테오도라키스가 만든 〈기차는 여덟 시에 떠나네〉를 비가 추적추적 내리는 날 들어 보시라.

그리스를 좋아하는 사람, 그리스 문화를 사랑하는 사람을 '필헬린 Philhellene'이라고 한다. 내 필헬린의 역사는 짧지 않다. 한국 주재 그리스 명예 영사였던 코스타는 나보다 열 살 위. 그는 아테네 국립 대학에서 교부철학敎父哲學을 전공한 엘리트다. 그리스어를 유창하게 구사하는 한국인이다. 내가 근무하던 같은 층에 그의 사무실이 있었다. 뭔지 통하는 게 많아 친구처럼 가까워졌다. 일찍 돌아가신 '코스타 김'은 내게 그리스 문을 열어 준 분이다. 그를 따라 아현동 마루에 있는 그리스 정교회 성당도 여러 차례 갔다. 하얀 수염이 얼굴의 반을 가리는 귀여

Phaedra OST

Never on Sunday
Melina Mercouri

운 트람바스 주교님과도 몇 번 만났다.

그의 방에서 크레타, 산토리니, 미코노스, 로도스 등등의 알지도 못했던 매혹적인 섬들의 풍광이 담긴 포스터를 둘러보는 것은 신비했다. 포도주의 신 디오니소스의 나라, 열정적인 지중해와 관능의 에게해의

파란 하늘 푸른 바다 하얀 집 그리스의 민낯은 청정하다.ⓒ FabrizioPonchia

태양을 듬뿍 빨아들인 청포도가 녹아 드라이하거나 혹은 달콤한 백포도주가 된다는 것을, 그가 준 '짠탈리' 상표 와인을 통해 알았다. 파르테논 신전 도리스식 기둥 모양 병에 담긴 그리스 소주 우조도 처음 맛보았다. 그의 방에 찾아오는 선원과 무역업자 들이 들고 오는 선물들

을 가로채 나는 메탁사 코냑의 향을 맡았다. 사이프러스에서 온 단단한 할루미치즈는 짠맛이 강했다.

그와 얼마큼 가까웠는지를 가늠할 예가 될까? 이미 법적인 시효도 다 지난 작은 해프닝의 소심한 '고백'이다. '큰일 낼 사람'이라는 얘길 들을 정도로 그의 사인 모사를 잘했던 나에게 어느 날, 코스타가 정색하고 부탁을 했다. 부산에 입항한 그리스 배에 문제가 생겨 꼭 출장을 가야 하는 날, 공교롭게 반드시 사인을 해 줘야 할 서류를 들고 누가 올 텐데 평소 장난했던 실력 발휘를 좀 해 달라. "에이 무슨 소리를!" 하며 펄쩍 뛰었는데, 문제될 게 전혀 없다, 사인이 꼭 필요한 서류다, 괜찮다, 내가 문제없다는데, 상대방에게도 이미 양해를 구했으니 그냥 해 줘라. 나는 생전 처음 외국 공문서 가짜 서명, 영사 사칭, 양심법, 국제법, 무슨 무슨 법 등을 한꺼번에 위반하고 말았다. 아마 서류는 '원산지 증명'이었지?

그 후, 그리스를 여러 차례 갔다. 좁게 베어 낸 코린트 운하는 단면이 너무 깊어 서늘했다. 사도 바울이 설교했다는 돌에 서서 그의 발자취를 어림했다. '시시포스가 밀어 올리던 돌덩이가 저 정도는 됐을까.' 하고 돌 더미를 가늠해 보는 실없는 생각은 왜 했는지. 아티카반도 끝자락, 수니온곶에 뼈대만 서 있는 포세이돈 신전이 덩그러니 외롭고 석양 바라보기가 너무 겨워 대리석 기둥에 영국 시인 바이런이 새겨 넣은 흔적을 찾기도 했다.

교통수단이라고는 노새뿐인 이드라섬의 아름다움에 물리고 물린 끝에, '고양이 좋아하는 친구가 오면 무척 좋아 하겠구나.' 하며 고양이 섬이 왜 별명인지를 알아차렸다.

그리스는 헬레니즘 문명의 뿌리다. 고대 그리스는 서구 문명의 시발점 아닌가. 소크라테스, 아리스토텔레스, 플라톤, 호메로스, 소포클레스, 히포크라테스, 피타고라스, 디오게네스, 에피쿠로스, 유클리드, 남자 이름 돌림자가 거의 '스ㅌ'로 끝나는 무서운 천재들이 무슨 조화로 비슷한 시기에 한꺼번에 같은 동네에서 쏟아져 나왔는지 시원하게 설명해 주는 사람은 아무도 없다. 더욱이 그들은 한 분야만 아는 것이 아니다. 철학과 시학을, 천문학을, 의학, 수학, 물리학, 문학을 두루 섞어 꿰뚫는 요즘 말로 통섭의 학문을 이천오백여 년 전에 이미 끝내 놓으셨다.

그런데 그런 그리스가 어떻게 됐는가? 한마디로 엉망진창이 되고 말았다. 이 나라가 무너져 버리는 과정은 설명하기도 버겁다. 최악의 실업률, 부패, 탈세, 퍼 주기 포퓰리즘, 물건을 1백 미터 옮기는 데 3명이 필요하다는 풍자가 나올 만큼 무한정 늘어나는 공무원, 감당 못 할 연금들, 거품 같은 부동산, 그 끝은, 종착역은 세 차례의 IMF 구제 금융. 그리스에서 제일 큰 피레우스 항구의 반 이상이 헐값에 중국에 넘어갔다. 두 번째 큰 테살로니키항도 다국적 컨소시엄에 넘어갔다. 아테네 옛 공항 부지도, 공항 운영권도. 국유 재산 매각을 전담하는 공기업 헬레닉 공사는 호텔과 해변까지도 신나게 팔아 치웠다. 시민들은 쓰레기통을 뒤진다. 경찰은 시위에 앞장선다. 그 아름다운 크레타섬의 특급 호텔들 로비에는 쓰레기들이 굴러다녔다.

15세기, 사백여 년 동안 오스만 튀르크의 지배를 받았는데도 문화, 언어, 사회 시스템, 어느 것 하나도 변하지 않고 헬레닉의 정통성을 빳빳하게 지켜 온 자존심 강한 나라 그리스가….

> "괴테, 쉴러, 베토벤의 나라, 그 아름다운 문화를 꽃피운 나라에서 어떻게 홀로코스트 같은 야만이 가능할 수 있었던가에 관해 독일 지식인들은 여전히 납득할 만한 설명을 내놓지 못하고 있다."
>
> _김정운 「에디톨로지」

그런데 그리스의 쇠퇴는 거대 담론을 제공했다. 아놀드 토인비는 그리스에 여러 차례 오랜 동안 머물렀다. 그는 27년 걸려 탈고하게 되는 무지막지한 분량의 『역사의 연구』를 아크로폴리스 언덕을 보며 구상한다. 그 찬란한 선조들이 있고 인류에게 지성을 끝없이 퍼 준 그리스가 '왜 한심한 나라가 됐는지'에서 시작한 의문이 문명의 생성, 발전과 쇠퇴의 원리, '도전과 응전'의 방대한 결론으로 이어지게 한 것이다. 그리스는 생성만 됐을 뿐, 그 후 도전의 힘이 없고, 창조력이 다해 패배한 것이다.

"적어도 지금까지는…. 좀 더 봐야 할까."

한 가닥 남아 있는 필헬린의 미련이고, 그리스를 위한 변명이다.

페라스트

눈앞에 두 개의 작은 섬이 수줍은 듯 놓여 있었다.

2019년 5월, 나는 발칸반도를 여행하고 있었다. 덜 알려졌지만 꼭 보고 싶었던 곳을 찾아왔다. 몬테네그로의 작은 갯마을 페라스트. 무성한 사이프러스나무 사이로 주황색 지붕과 첨탑이 보이는 성聖조지 섬. 바로 오른쪽에는 온통 돌로 쌓은 푸른 돔의 성당이 있는 인공섬 'Our Lady of The Rock' 섬. 호수 같은 아드리아 바다 안쪽의 만灣, 그 가운데 떠 있는 두 척의 배같이도 보였다. 보트를 타고 10분쯤이면 오른편 섬에 갈 수 있지만 나는 서두르지 않았다. 두 섬을 한눈에 보고 있는 것만으로 충분히 행복했다.

길가에 있는 자그마한 콘테 호텔 야외 레스트랑의 바다 쪽 끝자리는 물결이 찰랑거렸다. 웨이터는 프라이드 칼라마리Fried Calamary와 브라

· 「페라스트의 섬」 38cm X 57cm

가 보지 않고 각각의 섬 사진과 내 설명만으로 완벽하게 이미지를 그려 준 아마추어 화가의 작품이다.

나츠Vranac 포도주를 추천했다. 오징어는 탱탱했고 짙은 루비색의 와인은 묵직했다.

　나는 한동안 나른한 평화로움에 빠져 있다가 오기 전에 들은 비극의 섬의 전설을 떠올렸다. 연인을 죽게 한 죄책감에, 스스로를 가두었다가 선종善終한 군인의 얘기를 품고 있다고만 알려진 성조지섬. 이 아름다운 섬에는 과연 무슨 슬픔이 서려 있을까? 아름다움과 비극은 사실

Adoro
Chavela Vargas

손바닥과 손등 같을 수도 있는데, 슬픈 사랑이 오히려 이 섬과 어울릴지도 모른다는 생각이 들었다. 나는 목마름처럼 음악이 생각났다. 휴대용 보스 스피커를 꺼냈다. 블루투스가 핸드폰에 저장되어 있던 차벨라 바르가스의 노래 「Adoro」를 날라 왔다. 볼륨을 적당히 높였다.

"♬넌 나의 달, 넌 나의 태양♪"

그녀의 굵고 흐느끼는 목소리는 섬을 향해 잔잔한 바다 위로 물안개처럼 번져 갔다.

그 전설의 시작은 무엇이었을까. 그들의 사랑은 왜 저 아름다운 섬에 갇힌 슬픈 마무리가 됐을까. 난 그 사연이 궁금했다. 자리에 오래 앉아 있으면서 멋대로 이런저런 상상을 해 봤다. 그걸 작은 얘기, 소설少說로 그려 보았다.

그들의 사랑을 위하여 건배!

'少'說 PERAST

비상 대기 태세에 들어선 지 열흘이 지났지만 아무런 명령이 없었다. 전선은 오랫동안 소강 상태였다. 긴장이 늘어질 즈음 전령이 왔다. 부대 상징인 사자 문양이 깊게 찍힌 베네치아산 붉은 송진의 실Seal로 봉인된 지휘 서신이었다.

"페라스트에 잠입하라. 코토르성까지 적정 파악 후 보고하라."

베네치아 공화국에 주둔 중이던 프랑스의 '이탈리아 원정군 사령부' 휘하 가센디 사단장으로부터 나, 도보 포병대 르그랑 중위에게 내려온 명령이다. 진격이 임박했다는 예감이 들었다. 1806년 봄이다. 내가 120명의 포병대를 이끌고 아드리아해를 거쳐 코토르만 입구, 헤르체비치까지 깊숙이 파고들어 온 지 한 달. 코토르를 치기 위해 내륙 안쪽으로 휘감겨 있는 피오르 해안 모양의 만 건너편 페라스트 마을을 교두보로 겨냥하고 있었다.

190센티 가까운 키, 다비드 조각같이 생겼다는 어머니의 자랑이 수줍었던 나는 파리 육군 사관학교를 졸업하고 포병 장교로 임관됐다. 불로뉴 야영지에서 철저하고 고된 담금질을 받았다. 28세에 이탈리아 원정군 사령관을 거쳐 대프랑스 제국황제에 오른 보나파르트 나폴레옹과 같은 코르시카섬, 거기서도 같은 아작시오 출신이다. 나는 황제처럼 포병 장교가 되겠다는 어릴 적 꿈을 마침내 이루었고 뒷바라지해 준 어머니를 늘 고마워했다. 사관학교 시절 "신神은 최강의 포병대를 가진쪽에 서는 법"이라는 나폴레옹 선배의 말을, 포병으로 평생을 바칠 내 좌우명으로 삼았다.

━

산을 돌아 어부처럼 보이게 나룻배를 탔더라면 두 시간 안에 페라스트에 이를 수 있었지만 나는 육로를 택했다. 방울뱀 기어가듯 구부러진 만을 따라 가는 길은 40여 킬로미터는 된다. 만은 큰 호수처럼 잔잔했다. 찍어 먹으면 비릿한 민물 맛이 날 것 같았다. 나는 포도밭에서 일을 하는 농부 차림으로 노새를 탔다. 멀리 거대한 바위로 이루어진 로브첸산 자락이 눈에 들어왔다. 석회암 돌산이다. 몬테네그로…, 중세 베네치아 왕국의 지배를 받을 때 붙여진 이름 '검은 산'. 자기네 말이 있는데도 이태리어가 나라 이름이 됐다는 생각을 하며 나는 전쟁과 승리의 힘을 생각했다. 에메랄드빛 바다 멀리 빨강 지붕의 돌집과 돌벽 들이 보였다. 척박한 검은 돌산은 든든한 배경이 되어 평화로운 풍경을 완성해 주었다.

'아, 포근한 산야여.'

잠깐 졸던 코르시카 미소년 르그랑은 노새의 발이 돌에 채였는지 멈칫하는 순간 포병 중위로 돌아왔다.

—

몬테네그로의 사내들은 세계에서 키가 가장 크다고 소문났다. 그리고 용맹스럽다. 나도 그들과 겨룰 만큼 크다. 세르비아 사람인 어머니에게서 나는 세르비아 말을 어릴 적부터 배웠다. 생활하는 데 불편 없을 만큼 곧잘 한다. 몬테네그로는 자기네 말도 따로 있지만 세르비아어도 같이 쓴다. 내가 페라스트 잠입의 최적임자로 뽑힌 것은 당연했다. 더구나 나는 고향 때문에 진급이 빠르다는 소리를 듣기 싫어늘 험지를 자원하지 않았던가.

페라스트에 이른 것은 사순절을 얼마 앞둔 날의 저녁 무렵이었다. 잠시 숨을 고른 후 내처 코토르성까지 갔다. 나는 사람들이 많이 오가는 성 입구, 말들을 쉬게 하는 공터에 노새를 매었다. 정복의 군인들과도 마주쳤지만 눈길을 주는 사람은 없었다. 경계는 느슨했으나 코토르성은 완강한 모습이었다. 성벽의 높은 곳은 20여 미터쯤 어림 되었고 길이는 4-5킬로미터는 족히 되었다. 서쪽에 있는 정문은 바다와 시가지를 연결시켰다. 그동안 지도가 그려진 정탐 보고를 통해 익혀서인지 눈에 설지 않았다.

—

아! 그녀…, 아르미사 쿠치와 만난 것은 땅거미가 질 무렵 둥근 지붕의 프란치스코 수도회 성당에서였다. 몬테네그로군과 연합할 러시아 정규군들의 모습이 곳곳에서 보였다. 보는 눈이 더 많아져 수상하게 보일 빌미를 주지 않을 방도를 궁리하던 참이었다. 성당으로 들어갔다. 서너 명이 앉아 묵상하는 모습이 보였다. "오늘 미사는 몇 시에 있나요?" 맨 뒷줄에 앉은 갈색 머리의 여인에게 세르비아어로 물었다. "오늘은 없네요." 어머니가 가끔 입던 잔 꽃무늬의 수가 양 소매에 길게 놓아진 흰 무명옷을 입은 그녀와 눈이 마주치는 순간, 나는 아까 나귀 위에서처럼 또 소년이 되었다. 삼키던 침이 목에 걸렸다. 생전 처음 보는 깊은 눈 속으로 빠져들었다. 세상에, 무슨 프랑스의 자랑스럽고 오만한 포병 장교가 적진에서, 찰나에, 처음 보는 여자의 눈에 빠지다니 이건 아니지, 아니지 할수록 더 허우적거렸다. 그녀의 눈은 아드리아 바다 같았다. 푸생의 그림 「꽃의 여신」을 본 적이 있는가? 맑은 미소, 나긋한 목소리, 내 어깨에 기대기 알맞은 키, 꽃의 여신이었다.

쇠꼬챙이에 돼지고기를 끼워 구운 라르니치, 어머니가 해 주어 입에 익은 세르비아 요리가 식탁 위에 올랐다. 배불뚝이 식당 주인이 라키아브랜디를 권했지만 와인으로 목을 축였다. 아르미사 집은 페라스트라고 했다. 반도 서쪽 일리리아 출신의 세르비아 사람인 부모님은 여기서 두 시간쯤 떨어진 포도 농장에서 일한다.

"나도 거기서 일하다가 애기를 낳은 사촌 언니를 돌보러 잠깐 나왔어요. 사흘 후에 또 포도밭으로 가요."

"내 이름은 밀로스요. 딩가츠에 진판델 포도 종자를 얻으러 가는 길이에요."

그런 가벼운 소개조차 거추장스러웠다. 말하는 시간이 아까웠다. 보아도 보아도 시리지 않을 눈싸움이 시작됐다. 그녀나 나의 피의 반은 게을러터지고 느리기로 유명한 세르비아인인데 이날 저녁은 아니었다. 임관 후 이런저런 여자들과의 인연이 있었지만 '여자는 무슨', 당당한 포병 장교가 항상 최우선이었다. 거듭 생각해 보아도 빳빳한 내 콧날이 이렇게 무너져 버릴지 '오 성모님 당신은 아셨나요.' 아르미사도 마찬가지였으리. 처음 본 사내에게 지남철에 철썩 붙은 쇳조각처럼, 알프스에서 굴러 내려가는 눈덩이같이, 우리는 아드리아 바다의 맑고 깊은 에메랄드가 되어 갔다.

사랑은 시간의 쌓임으로 두터워지는 것이 아니라 장약의 폭발처럼 순식간에 불이 붙는다는 것을 나는 확인했다. 서로 바라보는 것만으로도 사랑의 노래를 나눌 수 있다는 것이 신기했다. 그러면서도 나는 빠르게 주변에 보이는 것들을 머리에 저장했다. 성곽을 따라 걸으며 황홀한 키스를 하면서도 포문의 위치, 근무 중인 병사들을 헤아리고 그들의 방어 태세를 그려 가느라 머릿속은 터질 것 같았지만 자랑스러운 코르시카 출신 포병 중위, 나 르그랑은 두 가지 일을 너끈히 감당했다.

페라스트의 반나절은 정말 짧았다. 시간은 꿈처럼 휙 지나갔는데, 시간은 서 있었다. 하루가 이렇게 짧을 수도 있다는 것은 전장에서 일어날 많은 경우를 헤아릴 줄 알게 해 준 사관학교의 유능한 교관들도, 어머니도, 그 누구도 가르쳐 주지 않았지만, 그러나 사실이었다. 페라스트 마을 가운데 민가에 차려진 러시아군 본대를 확인한 나는 돌아갔다가 사흘 후에 다시 올 계획을 세웠다. 부대의 이동 분위기가 느껴져 한 번 더 확인할 필요가 있었다. 아니, 다시 꼭 와야만 했다. 아르미사가 포도원에 가기 전에 다시 만나 훗날을 그려야 했고…. '이런, 이런 그것이 신성한 정탐보다 앞서가려 하다니.' 가슴은 흥분과 긴장으로 쓰기 직전의 활시위처럼 팽팽해졌다. 아르미사는 파토스와 로고스와 에로스를 합한 불화살이 되어 내 앙가슴에 정확히 꽂힌 것이다.

—

부대로 돌아온 그날 늦은 밤. 막 도착한 지휘 명령서가 나를 기다리고 있었다.

"14일 밤 11시, 페라스트 포격을 시작하라. 귀대에 전개된 곡사포를 모두 동원하라. 공격 목표는 작전 계획대로 마을 가운데의 평균 탄착점이다. 보병 부대는 포격이 끝나는 시각에 페라스트로 진입하도록 명령이 하달됐다. 오차 없도록. 무운을 빈다. 사령관 가센디. 서명"

진군을 알리는 큰북의 북채로 뒤통수를 세게 얻어맞은 것 같았다.

"아니…, 이게…. 이럴 수가…, 아르미사…. 내일 밤이면, 집에 있는데…. 아르미사, 아르미사…."

제1 포수가 명령서를 든 채 멍하니 서 있는 나를 같이 멍하니 보고 있다는 것을 얼마 후에야 알았다. 나는 머리를 흔들었다. 한동안 돌처럼 서 있다가 포수들을 집합시켰다. 공격은 하루도 채 안 남았다. 벽에 붙은 지도를 짚어 가며 브리핑을 직접했다.

"동이 튼 직후부터 포대를 정위치로 산개하라. 모든 공격 준비를 마쳐라…."

포수들의 눈은 늘어져 있다가 먹잇감을 찾은 치타처럼 반짝였다.

나는 작전 지도를 세밀하게 들여다보았다. 주둔지 앞은 해발 110미터의 산이, 그너머 호수 같은 바다가 있고, 그 건너 페라스트가 목표다. 잔잔한 만 가운데 작은 섬두 개가 있다. 오른쪽은 수도원이 있는 성䥐조르주섬, 왼쪽은 작은 성당이 있는 돌섬이다. 두 개의 섬은 조준점을 잡는 데 결정적 도움을 준다. 두 섬의 정가운데 점을 계산해 곡사포를 쏘면 탄착점은 마을 교회 종탑 왼쪽, 페라스트의 중심부가 된다. 포병으로서는 쉬운 공격이다.

"아, 아르미사의 집은 탄착점 바로 옆 아닌가. 그녀는 내일 밤이면, 그 시간이면 다시 오겠다는 나를 그리며 잠 못 이루고 있을 텐데…."

밤새 길을 찾아 헤맸지만, 암흑뿐이었다. 하얗게 밤을 새웠다. 아침이 되자 눈의 실핏줄이 터질 것 같았다. 포수들은 말 한 마디 않고 긴장한 나를 흘금흘금 쳐다보면서도 개미같이 움직였다.

"오, 어머니! 마리아 성모님! 경애하는 보나파르트 황제 폐하!"

다시 어둠이 올 때까지 나는 밥은커녕 물 한 모금도 입에 대지 못했다.

"공격 준비 완료!"

제1 포수가 지휘를 청했다. 나는 곡사포 뒤에 섰다. 포 뒤마다 가지런히 놓인 6파운드짜리 검은 대포알은 반짝반짝 빛났다.

"발사 준비!"

대포알이 장전됐다. 점화수가 화약이 타고 있는 점화봉을 들어 올렸다.

"발사!"

목소리는 왜 그리 컸는지.

"꽝 - 꽝, 꽝"

백여덟 발의 불덩이가 튀어 나가는 동안, 나는 뇌수가 빠진, 헛껍데기였다. 얼마 후 산 옆 자락으로 도보 부대가 쏘아 올린 신호탄 섬광이 보였다. 도보 부대는 포격이 끝나자마자 정확하게 페라스트에 진입한 것이다.

프랑스 군대는 그해 일리리아 지역에서 러시아와 몬테네그로 연합군을 무찔렀다. 후에 두브로브니크가 된 라구사 공화국은 궤멸됐다. 이탈리아 점령군 사령관 마르몽 원수는 황제에게 아름다운 발칸반도를 안겨 주겠다던 약속을 지켰다. 그러나 황제는 아드리아 바다를 건너 보지 못한 채 세인트헬레나섬에서 생을 마쳤다.

그 후 르그랑 중위를 본 부대원은 아무도 없었다. 가센디 사단장은 한참 후에야 그의 실종을 원정군 사령부에 보고했다. 코르시카 출신 포병 장교의 맥은 그렇게 끊겼다.

보석 같은 성조르주섬의 교회는 일종의 봉쇄 수도원이다. 르그랑 수사는 아르미사에게 바치는 통회와 위령의 묵주 신공을 하루에 세 번씩 바쳤다. 그는 나폴레옹의 죽음도 알지 못했다. 말문을 아예 닫은 그는 황제보다 몇 년을 더 살았다. 그때도 젊은 나이였다.

발칸.

1992년 5월, 서울 교육 문화 회관, 지금의 TheK호텔에서 서울컵 복싱 대회가 열렸다. 어느 날 아침 본부 사무실로 외국 심판 한 명이 뛰어들어 왔다. 얼굴이 눈물범벅이었다.

"전화 좀, 집에 전화 좀 걸어 주세요."

나는 흥분한 그를 달랬다. 지금은 이름도 기억나지 않는, 유고슬라비아 심판이었다. 그렇게 울고 달려온 것은 그즈음 터진 '크로아티아 내전' 때문이었다. 몬테네그로 출신인 그는 가족이 사는 곳에 포탄이 떨어졌다는 뉴스를 들은 것이다. 이리저리 방법을 다 썼지만 국제 전화는 연결되지 못했다. 나는 날짜 변경이 안 되는 항공권을 가진 그의 프랑크푸르트 경유 예약을 어렵게 바꿔 주었다. 그는 서둘러 떠났다.

그가 집에까지 갈 수 있었는지, 가족들을 만났는지, 가족들은 무사했는지는 알 수가 없었다. 그때 나는 어딘지도 잘 몰랐던 몬테네그로 발칸반도가 비극의 땅인가 보다고 드라이하게 잠시 생각했었다.

＊

1991년부터 1998년까지 아드리아 연안에서는 인종 간, 종교 간, 나라 사이의 대살육이 끊이지 않고 이어졌다. 인종 청소라고 불린 집단학살, 무차별 포격, 암매장, 강간…. 아름다운 발칸은 파라다이스가 아니라 연옥煉獄이었다.

*

국제 유고 전범 재판소^{ICTY}는 전쟁 중에 벌어진 반인도적 범죄를 단죄하기 위해 1993년 유엔 안전 보장 이사회 의결로 설립됐다. 161명의 전범이 기소되었고, 90명에게 유죄_{유엔은 사형 판결을 할 수 없도록 규정했다.}가 선고됐다. ICTY는 2017년 해산됐다.

*

여섯 나라, 다섯 민족, 네 개의 언어, 세 개의 종교, 두 개의 문자를 가진 발칸반도는 한 나라가 되었다가 싸우고 죽이고 쪼개지고 다시 모이고 그렇게 역사를 썼다. 산과 바다의 아름다움만이 한 번도 바뀌지 않았다.

이 아름다운 발칸반도가 왜 오랫동안 살육의 땅이었는지 나는 이해할 수가 없다.

빌리다

서울 덕수궁 옆, 봄이면 오얏꽃 피던 정동 근처를 옛날에는 '묘방^卯方'이라 불렀다. 24방위의 하나로 '토끼 방향'이란 뜻.

코로나 바이러스가 어떻게 번지든 가을은 망설임 없이 밀고 들어왔다. 11월 들어서면서 묘방 들머리의 단풍은 볼만하다.

돌담길, 점심을 마치고 '토끼 방향' 따라 오거나 가거나 꾸역꾸역 모여드는 사람들로 와자하다. 발에 밟히는 은행잎 따라 가을 향기가 낮게 깔렸다. 그윽하게 번졌다.

그해 '낙엽 밟기 행사'와 때맞춰 덕수궁에서는 두 개의 볼만한 전시회가 열렸다. 현대미술관에서 열린 박래현 선생 탄생 1백년을 기리는 '삼중통역자'라는 이름의 전시회에는 선생의 손이 닿은 여러 분야의 작품들이 알차게 모였다. 지아비가 노래하면 아내가 따라 한다더니,

· 「한가을 정동」 57cm X 78cm 묘방卯方은 가을이 제일 정겹다.

운보雲甫 선생 못지않은 개성에 스케일하고, 달리 표현할 말이 없다. 멋지다.

'토끼 방향 오브젝트'라는 이름의 전시도 좋다. 아트 플랜트 아시아 가 주최한 이 전시회는 한국 근현대 미술의 거장, 젊은 작가, 아시아 작가 등 모두 33명의 작품들로 꾸몄다. 늘 하던 전시의 틀을 깨고 덕수 궁 전각, 행각, 야외가 전시장이 됐다. 석어당昔御堂, 준명당浚命堂, 즉 조당即阼堂이 작품들에게 자리를 내줬다. 함녕전咸寧殿은 활짝 문을 열 고 분위기를 맞추었다. 사람들은 코로나식 거리 두기를 하고 그림들을 본다. 덕분에 넉넉하다. 보기 쉽지 않은 분위기의 전시회다.

그림에 빠져들던 내게 또 다른 눈 호강거리가 눈에 들어왔다. 전시회를 위해 닫혀 있던 행각과 전각 대청마루의 뒤쪽 여닫이문을 모두 열어 놓자 자연스레 창틀이 또 다른 풍경을 연출한 것이다. 고종이 사시다 돌아가신 함녕전. 대청 양옆 창문은 뒤뜰의 풍경을 담은 액자가 되었다. 금문金文의 목숨 수壽 자가 얌전하게 형상화된 전돌 굴뚝이 액자 속으로 들어와 자리를 잡았다. 침전 뒤로 이어진 네 칸 행각의 지붕이 빼꼼하게 걸쳐지자 또 다른 그림이 됐다. 보는 위치와 방향에 따라 그림은 내 맘대로 자유롭게 프레이밍Framing되고 트리밍Trimming이 되었다. 사이사이로 발갛게 물든 단풍 이파리도 흔들린다.

＊

밖의 경치를 안으로 끌어들이는 것, 경치를 빌리는 것, 이른바 차경借景은 그렇게 완성된다. 간단하게 눈이 호강하고, 덩달아 마음 부자가 되는 것이 즐겁지 아니한가? 유홍준 선생은『문화유산 답사기』6권에서 경복궁 근정전의 차경을 예찬한다. 근정전을 정면에 두고 행각 오른쪽 모서리에서 바라보는 것이 왜 최고의 볼 자리인지를 설명한다.

직접 한번 가 보시라. 더 멋있다. ▶

이 자리에 서면 날개를 활짝 편 듯 선이 아름다운 팔작지붕의 근정전을 가운데 두고, 오른쪽에는 북악산이, 왼쪽에는 인왕산이 늠름하게 서 있는 광경이 눈에 들어온다. 근정전이 두 산을 빌려 온 것이다. 두 산을 양옆에 두자 근정전의 기품이 완성된다. 이런 안목을 누가 따를 수 있으랴? 서양은 물론 동양 어디에도 이렇게 고졸한 아이디어를 형상화시킨 예를 찾을 수 없을 것 같다. 일부러 두 산 가운데 건물을 앉힌 것인지, 나중에 보니 절묘한 구도가 된 것인지는 알 수 없지만.

이미 그 자리에 있는 계곡, 강, 들, 산 등 자연이건 구조물이건 그 경치를 가지려 하지 않고가질 수도 없지만 '빌려'와 건물과 하나가 되게 어울려 놓은 이 기막힌 조형의 완성에 안 빠져들 수가 없다.

경북 안동의 병산서원屛山書院을 둘러싼 풍광을 많은 사람들이 으뜸으로 꼽는다. 서원 입구의 복례문復禮門 솟을대문을 들어서면 2층으로 된 누각 만대루晩對樓의 열여덟 기둥이 눈에 들어온다. 거칠게 다듬은 주춧돌, 우람한 기둥만 보아도 예사롭지 않다. 투박하게 다듬은 나무 계단을 오르면 정면 일곱 칸, 옆면 두 칸, 투박한 서까래를 인 열네 칸짜리 누각이 펼쳐진다.

정작 큰 탄성이 튀어나오게 하는 것은 탁 트인 눈앞의 풍경이다. 병풍처럼 둘러진 산 앞으로 낙동강 자락이 흐른다. 하얀 모래톱이 반짝인다. 한여름, 배롱나무까지 흐드러지게 피고 바람이 선들 불면 찬탄도 더 안 나온다. "푸른 절벽은 오후 늦게 대할 만하다."라는 두보杜甫의 시의 한 구절을 따서 지었다는 만대루라는 이름의 운치도 그만이다. 우리나라 서원 건축물 가운데 백미라는 병산서원의 아름다움을 최고치로 끌어올리는 것은 바로 빌려 온 주변 경치가 더해지면서다. 사람의 손을 빌려 만든 건물과 자연이 나란히 서서 아름다움의 완전체를 이루는 드라마틱한 공간이 바로 병산서원 만대루인 것이다. 요즘은 건물 보호 때문에 만대루에 오르지 못하는 것이 아쉽다.

　차경으로 쓰이는 그림틀 가운데 가장 엄청난 것이 하나 있지. 서울 용산에 있는 국립 중앙 박물관의 열린 마당은 언제 가 보아도 시원하다. 대청마루의 이미지를 빌려 온 넓게 펼쳐진 마당 앞에 서면 북쪽을 향해 장대한 풍경이 눈에 들어온다. 긴 건물 가운데에 뻥 뚫린, 가로 56.5미터 세로 20.7미터^{박물관 직원이 전화 문의에 친절하게도 도면을 확인한 후 알려 준 거니 정확할 거다.}의 그림틀에는 특히 남산의 사계절이 고스란히 담긴다.

국립 중앙 박물관 열린마당 '큰 액자'는 언제 보아도 시원하다.

하얗게 산을 덮은 벚꽃, 노랗고 붉게 물든 단풍하며, 눈 덮인 산, 산에 스치는 구름까지 완벽한 구상화가 이루어진다. 야경이야 더 말해 무엇 하랴. 이런 눈 호강이 없다. 계단을 몇 개 더 오르느냐, 계단 왼쪽 혹은 오른편으로 오르느냐. 해가 어느 쪽에 있고, 또 따갑게 내리쬐는 한낮이냐, 해 질 녘이냐, 비가 주룩 내리느냐에 따라 무궁한 조합의 그림이 만들어지는 것이다. 남산뿐 아니라 멀리 북한산의 족두리봉-비봉-보현봉까지를 고스란히 가져와 큰 틀에 잡아 두는 것이다.

이런 통 큰 차경은 찾아보기 쉽지 않다. 프랑스 파리, 라데팡스를 상징하는 건물, 그랑드아르슈의 뻥 뚫린 문틀이 버금갈까? 오브제처럼 서 있는 엘리베이터에 오르면 남동쪽 직선으로 개선문이 보이고 그 직선으로 샹젤리제, 카루젤의 개선문, 루브르의 유리 피라미드로 이어지는 파리 도시 축 일직선에 서 있게 된다. 높이 50미터, 너비 45미터의 샹젤리제의 개선문이 그랑드아르슈 뚫린 공간으로 딱 맞게 들어올 수 있다고 몇십 년 전에 들은 기억이 나는데, 그렇다면 국립 중앙 박물관의 그것과 얼추 비슷할 수 있지만 내 개인적 관점에서 중앙 박물관의 그림틀이 더 뛰어나다.

두 가지 이유다. 한국 것은 풍경화의 전형인 가로가 긴 직사각형의 그림틀로, 프랑스의 거의 정사각형보다 더 조형적이고 안정적이다. 둘째는 라데팡스의 차경보다 어느 나라에서도 보기 힘든 도심 복판의 산, 남산이라는 복덩어리를 품어 안은 서울의 그것이 훨씬 아름답기 때문이다.

서울 용산역 앞, 정육면체의 아모레 사옥의 옥상 정원도 꼽을 만하다. 지상 22층 건물의 5층, 11층, 17층에 있는, 동서와 남북으로 뻥 뚫린 옥상 정원은 서울의 풍경을 프레이밍하는 거대한 액자가 된다. 건물 5개 층 정도를 비어 만든 이곳에는 나무도 운치 있게 심어져 있다. 마치 한옥의 창을 무한히 벌려 놓은 것처럼 정원 너머의 용산 공원이, 남산이, 한강이, 대형 오프닝 공간으로 녹아든다. 데이비드 치퍼필드의 설계 의도가 그렇게 제한적이지는 않았겠지만, 거기에 올라가야만 이 빼어난 경치를 즐길 수 있는데 일반인들은 출입이 안 돼 귀한 풍경을 더 많은 이들이 누릴 수 없다는 게 큰 아쉬움이다.

✳

현대 한국화를 대표하는 개성 강한 소산 박대성(1945-)은 신라 고도 남산 기슭 소나무 숲에 일찍이 자리를 잡았다. 거기서 현대적으로 해석된 수묵산수, 진경산수의 맥을 끌어가고 있다. 지금은 경북 도청 로비에인가 걸려 있는 그의 대작 「불국사 설경」 앞에 서면 숙연해진다. 천주교 신자인 그는 대작 불국 설경을 세 차례 그렸다. 2021년도에 그린 「불국설경」만 해도 가로 4.5미터 세로 2미터가 된다.

서양화의 설경은 흰 물감을 칠해 그리지만 수묵화의 설경은 아무 칠도 안 하는, 비우는 것으로 표현한다. 그 비움의 창작은 정말 힘들어 보였다. 소산은 그 비움에 바슬바슬 눈 내리는 소리까지 입혔다.

"정월 대보름 달 밝을 때 불국사 대웅전에 서면 석가탑과 다보탑 사이에 보름달이 뜨는데, 심장이 멎는 것 같다. 5분 이상 쳐다보기 어렵다.”

여러 차례 직접 들었는데, 그 숨 막히게 아름다울 차경을 아직 보지 못했다.

*

글을 쓴다는 것도 사실 남이 써 놓은 글, 많은 사람들의 해석, 구성과 이미지 들을 차용해서 편집해 놓은 것이라고 해도 크게 틀림이 없다. 세상에 완벽한 창작은 없다는 것이 많은 이들의 이의 없는 생각 아닌가. 무에서 유를 만들어 내는 것 같지만 기존에 있던 모든 것들을 빌려 자기화해 새롭게 꾸며 내는 것이다.

미술도 그렇다. 피카소가 1930년대 그린 「꿈」은 마티스보다 더 마티스적이라고 평론가들은 평했다. 마티스의 이미지가 스며들었다는 것이다. 그런데 마티스는 한때 일본의 우키요에浮世繪와 아프리카 미술의 이미지에서 창작의 모티브를 많이 얻었다. 결국 우키요에의 이미지도 의식의 한 귀퉁이에 녹아들어 마티스는 마티스가 되었다.

마티스를 의식하며 긴장 관계를 유지했던 피카소. 둘은 서로 영감과 자극을 은연중에 나누며 저마다를 단단하게 만들어 갔다. 피카소의 천재성에 이런 자극까지 섞여 들어갔고 그렇게 피카소도 완성된 것이다.

음악은 안 그런가? 베토벤은 쉴러의 시 「환희의 송가」를 빌려 《합창 교향곡》 4악장을 완성했다. 바그너는 그 교향곡을 해석했다. 바그너의 해석 이미지를 빌려 클림트는 비엔나의 분리파 회관 제체시온 지하에 있는 방 한 칸 3면에 프레스코 장식 벽화 「베토벤 프리즈」를 그렸다. 길이 30미터가 넘는 대작이다. 쉴러의 시는 결국 《합창 교향곡》을 거쳐 미술로 재현된 것이다. 먹이 사슬처럼 영향을 받고 이미지를 빌려 새로운 대작들이 태어나는 것이다.

'빌린다는 것'은 실로 신비한 탄생의 위대한 모티브가 되는 것이다.

빌리는 것 가운데 경치를 빌리는 차경보다 몇 배 더 큰 '빌림'에 기대는 것은 아마도 사람일 게다. 사람은 세상의 많은 것들을 빌리지 않고 홀로 서기가 쉽지 않다. 빌리지 않고는 살아갈 수 없는 동물이다. 어머니의 자궁을 빌려 태어난다. 그리고 지혜도 지식도 다른 이들이 일구어 놓은 것을 빌려 자기의 것을 만들면서 발전해 가고 있다. 역사는 큰 텍스트가 된다.

차경이 되는 사람도 많다. '존재' 만으로 곁에 있는 사람을 돋보이게 해 주는 '이유'가 되는 사람이 있다. 부부가, 부모가, 형제가, 친구가 대개 그 역할을 해 주지.

사람들은 이런저런 '빌림'을 바탕으로 명예도, 돈도, 권력도 얻을 수 있다. 그 '빌림'이 사악해질 때 애써 엮어 놓은 '틀'은 허망하게 무너지지만….

빌려 쓸 것은 사방 천지에 그득한데 엮을 힘이 달리는 필부匹夫의 한계를 너무 탓하지만은 말자.

방구석 여행

밤 12시를 알리는 종소리다. 파리 5구, 고딕 양식의 파사드가 아름다운 생테티엔, 뒤몽 성당 앞이다. 그가 계단에 기대어 앉아 있다. 골목길로 차가 온다. 클래식 카다. 아! 저게 언제 적 '푸조 랑듀레'인가? 차 안의 사람들은 어서 타라고 하고 무엇에 홀린 듯 그가 차에 오른다.

차가 선다. 사람들을 따라 카페로 들어간다. 아니, 저이가 누구인가? 헤밍웨이, 스콧 피츠제럴드, T.S 엘리엇이 있고. 와! 피카소, 살바도르 달리 들이 눈앞에 있다. 얼굴을 만질 수 있을 만큼 가까운 거리다. 이게 꿈인가 환상인가? 뭐라고? 장 콕토를 위한 파티란다.

1920년대로 거꾸로 가는 타임머신. 천재적 상상력을 가진 우디 알렌 감독의 영화 〈미드나잇 인 파리〉는 관객을 맘껏 갖고 논다. 오늘의 사람을 19세기 말 벨 에포크 시대의 막심 레스토랑, 물랭루주까지도 데

카프카 뮤지엄 앞쪽에 서 있는 이 조각은 움직이도록 설계됐다. 카프카와 무슨 연관이 있는지 없는지….

려간다. 당대 문화 예술계의 최고들을 한자리에 모아 놓는다. 관객들은 그가 손바닥에서 굴리는 가래나무 열매다. 그런데 신난다. 왜일까? 시간 여행, 대단한 사람들과 마주치는 황홀한 여행이기 때문이다.

인류를 '호모 비아토르', 여행하는 인간이라고 정의한 프랑스 철학자 가브리엘 마르셀을 나는 지지한다.

'이가락離家樂, 집 떠나는 즐거움', 정지용은 여행을 그렇게 불렀다. 새로운 풍경을 보고 낯선 사람을 만나는 여행. 처음 본 음식도 맛본다. 때론 역사의 바다로 풍덩 빠진다. 나라, 장소, 계절마다 여행의 냄새는 다 다르다. 달거나 찌릿하거나 풋풋하다. 시각과 미각 모든 감각들이 동원되어 모아진 맛이 머리와 가슴속으로 녹아든다. 여행은 사람들을 익게 만든다. '집 떠나면 개고생'이라고도 하지만 돈과 시간을 들여 경험과 지혜를 얻게 되는 즐거움이 커 고생을 갚고도 이문이 남는 장사가 된다. 사람들이 여행을 그리는 이유다.

그런데 몇 년 동안 지구를 괴롭히고 있는 코로나 바이러스는 많은 목숨을 앗아 가고 큰 고통을 안기면서 하늘길도 막았다. 호모 비아토르를 이렇게 한꺼번에 잡아 둔 경우는 역사상 한 번도 없었다. 큰 역병, 세계 대전, 아무리 큰 재앙도 국지적이었다. 이쪽에서 '쿵쾅' 부서지는데도 저쪽에서는 아랑곳하지 않고 '쿵짝'거리는 딴 세상도 있었는데 코비드처럼 지구를 통째로 꼼짝 못 하게 하는 점령군은 처음이었다.

이런 마당에 어차피 '방 콕'만이 도피처인데, 꿩 대신 뭐라고 집에 앉아 지난 여정旅程, 멜랑콜리한 여정旅情을 불러오는 반추反芻여행, 상상으로 떠나는 '방구석 여행자Armchair Traveler'가 돼 보는 것은 어떠신지?

*

미당 서정주 선생은 시상詩想이 떠오르거나, 감흥이 일 때마다 바로 시를 짓는 것이 아니라 가슴에 넣어 두었다가 다시 생각날 때 끄집어내서 쓴다고 말한 적이 있다. 그의 시를 좋아하는 나는 그 작법作法이 살갑다. 시간을 먹은 시상은 잘 익는다. 그래서 목 넘김이 묵직하거나 '실키silky'하거나 '프루티fruity'한 깊은 시가 빚어지는 것이다.

소설가 김영하는 그의 책『여행의 이유』에서 "모든 여행은 끝나고 한참의 시간이 흐른 후에야 그게 무엇이었는지를 깨닫게 된다."라고 얘기한다.

자, 우리도 옛 감흥을 불러내 시를 짓듯 지난 여행들을 되새김질해보자. 당신의 여행 일기를 앞에 놓으시라. 머릿속에 있건 사진첩이건 함께 꺼내시라. 아주 오래전이었건 언제건 그때들을 가만히 회상하시라. 누가 같이 갔던가? 봄이었나, 가을이었나. 처음 본 풍광에 풍선 든 소년처럼 튀어 오르고 팽그르 도는 바람개비 따라 깔깔거리는 소녀들이 되었던 그 순간들. 이미 가 버린 줄만 알았는데 꼬깃꼬깃 숨겨져 있던 젊음을 찾아내고, 내 나이 먹음이 헛된 것이 아니었음을 낯선 길에서 문득 찾기도 했던, 그날들을 떠올리시라. 한 번에 모두 부르기가 버겁다면 이번 참에는 맛…, 주춤거리며 혹은 성큼 입에 떠 넣고 맛보았던 혀의 기억을 따라 떠오르는 여로의 아련함만을 그리시라.

서울에 있는 한 특급 호텔 독일인 셰프의 얘기다.

"뽀얀 크림빛이 나는 바이스부르스트 소시지, 머스터드를 바르고, 달콤한 빵에, 프레첼, 밀맥주인 바이스비어, 바이에른 지방의 전통 아침 식사다."

높은 탑 속 인형이 돌아가는 음악 시계가 있는 뮌헨 시청 마리엔 플라츠 근처 노천카페에 사랑하는 이와 마주 앉아 이런 브런치를 느긋하게 맛본다. 잘게 다진 송아지 고기와 신선한 베이컨으로 채워진 소시지가 입에 착 붙는다. 아침부터 맥주라니 상상만 해도 꼴깍–이다.

거의 30여 년 전 어느 해 봄. 주말을 맞아 나는 파리의 알리앙스 프랑세즈 어학원 본부가 운영하는 여행사의 패키지여행을 따라나선 적이 있다. 주머니 가벼운 유학생들을 대상으로 하는 여행사라 버스만 내내 타고 가는 불편한 여행이지만 알토란 코스가 많아 인기가 꽤 있었다.

'작은' 나라 룩셈부르크 북부, 동화같이 예쁜 '작은' 클레보 마을, 거기서도 변두리, 더 '작은' 동네에서 하룻밤을 지냈다. 숙박은 각자 알아서 하라고 해 나는 마을 귀퉁이 '작은' 여관을 일부러 찾았다. 저녁을 일찍 먹고 산책에 나섰다. 제법 물이 굽이치는 개여울에 꽤 나이 들어 보이는 나무다리가 걸려 있었다. 20여 미터는 될까. 건너가니 독일이었다. 한참을 더 걸었다. 관솔나무와 들풀 들이 이어지는 오솔길인데

룩셈부르크는 시골은 물론이지만 도심도 동화 나라 같다. ▶

몇 발짝 지나면 국경도 없이 다른 나라라니 당시로서는 얼마나 흥분되는 경험이었는지.

돌아오니 여관 주인 할머니가 물었다. "내일 아침 식사는 어떻게 할래?", "그냥 알아서 주세요."

다음 날 아침 7시가 되자 할머니가 방으로 왔다. 세월이 반지르르 밴 호두나무 쟁반에 잘 다려진 흰 린넨 냅킨이 곱게 접혀 있는 아침상을 들고 왔다. 뒤란에 닭장이 있는지 새벽녘에 홰치는 소리를 들었는데 "조금 전 걷어 와 내 식으로 반숙했다."는 계란 두 알, 견과류가 박힌 거친 호밀빵 바구니, 한 숟가락 듬뿍 버터, 살라미 몇 쪽. 아침에 짜 왔다는 우유 한 컵, 오렌지 알갱이가 걸쭉한 주스와 커피 한 포트는 또 다른 쟁반에. 안경을 코에 걸친 할머니는 먹거리 하나씩을 손가락으로 가리키며 길게 설명했다. 자기 여관에 처음 온 한국 사람인데 한마디로 "너, 내가 얼마나 정성 다해 준비한 아침 식사인지 알고 먹으라."는 얘기였다. 그랬다. 그렇게 맛있고 신선한 서양 아침 식사는 처음이었다. 뻔한 상차림이었지만 할머니의 정성과 사랑이 그득했기 때문이었으리라. 그날의 '맛'이 요즘도 가끔씩 기억난다. 마치 홍차에 적신 레몬 향 마들렌 과자의 냄새를 쫓아 과거를 향해 더듬더듬 스완네를 찾아가는, 소설 『잃어버린 시간을 찾아서』처럼.

룩셈부르크의 작은 마을, 이제는 저편에 계실 그 할머니가 떠오르는 아침이 있다.

먹는 것만 도드라지게 생각나는 여정도 있지. 하노이 시내 '포텐 식당' 쌀국수가 침을 고이게 한다. 누구누구도 다녀간 꽤 이름난 곳이라는데, 소고기 쌀국수 '퍼 보' 한 그릇이 식탁에 오른다. 밖은 땀이 줄줄 흐르게 더운데 고기가 넉넉하게 얹어 있고 김이 모락모락─뜨겁다. 군침을 꿀꺽 삼키며 라임을 여러 쪽 짜 넣고 고추도 듬뿍, 사귀는 데 꽤 시간이 걸렸던 고수도 적당히 넣으니 고기─국물─고명 삼박자가 어우러진, 먹으면서도 침이 고였던 '퍼 보의 추억'이다.

나는 벼르다가 못 간 시칠리아에 가 보고 싶다. 영화 〈대부〉에 나오는 마시모 극장의 관객이 되고, 사보카 마을을 기웃거리다 동네 결혼식을 만나고 싶다. 〈시네마 천국〉을 찍은 체팔루에서 나른한 오후를 보낸다. 그리고 작은 섬의 동굴에서 〈그랑 블루〉처럼 물장구치고 논다.

파블로 네루다의 얘기가 배어 있는 영화 〈일 포스티노〉의 무대, 시칠리아 앞바다의 에올리에에서 딩굴거리며 게으른 시인 흉내를 내고 싶다. 그리고 시칠리아에 가면 꼭 먹어 보라는, 정어리가 들어간 '파스타 콘사르테'와 오징어 먹물 '링귀니'를 먹고 싶다. 이왕이면 폭발이 자주 일어나는 에트나 화산이 바라보이는 산토메니코 팰리스 호텔 테라스에 앉아 척박한 용암 토양에서 자란 포도로 빚은 에트나로소와인을 맛보며, 「스피크 소프틀리 러브Speak softly love」가 들려오면 더 좋겠다.

Speak Softly Love
The Godfather OST

하나 더 있다. 타오르미나섬, 이천몇백 년 전에 지은 그레코로만 야
외극장 돌계단에 앉는다. 허물어진 한쪽 벽 사이로 출렁대는 이오니아
바다가 보인다. 지는 해를 바라보는 것도 좋고 휘영청 달이 뜰 때도 좋
다. 마스카니가 번개처럼 빨리 작곡했다는 이 동네 얘기, 오페라 《카
발레리아 루스티카나》의 인테르메조를 듣고 싶다. 시칠리아에서 딴
레몬으로 만든 아주 찬 리몬첼로 한 잔을 마시면서.

상상인데 뭐…. 더 보탤 호사가 없을까?

시칠리아는 꼭 가야겠다.

＊

유럽 도시의 시청 광장들은 모두 아름답다. 브뤼셀 시청 앞 그랑 플
라스도 그중 하나. 2년에 한 번씩 8월에 꽃 축제가 거기서 열린다. '플
라워 카펫'이라는 이름에 걸맞게 가로 80미터 세로 25미터의 넓이에
백여 명이 달라붙어 여러 색깔 베고니아와 드문드문 달리아 백만 송이
로 촘촘한 꽃 카펫을 짠다. 유럽에서 가장 예쁜 응접실이라는 별명이
붙었다.

어느 여름 아무 정보 없이 그곳에 갔을 때가 우연히도 사흘 축제의
둘째 날이었다. 이런 행운이 있나. 장관이었다. 광장 한 귀퉁이에 단

Cavalleria Rusticana
Pietro Mascagni

Bach Brandenburg Concertos
Claudio Abbado

백만 송이 베고니아와 달리아로 짜 놓은 유럽에서 가장 예쁜 카펫은 2년에 한 번 볼 수 있다. ⓒ Goi

이 높은 임시 카페가 있었다. 안심 구이는 육즙이 잘 퍼져 촉촉하게 맛있었다. 후식으로, 겉은 바삭하고 안은 쫀득한 벨기에식 와플을 먹는데 이런, 《브란덴부르크 협주곡》이 잔잔하게 광장에 깔리기 시작했다. 실제 옆에서 연주하나 싶을 정도로 음향이 훌륭했다. 트럼펫, 플루트, 오보에를 받쳐 주는 현악의 하모니는 귓가에서 맴돌고, 눈동자는 현란한 베고니아 카펫 어디에 두어야 할지 모르겠고, 와플이 어디로 들어갔는지 그냥 녹아 버렸는지 모를 지경이었다. 눈, 귀, 입이 느닷없는 횡재를 한 날이었다.

마침 따라나섰던 중학생 딸은 이제는 두 딸을 둔 엄마가 되었지만, 그날의 그랑 플라스에서의 '소녀'를 아직껏 가슴 한켠에 품고 있는 것 같다.

가와바타 야스나리가 1968년 노벨 문학상을 받았다. 솔직히 이름만
알지 잘 모르는 작가였다. 그때 나는 그래도 아쿠타가와 류노스케니,
나쓰메 소세키니, 다자이 오사무니, 또 수상자의 제자인 미시마 유키

오니, 그들을 번역본 몇 권으로 알고 있다는 걸로 일본 문학 얘기가 나오면 어쩌구 하며 '개구라' 대열에 끼어드는 객기 어린 시절이었는데, "그 '쎈' 작가들을 제쳤어?"

『설국雪國』을 얼른 샀다. 한 열댓 쪽은 읽었나, 집어던져 버렸다. 책 팔기 경쟁에 급히 번역해서인지 도대체가 무슨 소리인지 개똥 같은 번역이었다. 얼마 후에야 쓴 이, '신감각파'의 유려한 감각적 문장이 그나마 전달되는 번역본을 읽었다^{나는 가끔씩 열받으면서도 왜 원본을 읽지 못하는지}. 그리고 아주 오랜 세월이 지난 후 어느 겨울, 나는 '설국'에 '입국'할 기회가 생겼다. 도쿄역에서 조에쓰 신칸센上越新幹線을 타고 한 시간 남짓, 군마현과 니가타현을 잇는 다이시미즈大淸水 터널로 기차가 들어서자 묘한 기대감이 일기 시작했다.

> "기차가 국경의 긴 터널을 빠져나오자 설국이었다. 밤의 끝이 하얘졌다. 기차가 신호소에 도착했다."

해발 700미터의 NASPA 스키 슬로프에서 본 에치고越後산맥의 첩첩 설산

소설 첫머리 같은 풍경이 펼쳐질까? 20킬로미터가 넘는 긴 터널을 헤집고 에치고유자와越後湯沢역에 다다랐다. 터널은 소설 속 시미즈에서 다이시미즈로, 신호소는 쓰치타루土橾驛역에서 에치고유자와역으로 바뀌었을 뿐 터널의 끝, 눈에 들어 온 산야는 역시 눈 세상이었다.

시베리아에서 불어오는 찬 북서풍은 동해의 수분을 듬뿍 머금고 오다가 2천 미터가 넘는 에치고산맥에 부딪혀 눈을 만든다. 홋카이도보다 더 많은 눈을 쏟아 낸다는 니가타 길목에 역이 있고, 온천도 있었다. 역을 나서자 바로 오른쪽에 보이는 '설국 관광사'는 초라했다. 그가 머물던 다카한高半 료칸은 차로 10여 분이면 닿는 언덕 위에 있었다. 앉은뱅이책상이 그대로 있는, 집필했던 방은 관광객들의 차지였다.

소설 속처럼 "이틀이면 금방 여섯 자는 쌓여 그리운 사람 생각하며 걷다가 전깃줄에 목이 걸린다." 정도는 아니었지만 며칠 머무는 동안 눈은 수시로 내렸다. 그의 감각대로라면 눈 내리는 시간에 따라 눈 쌓이는 소리도 달랐다. 인구 8천 명 정도의 작은 마을은 온통 소설과 작가라는 손바닥 안에 있었다. 나도 며칠을 '설국'에서 벗어나지 못하고 맴돌았다.

내가 이곳 료칸에 머무는 동안 혹시라도 눈꽃유키노하나·雪の花같이 깨끗한, 아니면 설설 끓는 온천물처럼 뜨겁고 원초적이고 소설처럼 허망한 연緣이 눈과 함께 하늘에서 펄펄 날아오지 않을까. 그렇게 은밀하고 짜릿한 일탈을 상상하는 것만으로도 소심하게 얼굴이 붉어진 '일장설몽一場雪夢'의 여로旅路였다너무 나갔네.

역驛에서는 늘 온갖 사연들이 다 벌어진다. 눈에 훤히 보이는 또 꽁꽁 감추어 둘 사연들을 역은 모두 알고 있으면서도 모르는 체 감싸 준다. 둥지 같다. 인생과 세상사가 깊이 스며들어 있는 역은 만남의 기쁨은 물론이지만 아마 더 많은 이별과 그리움, 기다림, 서러움이나 아픔 모두를 토닥이며 안아 주는 어머니의 품이다.

영화에 나오는 수많은 역, 일일이 꼽기도 쉽지 않은 대중음악 속의 역은 얼마나인지.

- 언제 적 영화인데, 비비안 리와 〈애수〉, 워털루역의 잔상殘像은 올드팬들에게 아직도 생생하다.
- 러시아군에게 겁탈당한 후 생긴, 아내의 처음 보는 아들. 그 가족들의 모습을 함께 사진에 담으려 웃으라고 웃으라고 치대는 기자의 주문. 울지도 웃지도 못하는 앤서니 퀸의 절절한 표정 연기가 펼쳐지는 곳도 철길을 배경으로 한 〈25시〉의 역사 안이다.
- 모스크바역에서 안나 카레니나는 잘생긴 귀족 청년 브론스키와 마주치고, 운명

과도 같은 두 사람의 첫 만남과 재회, 격정적 사랑은 모두 기차역에서 이루어진다. 이 드라마의 역은 사랑이 익어 가는 무대이지만 비극적 운명을 암시하는 잔인한 공간이기도 하다.

• 1897년 제정 러시아 시대. 시베리아 철도를 배경으로 대서사극 〈닥터 지바고〉의 사랑은 시작된다. 눈 덮인 벌판을 달리는 기차는 그들이 안고 가야만 하는 숙명이다.

• 2차 대전, 그리스를 점령한 독일군과 싸우기 위해 민병대가 모이는 카테리니로 연인을 태운 기차는 떠난다. 한데 전쟁이 끝나도 오지 않는 사내를 기다리는 그니의 애절한 노래….

카테리니행 기차는 여덟 시에 떠나네 / 지금은 헤어질 시간
두 번 다시 오지 못할 사람 / 시간은 흘러가네 슬픔을 태우고
나는 운명에 우네 / 다시는 돌아오지 않을 꿈

그리스 민중 음악가 테오도라키스가 만든 이 노래는 아그네스 발차도 좋지만 그녀보다 먼저 불렀던 인권 운동가 마리아 파란투리의 목소리가 나는 더 애잔해 좋다. 그리스 악기 부주키와 더 맞고 기적 소리와 더 잘 어우러진다는 순전히 개인적 필 때문에.

To Treno Fevgi Stis Ochto
Maria Farantouri

*

파리의 겨울은 제법 춥다. 기온은 그저 영상과 영하를 오가는 정도인데 북해 영향이라던가 습도가 높다. 뼛속까지 추위가 파고든다는 말이 무엇인지 실감이 간다. 어느 해 겨울, 안개까지 잔뜩 낀 바스티유 근처 리옹역의 새벽, 손이 곱도록 추웠다. 스위스 수도 베른으로 가는 이른 아침 TGV 열차를 타려고 처음 가는 역, 서른몇 개의 플랫폼이 있다고 해 허둥댈까 봐 서둘렀다. 이른 시간에 역에 도착했다. 뭔 플랫폼이 어느 쪽은 알파벳으로 또 저기는 숫자로 구분되어 있다. 헷갈리지 않게 티켓을 짚어 가며 몇 차례 확인했다. 시간이 좀 남았다. 역사 2층에 아름답다고 소문난 레스토랑, 르 트랭 블뢰에서 아침을 폼 나게 즐기고 싶었지만 막상 가 보니 그럴 정도 여유는 없었다.

기분 좀 내 보려고 예약한 1등석에서는 주문하면 아침 식사를 자리까지 가져다주는데 알 리가 없어 크루아상과 팽 오 레쟁은 집사람이, 우유와 주스 등은 내가 들었다. 촌닭이 따로 있나?

어둠은 안 걷혔고 역 특유의 증기와 안개가 범벅되어 시야는 받았다. 그때였다. 희미하고 무거운, 찬 공기를 가르고 나팔 소리가 들리기 시작했다. 트럼펫이었다. 무슨 곡인지는 알 수 없었지만 영화 〈지상에서 영원으로〉의 「Il Silenzio」 과科의 무드였다. 보드라운 텅잉, 보통 솜씨가 아니었다. 파리야 길거리나 메트로 내 버스킹이 워낙 많아 무디게 지나치는 경우도 많았지만 이 음악은 달랐다. 발걸음이 저절로 트럼펫 소리를 쫓았다. 다행히 내가 탈 플랫폼 쪽이었다.

젊은 사내였다. 요즘 한참 인기 있다는 크로아티아 출신의 느끼한 첼리스트 스테판 하우저처럼 턱수염도 멋있고 자-알 생긴 청년이었다.

그는 플랫폼 끝에 서서 꼿꼿한 자세로 불고 있었다. 흐트러짐 없는 군인 같았다. 은색의 트럼펫에서 퍼져 나온 소리가 스멀스멀 철로 위로 피어오르는 안개와 잘 섞였다. 여느 버스커와는 달리 앞에 악기 케이스를 펼쳐 놓지도 않았다. 혹 기차를 놓칠까 봐 연신 시계를 보면서도 깊이 빠져들 만큼 소리가 무거웠다. 그런데 바로 곁 가까이서 보던 내 눈에, 거의 감은 그의 눈에서, 마치 그 영화의 몽고메리 클리프트처럼 주르르 눈물이 흐르는 것이 똑똑히 보였다.

틀림없이 어느 여인에게 바치는 것일 '남 몰래 흐르는 눈물'과 함께 연주를 마친 그는 눈물 자국 그대로 나팔 통과 작은 가방 하나를 들고 기차에 올랐다. 에트랑제들의 가슴에 진한 여운을 남기고 그는 남행 열차 안으로 홀연히 사라진 것이다. 앞에 있던 사람과 잠깐 얘기하는 것이 독일어 같았는데…. 파리에서 이루어진 누구도 알 길 없는 아린 사랑을 새벽안개 짙은 리옹역에서 트럼펫으로 마무리하는 고별의 예식을 치르고 떠난 것이리라 나는 단정했다.

빅 벤 모양의 우뚝 서 있는 시계탑이 당당한 리옹역은 안개를 풀어 트럼펫 사내의 별리別離를 감싸 주었다.

비둘기호 ｜ 김사인(1956-)

여섯 살이어야 하는 나는 불안해 식은땀이 흘렀지
도꾸리는 덥고 목은 따갑고
이가 움직이는지 어깻죽지가 가려웠다

검표원들이 오고 아버지는 우겼네
그들이 화를 내자 아버지는 사정했네
땟국 섞인 땀을 흘리며
언성이 높아질 때마다
나는 오줌이 찔끔 나왔네
커다란 여섯 살짜리를 사람들은 웃었네

대전역 출찰구 옆에 벌 세워졌네 중략
아버지가 사무실로 불려간 뒤
아버지가 맞는 상상을 하며
찬 시멘트 벽에 기대어 나는 울었네
발은 시리고 번화한 도회지 불빛이 더 차가웠네

핼쑥해진 아버지가 내 손을 잡고
어두운 역사를 빠져나갔네
밤길 오십 리를 더 가야 했지
아버지는 젊은 서른여덟 막내아들 나는 홑 아홉 살
인생이 그런 것인 줄 그때는 몰랐네
설 쇠고 올라오는 경부선 상행

BLUE

파리 몽파르나스역에서 거기, 샤르트르까지는 교외선인가로 한 시간 남짓 걸렸다. 프랑스 4–5월의 벌판은 노란색이 지천이다. 노랑 수채화 물감을 호스로 뿌린 것 같은 벌판이 가도 가도 이어진다는 말에 솔깃했지만, 암튼 나는 그 주말에 유채꽃 드라이브를 가자는 유혹을 귓등으로 흘리고 노랑 대신 파랑, 청색, 코발트블루를 찾아 기차에 올랐다. 서두를 일 없는데도 소풍날처럼 들떠 새벽밥 먹고 나섰다. 파란 하늘을 보며 신나게 냅다 뛰어가는 소년이 되었다.

샤르트르역에서 걸어서 십 분도 채 안 되는 둔덕에 높이도 모양도 다

Sous le ciel de paris
ZAZ

· 「샤르트르 대성당」 38cm X 28cm
샤르트르 대성당은 몇 차례 화제를 겪고 복구됐다. ▶

른 첨탑 두 개가 돋보이는 '샤르트르 대성당'이 나를 어서 오라 두 손 크게 들고 반기며 기다리고 있었다.

아름다운 3대 고딕 건축물의 하나라는 이 성당^{나는 세계 3대니, 5대니, 10대니} 하는 말을 들을 때는 좀 거슬린다. 누구의 기준이고 순서는 누가 매기는지 거기에 '덩달이'가 되는 것이 썩 내키지 않아서인데, 사설은 그만 늘어놓자.

나는 이 성당의 스테인드글라스, 그들 말로 '비트로^{Vitraux}', 성화에서 성스러운 색으로 여기는 청색 중에도 도드라진 '샤르트르 블루'를 보러 온 것이다.

"샤르트르 성당의 청색 비트로는 꼭 보아야 합니다. 색채와 빛을 공부하는 사람들의 순례지예요."

여러 성당들을 둘러본 얘기 끝에 청색의 아름다움을 예찬하던 내게 프랑스에서 모자이크와 비트로를 공부하는 한 미술가는 이곳을 꼭 가보라고 권했다.

아! 파랑인지 코발트빛인지 남藍을 제치고 나온 청靑인가.

성당 문을 들어선 내 눈앞에 봄볕을 통과한 신비한 '비트로', 그 '샤르트르 블루'가 허걱 들숨을 멎게 하며 펼쳐져 있었다.

여러 색의 유리를 만드는 데 쓰는 금속 산화물은 쉽게 구할 수 있는데 코발트 산화물은 귀하단다. 12세기 동유럽에서 채굴한 코발트 산화물에 철, 구리를 섞는 등의 손맛까지 보태져 나온 이 유니크한 청색. 두 차례 세계 전쟁 때마다 2백여 개에 가까운 색창 틀을 떼어 내 피신시킨 정성에 '샤르트르 성당'의 청청靑靑한 비트로는 보존된 것이다. 거의 반나절을 보았는데도 질리지 않는 '샤르트르 블루'는 노랑 대신 '파랑 소풍길'에 나선 보상을 톡톡히 해 주었다.

✲

혼자서 여러 종류의 직업을 가진 사람은 많다. 주변의 장르를 빨아들이는 예술가에게 특히 많은데 그 면에서 파블로 피카소를 따라잡기는 버겁다. 화가, 조각가, 그래픽 디자이너, 도예가, 삽화가, 의상 디자이너, 보석 디자이너, 사진작가, 판화가, 안무가가 그의 연보에 나와 있는 직업이다. 더구나 건강하게 91년을 살면서 말년까지 그 많은 분야들을 두루 누비며 흔적, 아니 큰 발자국을 남겼다. 작품을 모두 합치면 3만여 점은 훨씬 더 된단다. 모두 혀 내두를 값에 거래된다. 불우한 다른 대가들과 달리 그는 생전에 명예와 부도 누렸다. 정식 배우자만 둘, 족보에 오르는 동거 여인만도 5명이고 그 외에도…. 어휴 달인인가 도인인가? 남보다 몇 배의 몫을 산 사람이다. 전문가들은 그의 작품들을 시기별로 또 그 명칭을 정하는 걸로 많은 논쟁을 벌이기도 했다.

✲

1901년 2월 17일 저녁 9시. 몽마르트르로 가는 클리시 길에 있는 '리포드롬 카페L'Hippodrome café'. 바르셀로나 출신 애송이 화가 카를로스 카사헤마스는 사랑을 고백했다가 거절당한 뒤, 거리의 여인 제르맨 피쇼를 향해 권총을 쏜다. 총알이 빗나가자 카사헤마스는 자신의 오른쪽

관자놀이에 총구를 대고 방아쇠를 당긴다. 스물한 살이었다.

피카소의 긴 창작 여정 가운데 초롱초롱했던 시기. '청색 시대', 1901년에서 1904년까지를 일컫는 'Période Bleue'의 시작을 알리는 총성이었다.

두 해 전 열아홉 동갑내기 두 사람은 '마드리드 왕립 미술 아카데미'에서 만나 의기투합한다.

"여기는 성에 안 찬다. 가자, 파리로! 가서 꿈을 펼치자!"

무작정 기차에 오른다.

프랑스어를 한 마디도 못 하는 둘은 거기다가 알 거지. 몽마르트르 근처에 방 하나를 겨우 구한다. 두 사람은 창녀촌에 벽화를 그려 주며 밥술을 이어 가다가 거리의 여자 제르맨 피쇼를 만난다. 카사헤마스는 피쇼에 풍덩 빠진다. 그러나 그녀는 그를 뿌리친다.

푸르른 꿈이 실연에, 술에, 마약에 바래지자 피카소는 탕아를 데리고 바르셀로나로 돌아온다.

◀ 피카소의 고향 말라가에 있는 동상이다.

고향에 와서도 안정은커녕 더 망가지는 친구를 피카소는 견디지 못하고 놓아 버린다. 다시 파리로 간 그가 결국 일을 저지른 것이다. 피카소의 충격은 컸다. 세 사람이 삼각관계였다는 얘기도, 카사헤마스가 성불구의 콤플렉스에서 이 일이 비롯됐다는 얘기도 있지만 확인할 길은 없다.

✳

이 사건 후 피카소의 그림은 뿌리부터 변하기 시작했다. 검푸른 색이 전면에 등장했다. '청색 시대'다. 그 청색은 맑은 하늘의 색이 아니라 절망의 색이었다. 친구를 잃은 그가 받았던 충격의 색이다. Blue는 '우울한' 이라는 뜻도 있고…. 노래처럼 「러브 이즈 블루 Love is blue」 아닌가?

피카소는 「카사헤마스의 죽음」이란 작품을 그리며 친구를 추모했다. 카사헤마스 얼굴 오른쪽에 총 구멍까지도 있는 이 작품은 '피카소 미술관'에 소장되어 있다. 오래전 한번 볼 때 옆의 아름다운 그림들에 치였는데도 눈길을 계속 빼앗겼다.

"카사헤마스의 죽음을 생각하며 나는 계속 푸른색으로 그림을 그릴 수밖에 없었다."라고 그는 후에 회고했다. 그는 그때 옷도 청색만을 입었다. 한 손에 촛불을 들고 그리기도 해 약한 불빛이 인디고블루를 더 짙게 만들었다고 얘기하기도 했다.

*

피카소 미술관은 여러 곳에 있다. 파리 마레 지구의 피카소 미술관, 바르셀로나의 피카소 미술관, 그의 고향 말라가와 1년여 작품 활동을 했던 남프랑스 앙티브까지 그의 이름이 붙은 미술관이 여럿 있지만 유족들이 5천여 점의 작품을 상속세 대신 물납物納해 세워진 파리의 미술관이 알토란이다. 나머지 미술관들은 그의 어린 시절 작품들과 대표작들도 물론 많은데, 기대가 너무 컸는지 영 파리에 못 미쳤다.

내 관심은 '청색 시대'의 작품들이었다. 당시에는 너무 암울하다는 평 속에 별로 주목을 받지 못했지만, 요즘은 큐비즘 때 버금가게 대접받는다. '청색 시대'는 미국 내 여러 곳과 다른 나라들에 흩어져 있다.

대표작이라는 「압생트를 마시는 사람」은 러시아 예르미타시 미술관에 있는데 거긴 못 갔으니 사진으로 만족할 수밖에 없다. 또 다른 대표작 「인생」도 못 가 본 오하이오 미술관에 있고. 모스크바 푸시킨 미술관, 워싱턴 내셔널 갤러리, 시카고 미술 연구소 등등 다 '청색 시대'를 갖고 있는데 다 못 가 보았으니 세계는 넓고 못 본 '청색'은 끝없이 숨어 있다.

기억이 가물거리는데 퐁피두 센터인가 파리 시립 미술관엔가에 있던 카사헤마스의 주검을 그린 대작 「초혼招魂」은 생각 없이 들렀다 마주친 뜻밖의 행운이었다. 런던 내셔널 갤러리에 있는 「비둘기와 아이」, 미국 L. A. 폴 게티 뮤지엄에서도 청색 시대를 몇 개 찾았고. 오르세 미술관, 아마 MOMA에도 있었지.

본 것 중에서 나는 파리 피카소 미술관에 있는 「파란 외투를 입은 자화상」을 제일 좋아한다. 파란색 배경과 외투가 그림의 대부분을 차지하고 수염과 입술에만 황금색같이 밝은색을 약간 사용했다. 간결한 구도다. 무겁고 암울한 느낌을 준다 꼭 싣고 싶었는데 저작권때문에 포기했다.

2019년에 아주 오랜만에 다시 찾았지만, '피카소, 블루 앤드 로즈 Picasso, Blue and Rose' 특별전이 열리는 강 건너 오르세 미술관으로 출타 중이셨다. '꼭 가야지, 청색 작품이 많이 모였을 텐데…' 했는데 일정이 안 맞아 놓쳤다.

파리 대법원 옆에 있는 생트샤펠 성당은 프랑스에서 가장 아름다운 성당으로 꼽힌다'가장'은 또 누가 무슨 기준으로 말했는지 모르지만. 보석 같은 성당으로 불리는 이곳의 '장미창'과 성경 얘기를 담은 1천 개가 넘는 비트로는 환상적이다. 샤르트르 대성당과는 또 다르다. 불경스러운 비유지만 매혹적인 여인의 자태는 한 스타일만이 아니지 않은가?

이곳의 청색은 더 포근하고 부드러운 것 같다. 느긋하게 2층 한곳에 자리 잡고 앉아 있으면 칼레이도스코프 속으로 빠져든다. 날씨가 맑아도 흐려도 비가 와도 좋다. 날씨의 바뀜에 비트로는 예민하게 반응한다. 보는 각도에 따라 명도, 암도를 그대로 반영한다. 황홀하다.

체코를 대표하는 건축물, 프라하성 안에 있는 비투스 성당의 비트로도 압권이다. 성당 양쪽과 장미창의 대작 비트로들 모두 눈을 어디다 두어야 할지 모르게 저마다의 빛을 뿜어낸다. 그 가운데 서쪽 옆면의 '성 치릴로와 성 메트디우스'는 체코의 국보급 화가 알폰스 무하(1860-1939)의 손에서 빚어진 걸작이다. 아르 누보 시대를 대표하는 미술가 무하의 이 작품에서도 나는 먼저 청색을 찾았고 이를 '무하의 청색'이라고 혼자 이름 지었다. 이걸 잠깐 보았으니 비투스 성당은 다 보았다고 건방을 떨었다. 그래도 아쉬워 다음 날 사람들이 거의 없을 시간을 택해 한 번 더 찾아갔다. 타이밍이 절묘해 나는 오래 무하를 차지할 수 있었다.

거리에서

사무실 근처 큰길에 자리 잡고 있는 노숙자들을 매일 본다. 레귤러 멤버는 네 명이고 두세 명씩 늘어나기도 줄기도 한다. 그중 한 '삶'이 눈에 들어왔다. 리더로 보였다. 그를 곁눈으로 관찰했다. 신문을 본다, 핸드폰을 만진다거의 검색 같다, 수첩을 꺼내 가끔 메모를 한다, 찾아오는 동료(?)에게 무언가 지시 또는 조언을 한다내 눈에는, 막걸리나 소주를 자주 마신다만만찮은 주량 같다, 사발면을 좋아한다, 담배는 안 피운다, 길바닥에 누워 낮잠을 잔다…가 그의 일상이다춥고 비 오는 밤을 어디서 지내지는 모르겠지만.

그가 범상치 않게 보였다. 그가 궁금했다. 뭔가 사연이 많을 것 같아 그에게 접근할 방법을 찾다가 그만두었다. 노숙인들을 취재했던 전문(?) 기자들의 말을 모아 보면 그들은 웬만해선 마음을 열지 않는다는 것이다. 진솔한 얘기를 듣기 위해서는 얼마간 같이 생활하며 믿음을 쌓아야 겨우 틈을 준다는데 나에게는 가당치 않을 시도라 포기했다. 그래도 궁금해 사무실에 드나들 때마다 흘깃댄다. 그는 신용카드가 있다. 바로 옆 편의점 단골이다. 주로 라면이나 술을 사는 것 같다. 근처 지하철 입구에 청소 기구를 위해 마련한 콘센트에서 휴대폰을 충전한다.

신발, 옷도 철에 맞춰 입는다. 지난겨울에는 '체코 스키 팀' 로고가 새겨진 방한복을, 여름에는 '나이키' 셔츠를 입었다.

＊

입장권을 사려고 줄을 섰을 때 갑자기 소나기가 쏟아지기 시작했다. 옷이 삽시간에 젖었다. 사실 감격스러울 장소에 갔을 때 선뜻 달려들지 않고 밖에서 설렘을 누르고 일단 뜸을 들이는 것이 내 버릇인데, 그렇게 이 멋진 곳을 보려는 예비 의식을 하고 싶었는데 비 땜에 글러 버렸다.

후다닥 뛰어 들어간 '오르세 미술관'. 볼 것이 끝 간 데 없이 펼쳐져 있었다. 오르막 내리막 통로 따라 벽에 걸린 인상파 화가들의 바다에 금세 빠졌다. 색에 취했다. 시시각각 변하는 빛과 색채에 예민하게 반응했던 그들의 감성에 바로 젖어 들었다. 나중에는 모네가 마네인지, 르누아르가 세잔에게 얽히고, 고흐가 고갱으로 설켰다. 드가와 로트레크와 피사로는 날아다녔다. 이런 늪에 빠지면 시간을 붙들어 맬 수도 있구나 생각했다. 1백 미터도 훨씬 더 되는 중앙 회랑 끝, 기차역이 었을 때부터 달려 있었지 싶은 반원형의 파사드 위쪽에 매달린 시계를 보자 배고픔과 목마름이 한꺼번에 몰려왔다. 갑자기 소갈증 걸린 것같이 입 안이 마르고 맥이 풀렸다. 한꺼번에 너무 많은 안복眼福에 허우적대다 밥시간을 훌쩍 넘긴 것이다. 5층에 있는 '시계'라는 이름의 카페를 찾았지만 바글바글했다.

"나머지는 또 와서 보자. 참, 아까 비가 억수처럼 왔었지. 우산도 없는데. 아, 배고프다."

미술관을 나서는 순간 강렬한 햇빛에 눈이 시렸다. 설맹雪盲이 온 것처럼 시야가 하얘진 대신 귀를 확 뚫는 것이 있었다. 저게 무슨 음악이던가? 느닷없이 들려오는《캐넌 변주곡》이었다. 저음의 첼로가 바이올린을 이끌어 오는 도입부가 막 시작되고 있었다. 그러면서 눈이 트였다. 이런…, 거기에는 파마머리를 한 요한 파헬벨(1653-1706)이 2백년 뒤의 '아마데우스 4중주단'을 데리고 20세기의 파리 센강 변 '오르세 미술관' 앞 광장으로 강림하시는 거였다.

인상파 동네의 황홀함, 그러다 밀려온 배고픔과 목마름을 핑계로 이제는 착시와 환상에 빠지고 싶을 만큼 아름다운 콰르텟이 펼쳐지고 있는 중이었다. 파란 하늘과 맑은 공기… 세상에 현악이 이렇게 솜사탕

Canon and Gigue In D major
Johann Pachelbe

같고 순할 수가 있다니⋯. 갈증과 배고픔이 달아났다. 비올라라는 와인을 첼로라는 병에 담고, 병에 붙은 라벨은 제1 바이올린, 코르크는 제2 바이올린. 현악기 4개가 어울리면 명품 와인과 같이 된다는 오래된 둘의 비유가 갑자기 떠올랐다. 거의 10분여를 캐넌에, 비 갠 오후의 짧은 몽환에 빠져들었다.

곡이 끝나니 파헬벨도 아마데우스 4중주단도 사라졌다. 남녀 2명씩의 아마도 학생들 같은 네 명이 미술관 앞 광장에서 다른 곡을 연주하기 시작했다. 학구적으로 생긴_{어떻게 생긴 건지 쓰면서도 알 수 없지만} 젊은 음악가들 앞에 '돈통'이 놓여 있었고 그 안에는 동전과 지폐가 제법 수북했다. '돈통=걸인'이라는 고정 관념이 전부였던 당시 내게는 작은 충격이었다. 거대 담론 속에 있다가 깡통 속으로 떨어진 동전 같은, 천상에서 골짜기로 처박히는 반전 같았다.

"저 고결한 음악에 동냥이라니⋯."

＊

내가 7-8개월 머물던 스튜디오가 있던 파리 1구 '레 알' 부근은 노숙자도 많고 특히 여러 가지 '치기'가 본업인 집시 아이들이 많았다. 지하철역이 영업 무대. 매일 아침저녁으로 그들과 마주치던 나는 얼마 후 서로 눈인사를 할 정도로 친(?)해졌다. 처음에야 동양인인 내가 군침 도는 타깃이었겠지만, '저 사람은 뜨내기도 관광객도 아니고, 여기 사는 영양가 없는 사람인 모양이다.'라고 판별해 줄 때까지 늘 긴장하고 다녔는데 그 염탐 기간이 끝나자 그들은 내게 자유를 준 것이다. 빙긋 웃기도 하고 어느 때는 "봉쥬르 므시유."라고 알은체를 하는데 이걸 어떻게 맞장구쳐야 하는지 "차암 나도…, 파리까지, 발이 꽤 넓어졌구나."

며칠 안 보일 때는 애들이 잡혀갔나 궁금해지다가 다음 날 만나면 알 수 없는 안도를 하게 되고, 도대체 웃기는 콩트였다. 암튼 그들은 내게 해를 끼치지 않았으니 내 무탈함 때문에 내 적이 아니었다. 그런데 매일 아침저녁으로 보고 알은체하니 그러면…, 친구 아닌가.

그즈음 밀라노로 며칠 출장 간 일이 있다. 아르 누보와 아르 데코가 섞인 박물관처럼 아름다운 첸트랄레역을 자세히 보려고 근처에 호텔을 잡았는데 어느 나라건 역 근처는 대개 우범 지대. 아침에 시내로 가기 위해 호텔을 나서자 집시 아이들 셋이 붙기 시작했다. 마침 추울 때라 두꺼운 코트로 무장해 애들에게 틈을 주지 않았다. 그래도 쫓아오는 게 성가셔 인상을 쓰면서 "야, 저리들 가." 우리말로 소리도 질렀다.

다음 날 호텔을 나서는데 다시 애들이 따라붙었다. 버스 스톱에 거의 다다를 무렵 아차 꼭 걸어야 할 전화를 깜박한 것이 생각났다. 근처 공중전화 부스로 들어갔다. 젠장, 주머니를 다 뒤져도 동전이 없었다. 난 감했는데 집시 소년 중 한 명이 내게 오더니 동전을 내밀었다. 이걸 받는 순간 애들의 '작업'이 시작되리라는 것을 알면서도 전화가 급해 잔뜩 방어 모드를 잡고 전화를 마쳤다. 그런데 가만히 보니 애들은 '상업적 목적'으로 내게 밑밥을 준 것이 아니었다. 순수한 거였다. 순간 겸연쩍어졌고 그때까지 근처에 있던 걔를 불렀다. 동전의 백 배쯤 되는 지

폐를 건네주었다. "그라찌에." 하며 돈을 받는 애들의 표정은 해맑았다. 얼른 마음속으로 성호를 그었다. "얘들에게 가호를!"

*

요즘은 코로나 사태로 볼 수 없지만 전에 서울역 앞에는 노숙자들을 위한 급식소가 있었다. 대개 교회에서 운영하던데 30여 분 이상의 예배 의식을 치른 후 식사가 제공된다. 마침 때맞춰 그 앞을 지날 때 대책 없는 호기심이 발동해 그들의 메뉴를 슬쩍 보았다. 김치는 빠지지 않았고 멸치조림과 어묵볶음 그리고 밥과 국이었다. 뒤에 또 기회가 있어 넘겨다보니 메뉴는 더 많을 때도 있는 것 같았다. 조촐하고 담백한 식사였다. 사흘에 걸쳐 1백여 가지 요리가 나온다는 '만한취엔시滿漢全席'가 아닌 다음에야 7첩 반상이건 10첩 반상이건 일식 삼찬이건 뭐건 어차피 한 끼 아닌가.

착실하게 예배에 참여하는 이들도 많았지만, 밥에만 관심 있는 껄렁패들도 많았다. 교회는 그들을 가리지 않고 두루 감싸 안았다.

기묘한 숙박 시설은 도심 속 지하철역 주변에 많다.

동자동 쪽에도 노숙자들을 위한 식당이 열린다. 대개 점심시간 전에 미리 줄을 서서 기다리는데 한번은 길 건너에서 식당 쪽 움직임을 보다가 배식이 시작되자 재빨리 건너와 대열에 끼는 사람을 우연치 않게 보았다. 비교적 덜 남루한 입성이었는데 아마 짧은 시간이라도 '밥 줄'에 서서 오가는 사람들의 시선을 받기가 부끄러운 초짜 거리 사람인 거 같았다. 안쓰러웠다. 얼마를 지나면 그의 얼굴도 점차 두툼해지겠지 그렇게 생각하니 짠했다.

*

유럽 쪽에는 유독 개를 데리고 다니는 노숙인들이 많다. 이유를 알 수 없지만 덩치 큰 셰퍼드가 대부분인데 내 쓸데없는 관찰에 따르면 개와 주인의 표정이 거의 모두 비슷하다는 것이다. 어느 잡지에서인가 개 종류별로 비슷하게 생긴 사람들의 표정을 매칭시켜 놓은 사진을 보고 깔깔 웃은 기억이 나는데, 처량한 단계를 넘어 해탈한 듯 무표정이 된 주인 얼굴과 똑같은 표정을 개도 지을 수 있다는 게 참 신기한 거였다.

"너는 그 많은 사람을 두고 하필이면 저런 사람을 따라 다니니."

한심하다는 눈초리를 개들에게 주었지만 그게 아니었다. 주인은 그들을 끔찍하게 보살핀다. 보따리 속에는 반드시 개 먹거리가 들어 있다. 자기 식사보다 먼저 그들의 밥을 챙기고 물을 준다. 틈만 나면_{하루 종일이 틈이긴 하지만} 그들에게 애정의 쓰다듬질을 한다. 오가는 이들을 쳐다보고 가끔씩 돈통을 들여다보는 것 이외에 개 만져 주는 게 주인의 유일한 일거리다. 시간이 무궁무진 많은 주인과 역시 시간이 남아 주체 못 하는 개. 두 개체 사이의 관계는 남다른 스킨십을 통해 각별하게 돈독해진다.

나는 거리에서의 꽤 많은 케이스 스터디를 통해 이런 행태들을 확인하고 유의미한 가설을 완성했다. 이들은 물질적 풍요보다는 정신적 가치, 서로의 존중과 신뢰와 사랑이 맨 위쪽에 있는 진정한 '인본人本·견본犬本주의자'들이라는 '이론 틀'까지 세울 수가 있었다 _{외국은 모르겠고 국내 최초다}.

앞서 얘기한 파리 집 근처 '레 알' 큰 지하상가 내려가는 입구에 첫 번째 케이스 스터디였던 '두 마리의 셰퍼드와 그 주인'이 늘 자리를 지키고 있다. 그 바로 건너 계단에 페루의 거리 악단이 어느 봄날 찾아왔다. 만만치 않은 내공의 연주자들이었다. 여러 종류의 안타라^{팬 플루트 같은}, 리코더 같은 케나, 만돌린 같은 차랑고, 이름도 모르는 빨래판 같은 것을 긁어 대는 악기. 그들이 뿜어내는 잉카의 리듬은 특히 메인 공연 시간인 해 질 녘 들으면 노을이 물이 되어 뚝뚝 흘러내리는 것 같다. 자고 있던 노스탤지어를 흔들어 깨운다. 「몰리엔도 카페」니 「엘 콘도르 파사」니, 아예 애절한 소리만 내려고 작심해 만든 것 같은 남미 악기에 더 구슬픈 마이너 키의 목소리가 얹어지면 끝내준다. 여기에도 어김없이 '돈통'이 놓여 있는데 그들은 직접 취입한 CD를 파는, 차원이 다른 뮤지션들이다. 나는 한동안 들은 값을 CD 몇 장 사는 걸로 대신했다.

'두 마리의 셰퍼드와 그 주인'은 관람료를 내는 일이 물론 없다. 개들도 꼼짝 않고 감상한다. 음향 전달도 제일 잘되고 보기도 편한 로열박스에 앉아 완전 무료 관람을 즐긴다. 특히 개들의 '안데스 감성 지수'는 점점 높아질 것이다. 우리말로 '귀 명창'이 되어 갈 것이 확실했다. 길거리 세계의 문화적 양극화는 이렇게 셰퍼드에게서도까지 이미 지난 세기말 파리에서 시작되었던 것이다. 연구고 자시고 할 것 없이 내가 증인이다.

Moliendo Café
José Luis Rodriguez & Los Panchos

먹다, 마시다

2022년 FIFA 월드컵 대회가 열리는 카타르, 그 더운 나라에서 무슨 축구 대회냐고 말들이 많았지만 카타르는 수도인 도하의 '칼리파 인터내셔널 스타디움'에 에어컨을 설치해 더위를 해결하겠다고 통 큰 아이디어를 내놓았다.

두바이와 빌딩 짓기 경쟁에 들어간 지 한참 되어 지금은 코니쉬 대로에 서서 조망하면 아찔한 스카이라인을 뽐내는 첨단 도시가 되었는데 여기도 올챙이 적이 있었다.

2006년 12월, 15회 아시안 게임이 도하에서 열렸다. 이슬람 사원들은 매력적이었지만 많은 아키텍트들이 다른 데서 해 볼 수 없는 온갖 실험을 맘껏 펼치기 시작한 시내 한복판의 경연장은 졸부 냄새가 풍기는 모래 나라의 분칠한 동네 같았다.

출국을 앞두고 복싱 쪽의 관계자들이 모였다. 중동의 큰 대회는 처음 가는 거라 대한 체육회와는 별도로 현지의 여러 문제들을 짚어 보기 위해서였다. 선수, 코치, 심판 들은 선수촌에 들어가면 됐고, 밖에서 지낼 임원들의 숙소, 식사, 회의 참석, 응원 계획, 선수단용 별도 물자 조달 등 잘 마무리를 지었다.

회의 마지막 부스러기, 그러나 실로 중대한 문제를 놓고 의견이 갈렸다. 일과를 마치고 쌓인 피로를 풀어 줄 '일용할 알코올'을 세관 검사가 까다롭기로 유명한 이슬람 국가로 '어떻게 모시고 들어가느냐'였다. 병 소주는 안 된다는 데는 이견이 없었다. "각자 팩소주를 적당히 짐 속에 넣어 가자."는 패와 "아니다, 그렇게 소심하면 안 된다. 그래야 얼마 양도 안 되고 그냥 박스째 당당히 갖고 가자."는 패. 결국 거친 인파이터 복서들이 회의를 장악했다.

이른 아침 도하 공항에 도착했다. 컨베이어 벨트에서 쏟아지는 '팩소주 박스'들이 혹 터지기라도 할까 조심조심. 마침내 세관 검사대에 짐들을 올려놓았다. 세관원들은 친절하면서도 매처럼 눈을 돌려 댔다. 이것저것 무슨 짐이냐고 묻던 세관원이 문제의 종이 박스를 가리키며 눈짓을 했다.

"Ah, 코리아 트래디셔날 쥬스 포 아우어 복서."

그동안 그 임원은 영어 앞에서는 과묵했었는데, 자기 짐은 다른 이에게 부탁하고 박스들 옆만 졸졸 붙어 다니던 그의 입에서 그렇게 빠르게 술술 영어가 튀어나오는 것은 그때 처음 보았다. 그 후 그는 다른 나라에 가서는 평소처럼 입 무거운 사나이로 돌아왔지만.

박스를 뜯어 보일 기세에 '오케이' 세관원도 화끈했다. '똥배짱'이 '소심'에게 통쾌하게 이기는 현장을 나는 보았다. 산 교훈이었다.

'무사 통관'은 그의 '권력'이 되었다. 피처럼 귀한 것이니 한 방울도 허투루 하지 말라는 엄명에 우리는 고분고분 따랐다. 박스는 곱게, 철저히 관리되었다.

숙소 근처에 있는 '알 카이마'라는 상호의 양고기 구잇집은 그 나라 임원을 통해 알아냈는데 숨은 맛집이었다. 그 집 양고기는 민트가 필요 없을 만큼 누린내 없이 입에 착 붙었다. 우리는 경기가 끝나면 늦은 저녁을 꼭 여기에서 했다. 소주 팩은 당당하게 식탁 가운데 자리 잡았다. 우리의 '권력'은 거리낌 없이 소주를 콸콸 따랐다. 종업원이 무어냐고 물었다. "Ah~ 코리아 트래디셔날 쥬스." 세관대에서와는 달리 '포 아우어 복서'가 빠지긴 했지만 역시 지도자의 유창한 영어는 또 이기고 있었다.

워낙 자주 가 그런지 식당 주인은 고마워하며 열심히 고기를 맛있게 구워 주었지만 며칠 지나자 저게 예사 '트래디셔날 쥬스'가 아니라는 것을 눈치챈 모양이었다. 결국, "노⋯, 노." 하면서 제지하기 시작했는데 자기가 왜 문제없다는지 "노 프러블럼~"이라고 계속 우겨 대는 그의 억지에 머스타쉬와 깊은 눈이 오마 샤리프 같은 주인은 슬그머니 져 주는 것 같았다. 그리고 검지를 입술에 갖다 대며 절대로 얘기하지 말라는 간곡한 에스페란토어를 하기에 이르렀다.

뒤에 외국인 전용 클럽에 가 보니 온갖 술은 다 팔고 있어 이게 뭔 요 지경인가 했지만 어쨌건 양구이와 코리아 트래디셔날 쥬스의 마리아주가 얼마나 잘 맞는지를 알게 해 준 도하의 추억의 맛이었다.

✲

일본 도쿄 미나토구, '롯폰기 힐스' 동네는 자주 가도 물리지 않는다. 낙후됐던 이 지역은 1986년부터 재개발 사업을 시작했고 17년 만에 도쿄의 랜드마크로 탈바꿈했다. 일본의 부동산왕이자 디벨로퍼인 모리 니노루가 지은 지상 54층의 롯폰기 힐스 모리 타워 빌딩은 재개발 사업의 상징이다. 2012년 모리 회장이 사망하고 사업을 승계한 그의 사위 '모리 히로오_{일본은 사위가 사업을 이어받을 때 장인의 성을 따른다.}'가 한국에서 열린 한 회의에 왔을 때 한 신문과 가진 인터뷰에서 이렇게 말했다.

> "모리 빌딩의 도시 재생 철학은 '슈하리^{守破離}'입니다. 역사는 지키고^守, 더 뛰어난 것을 만들기 위해 기존의 것을 부수고^破, 미래를 향해 과거와는 이별하여^離 새것을 창조하는 것입니다."•

포스트모더니즘의 '창조적 파괴', '파괴적 창조'와도 맥을 같이하는 것 같다.

• 매일경제 2016년 10월 17일 자

모리 타워 조금 아래 있는 TV 아사히 근처 아자부주반麻布十番 옆 골목은 '슈하리' 중 지켜야 할 '슈' 지역 같다.

근처 빌딩과 전혀 안 어울리는, 타일 바른 작은 건물 1층에 있는 식당 '구로사와黑澤'. 흑갈색 나무판 외벽에 같은 색 미닫이문, 히라가나로 '구로사와くろさわ'라고 쓴 짧은 네 조각 천으로 된 '노렌暖廉'이 나부끼고, 가격도 적힌 손글씨 메뉴판이 밖에 붙어 있는, 오랜 정취는 풍기지만 허름한 집이다.

이 집의 튀김과 우동은 모두 맛있지만 나는 그 가운데 '멘치가스'와 '카레우동'을 특별히 좋아한다. 소고기와 돼지고기를 섞어 간 다음 양파, 소금, 후추로 간을 하고 달걀을 푼 빵가루 옷을 입혀 튀긴 노릇한 멘치가스. 가다랑어 국물 베이스에 커리를 풀어 걸쭉하게 만든 카레우동. 생각만 해도 침이 고인다. 다른 식당에서 두 요리를 먹어 본 것도 적지 않고 사실 그 맛이 그 맛일 수 있는데 왜 이 집 것이 내 입을 잡는지는 알 수가 없다. 입맛이 때론 까탈스러운 내게는 '왠지'라는 기분에 따라 변덕 부리는 것이라고 결론 낼 수밖에.

상사와 도쿄로 출장을 갔다. 맛있는 게 워낙 많은 동네라 먹거리를 결정하는 것이 오히려 어려운 일. 오늘 저녁엔 무얼 먹을까, 기분 좋은 고민이 시작됐고 드디어 나는 비장의 카드 '구로사와'를 꺼내 들었다.

"묻지 마시고 따라만 오세요."

상사는 아무 말 않고 따라나섰다. 숙소도 마침 미드 타운에 있어 걷기도 딱 좋았다. 문 열 때 걸어 놓았다가 닫을 때 떼어 '영업 중'이라는 것을 알리는 기능도 있는 '노렌'쯤 머리로 스치며 드르륵 문을 열었다. 식당은 유달리 어두컴컴했다. 이 집이 별로 깨끗한 분위기가 아니란 걸 나는 상사의 표정을 힐끔 보고 그때 처음 깨달았다. 나는 이 집의 간판 메뉴 멘치가스와 카레우동을 묻지도 않고 시켰다. 나마비루生麥酒가 목구멍에 둥글게 감겼다. 입을 델 만큼 뜨거운 멘치가스 한 조각을 물면서 "맛이 아주 좋아요." 어쩌구 하며 먹기 시작했는데 한 입 먹은 상사의 표정이 별로다. '어?' 하는 참에 카레우동이 나왔다. "이것 먼저 드셔 보세요." 하면서 얼른 카레우동을 후루룩대기 시작했다. '이거는 자신 있습니다.' 하는 속내였는데 상사의 표정은 이것도 맛있는 것 같지 않았다.

아차차, 내가 그분의 기호와 식성을 전혀 생각지 않은 거였다. 내 입에 맛있으면 다른 이도 맛있을 거라 지레짐작한 내 성급한 판단은 헛다리였다.

우리나라 동해건 서해건 포구마다 유명한 음식이 하나 있다. 강원도에서는 곰치탕, 경상도에서는 물메기탕, 또 어디는 물텀벙, 물곰탕 등 지역마다 이름이 다른 이 탕湯. 물메기 또는 곰치라 부르는 생선에 무, 파, 고추, 간장, 소금을 넣고 끓인 국물이 시원한 보양식이다. 많은 이들이 이걸 먹으러 찾아다니고 어디가 더 잘하느니 하는데 나는 이 탕이 세상 맛없다. 생선이 부드럽고 쫄깃하다는데, 내게는 전혀 아니다. 뭐가 맛있는지 왜들 그리 좋아하는지 도대체 모르겠다. 더구나 살이 약해 잘못 건드리면 모두 풀어져 국물이 흐려지니…, 영 아니다.

그렇구나. 멘치가스와 카레우동, 물메기탕 모두 두 얼굴의 음식이다.

＊

내게는 오랫동안 생각해 온 꿈_{꿈까지는} 아니지만, 소망이 있다. 여러 나라의 맛있는 음식과 술을 그곳에 가서 먹고 마시는 것. 버킷 리스트 같다.

후쿠오카에서 '하카타우동'을, '나가사키짬뽕'은 거기 가서 후루룩.

그리스 피레우스 선창가에 앉아 우조를 한잔하며 수블라키 꼬치를 빼 먹는다.

뒤셀도르프 라인강 변 시청 뒷골목 양조장 자리의 쉬피켄 식당, 앞사람 소리도 못 알아들을 만큼 시끄러운 식탁에 비집고 앉아 '알트 맥주'를 걸치며 단도短刀 꽂혀 나온 돼지 족발 한 조각을 베어 물자.

무식해 보이지만 효율적인 세팅이다.

아바나에 가 보고 싶고 말레콘 바다가 보이는 선술집에서 '다이키리' 를 한잔 마시고 싶다.

한창 졸릴 한여름 파리의 오후, 내 좋아하는 마레 지구 골목 아주 작은 카페에서 눈이 튀어나올 만큼 쓴 '누아르 커피' 한잔을 입에 굴린다.

마르세유 옛 항구 갯가 식당에서는 푸짐한 부야베스를 한 냄비 끓인다. 나폴리시 농무 부서에서 레시피를 관리한다는 시내 피자리아 브란디 식당, 남부 이태리 사투리가 사방에서 부딪치는 소란 속에서 원조 '마르게리타피자'를 한 조각 집어 든다.

L.A. 아트 디스트릭트 블루보틀 커피점에서 똑똑 떨어지는 핸드드립을 기다려 '스리 아메리칸'을 천천히 목에 넘긴다.

뼛속으로 찬바람이 스며들 때 파리 튀를리 공원 앞 찻집 안젤리아 창가에서 호호 불어 대며 마시는 핫초콜릿 '아프리칸'은 달지 않은 단맛이다.

끝이 없다. 가서 먹고 마셔 본 것, 가서 먹고 마셔 볼 것을 다 옮기자면 너무 길다. 마실 것들은 사실 같은 맛이고 음식도 레시피가 거기서 거기지만 분위기, 그곳의 필이 없어지면 다른 맛이 되지 않나. 같은 공기도 맛이 다른데.

서울 장안의 미식가는 다 아는 서울 어린이 대공원 뒷문 쪽의 좁아터진 노포 서북면옥에서 볼 수 있는 흔한 장면. 혼자 온 영감이 냉면 한 그릇, 편육 한 접시, 소주 한 병을 시킨다. 소주 한 잔 들이켜고 고기

한 점을 오물대며 잠시 눈을 감는다. 묵묵히 이걸 반복하는 모습은 경건하기까지 하다.

돌아가신, 좋아하던 사진작가 에드워드 김김희중의 아버지 김용택 씨가 1939년 문을 열었다는 인연이 더해 자주 찾는 곰탕집 하동관오래전 다른 집으로 넘어갔지만에서도 역시 수육 하나, 내포 곰탕, 소주를 앞에 놓고 복닥거리는 분위기에 아랑곳 않고 맛을 곱씹는 '허연 머리'들을 쉽게 볼 수 있다. 이들은 한 끼 때우는 게 아니라 무슨 세리머니를 치르는 모습들이다.

✳

오래 묵은 얘기 하나. 파리 생미셸, 메트로역 근처에 개구리 요리를 잘한다는 집을 풍문에 들었다. 1930년 문을 연 후 개구리 요리만 주로 해 왔다는, 상호에도 개구리가 들어간 'Roger la Grenouille' 식당…. 지나칠 수 없지.

개구리 편력은 고등학교 시절 캠핑을 갔을 때 계곡에서 잡은 개구리의 뒷다리를 텐트에 널어 말린 다음 구워 먹은 것이 시초. 한참 후 수안보 온천에 갔을 때 길가 튀김집에서 살아 있는 개구리를 끓는 기름에 넣어 튀기는, 그래서 네 다리 모양이 각기 다르게 튀겨지는, 처음에는 몬도 카네 같았지만 가만히 보니 통통한 뒷다리가 옛 생각을 불러 내 사 먹은 후 개구리 하면 침을 삼켰지.

꼭 대접해야 할 우아한 한국 여자 교수와의 약속을 여기로 잡았다.

레몬바질소스에 개구리를 볶은 후 다시 튀겨 냈다고 파리지앵 특유의 큰 제스처가 몸에 밴 지배인이 설명했다. 개구리 모형 벽 장식도 재미있어 더 커진 기대가 혀 밑바닥 맛 샘까지 미리 건드려 놓았다.

맛있었다. 여기에 맞는 부르고뉴와인까지 추천해 준 그는 마지막으로 남녀가 오신 분께 권하는 후

식 특제 아이스크림을 꼭 드시라고 윙크와 미소와 말을 동시에 해 댔
다. "당근이지요.", "Pourquoi pas!" 귀동냥 불어까지 튀어나왔다.

  잠시 후 사달이 벌어졌다. 큰 접시 두 개에 각각 담은 아이스크림을
가져왔는데 아! 장대하게 우뚝 선 '갈리아족' 남근 모양 초콜릿 아이스
크림이었다. "이거는 스푼 없이 입으로만 드시는 소프트아이스크림입
니다." 지배인은 목소리를 깔며 말했다. 우아한 여인께서 팡 터져 '깔
깔'대는데 얼뜬 나는 한 박자하고도 반은 늦게야 겨우 '깔깔'에 끼어들
었다.

  그 식당, 지금도 그 아이스크림이 그대로 있는지 궁금하다.

03

시간
길어 올리기

링반데룽

「링반데룽」이라는 제목의 황순원의 단편 소설이 있다.

등산 중 폭설이나 안개로 기상이 급변해 길을 잃는다. 자신은 어떤 지점을 목표로 가고 있지만 사실은 환각에 빠져 다람쥐가 쳇바퀴 돌듯 같은 곳을 빙빙 도는 등반 용어 링반데룽, 영어로 ring wandering. 일종의 방향 감각 상실증, 환상 방황이다. 결국은 지쳐서 조난당하거나 죽음에 이른다.

소설 얘기가 아니라 재미없는 먼 옛날 군대 시절 얘기이다. 경기도 포천, 해발 1,200미터가 넘는 고지에 벙커를 구축하는 대공사를 위해 20킬로그램은 훨씬 넘는 프리캐스트를 오전 오후에 한 개씩 정상까지 부려야 하는 책무가 우리들에게 주어졌다. 해가 짧은 초겨울 오후였다. 첫날, 입대 전의 꾸준한 산행으로 '이 정도쯤은' 하는 만용이 충만했던 나는 빨리 끝내고 쉬겠다는 생각에 서슴없이 무리를 택했다. 그러나 웬걸 길은 점점 거칠어졌고 페이스 조절에 실패한 나는 드디어 헉헉대기 시작했다.

도대체 얼마를 갔는지, 어디쯤인지 가늠할 수가 없었다. 동료들은 안 보였고 잦은 휴식과 조바심에 빠진 사이 산은 빠르게 어둠에 갇히기 시작했다. 덜컥 공포가 밀려왔다.

내가 완전히 기진한 것은 잠깐 쉬었다는 생각에 빠졌다가 눈을 떴을 때였다. 주변은 이미 칠흑이었고 몸을 일으키려 했지만 눈앞이 노래졌다. 정상까지 얼마 안 남았으리라는 어림에, 또 한 가닥의 의무감, 또 심한 패배감과 굴욕감에서 헤어나려 위쪽이라고 느껴지는 방향으로 기어가다시피 움직였지만, 내가 올라가는 건지 내려가는 건지조차 분간할 수 없었다. 오싹 한기가 돌았다. 이러다가는….

공포가 거세게 밀려왔다. 나는 지고 가던 프리캐스트를 어둠 속으로 벗어 던졌다. 처참하게 완패한 것이다. 그리고 나는 산과, 어둠과 사투하기 시작했다. 아니 그건 싸움이 아니라 산을 향한 처절한 읍소였으리라. 그 후 네댓 시간이 지난 후에야 비로소 캠프로 내려올 수 있었던 것은 운과 동물적 생존 본능이었으리라 후에 결론지었다. 그 후로 나는 살아가는 동안 두 번 다시는 링반데룽을 경험하지 않으리라는 긴 긴장을 유지해 왔다.

허나, 허나 말이다. 긴 세월을 되돌아보면 그 후에도 나는 숱한 링반데룽을 경험했다. 단지 산속과 어둠의 방황이 아니기 땜에 공포를 못

느끼며 무디게 지내 왔지만, 실은 나도 모르게 '환상 방황'으로 점철된 삶을 살아온 것이 아닌가? 절대 이러지 말아야겠다고 절대적으로 다짐하곤, 얼마 후 그 '절대'의 선線에 다시 와 있는 나를 발견한 것이 그 얼마큼이며, 그 환상에 저 방황을 되돌이표 따라 헤매다가 결국 사람은 그렇게 평생 방황할 수밖에 없는 동물이라고 슬쩍 일반화시키는 것도 지칠 때도 됐으니, 그렇게 반백 년을 지내왔으니, 이제는 조금 진정되려나?

비우는 자의 트로피

우리 동네 큰길가, 도로 주차장 한켠에 주말이면 "고서화, 미술품, 각종 중국 술, 양주, 기념주화, 노리개, 명품 구두, 밍크 등 고가 매입"이라는 큰 글씨가 쓰인 작은 탑차 한 대가 서 있다.

나머지는 그렁저렁 이해가 가지만 각종 술들을 산다는 게 얼른 이해가 안 갔는데 집사람을 통해 간접 취재 한 결과는 이렇다. 지금도 그렇지만 전에는 명절이나 인사치레로 위스키 등 술을 선물하는 경우가 흔했는데, 몇십 년이 지나다 보니 제법 술병이 쌓이는 집이 많은 모양이다. 들어오는 날 밤으로 해치우는 집도 물론 많지만.

그런데 남편이 먼저 세상을 뜨는 경우 요즘 세대대로 와인이나 싱글몰트위스키만 좋아하는 자식들은 아무리 50년 된 양주30년산 위스키가 그 집에서 20여 년 묵으면 그렇게 되는 거 아닌가.라도 별로 관심 없다. 집안 살림들을 하

243

나씩 정리해 가는데 먼지 뒤집어쓴 병들이 집 한 귀퉁이를 자리하고 있으니 술들은 애물단지가 되어 버린다. 탑차 상인은 혼자 남은 부인들의 고민을 해결해 주면서 헐값에 술을 사들인다. '유품 정리 전문'이라고 적힌 광고판을 걸고 다른 물건들도 '윈 - 윈'으로 정리하는 것이다.

동년배의 옛 상사는 클래식 음악에 평생 심취했다. 희귀본이 포함된 꽤 많은 양의 LP판과 CD 등을 모아 왔고, 깊고 예민한 귀 때문에 오디오도 폭 넓게 섭렵해 왔다. 그런데 얼마 전 그 컬렉션 일체를 몽땅 정리했다는 엄청난 소식을 들었다. 컬렉션을 '나처럼' 아껴 줄 사람을 신중하게 물색하다가 결국 임자를 찾아 출가를 시켰고 오디오도 그런 식으로 분가시켜 컬렉터로서의 대단원을 매조지했다는 것이다. 그 대신 인터넷으로 여러 나라의 음악 방송을 연결해 똘똘한 스피커 하나를 통해 즐기는 쿨한 마니아 세계로 접어든 것이다.

워낙 깔끔한 성품의 그는 아직 창창한데도 주변 물품들을 미리 '오디오식'으로 정리해 가며 홀가분하게 미니멀리즘에 빠져들고 있다.

나는 긴 세월 잡식성 컬렉션을 해 왔다. 제법 오랫동안 모아 온 우표, 시트, 초일 봉투나 기념주화, 지하철 개통 첫날 기념 승차권 등등은 모을 때의 추억이 아련하고, 혹 가치가 더 높아질까 하는 기대를 버리지 못해 아직도 갖고 있다. 다 읽지도 못하며 옛 책이건 신간이건 닥치는 대로 책을 모은 적도 있지.

한때 스포츠 업무를 맡았을 때 올림픽, 아시안 게임 등 각종 국제 대

회와 회의에 가서 발급받은 AD 카드, 기념 배지 등은 라면 박스 하나
는 된다. 또 언론계에 몸담았던 젊은 한때의 빛바랜 취재 수첩, 시대의
아픔을 선연히 보여 주는 누렇게 바랜 갱지의 시국 선언문 등등 작정
없이 여러 가지를 모으는 것이 취미였던 시절을 겪었다. 그리고 누구
나 소중하지만 나중에는 골칫거리가 되어 가는 자동적으로 해 온 컬렉
션, 엄청난 양의 색 바랜 사진, 앨범도 있지.

그러던 어느 날부터 나도 이 물건들을 틈나는 대로 정리해 가는 것이
현명하다고 생각하기에 이르렀다. 우선 책부터 과감히 정리하기로 했
다. 책은 그냥 버리기에는 뭔지 모를 죄스러움과 아쉬움과 미련이 커
몸담고 있는 학교 도서관에 기증을 겨냥하며 사서 선생님에게 빙빙 돌
려 얘기를 해 보았다.

아직도 아주 가끔씩 '추억상자'들을 꺼내 바람을 쐬어 준다.

"옛 책들은 세로쓰기에 작은 글꼴에 학생들이 거들떠보려 하지 않아 간혹 누가 책을 기증하겠다고 하면 어떻게 기분 상하지 않게 거절하나 힘들다."라며 내 속을 꿰뚫어 보듯 얘기하는 바람에 슬며시 꼬리를 내려 버렸다. 책들은 고르고 골라 가며 여러 차례에 걸쳐 분리수거하는 날 종이 쓰레기통으로 보내고 있다.

그런데 나이 차이도 많지 않은 가까운 한 후배는 정반대의 길을 가고 있다. 그는 천 권이 훨씬 더 되는 시집, 4천여 장의 LP를 소유하고 있는데, 지금도 시집을 찾아 헌책방을 헤매고, 중고 LP점이 산티아고라도 된 양 순례한다. 도대체 후에 어떻게 하려고 그런 만행을 멈추지 않느냐는 내 물음에 엄청 답답하게 과묵한 그는, 시집들은 나중에 시인 사위가 물려받기로 했다고 겨우 털어놓았고, LP는 제대로 된 'LP 카페'나 하나 차려 볼까 한다는 원대한 구상을 누설했다가 한심한 눈초리로 쳐다보는 부인 반응에 얼른 자리를 피해 버렸다고.

골프, 테니스, 낚시 대회 등에서 받은 트로피, 각종 단체에서 받은 기념패 등도 처치 곤란한 물건이 되어 간다. 특히 트로피는 언제부터인가 묵직한 크리스털로 바뀌어 한때 장식장을 돋보이게 하기도 했는데, 이것들을 정리하는 게 만만치 않다.

골프를 많이 좋아하는 친구 하나는 이거야말로 내 손으로 정리를 해야겠다고 큰 결심을 하고 트로피 받을 당시를 회상, 상찬하는 이별의 예를 갖추면서 각종 트로피들을 모두 한켠으로 제쳐 놓았다.

춘천에 전통적인 한옥 클럽 하우스를 갖춘 아름다운 골프장이 있다. 그 골프장의 이름은 'La vie est belle', 우리말로 '인생은 아름다워'다. 모든 골프장은 다 아름답고 그 아름다웠던 곳에서 누렸던 아름다운 추억들을 비워 내는 것은, 결국 평생 모아 온 인생의 흔적들을 하나씩 없애 가는 것은 진정 허허롭기 짝이 없는 일이었으니….

이제 마지막 남은 것은 제법 묵직하고 큰 크리스털의 메달리스트 트로피.

"이건 큰 박수를 받으며, 참 그날은 대단했지." 하는 회억에 이것 하나는 두어야겠다고 생각하는데, 곁에서 지켜보던 부인이 "그건 버리지 말고 두어요."라고 말하더라나. '이 사람도 내 추억의 한 자락은 같이 아껴 주고 싶어 하는구나.' 하는 마음에 순간 울컥해 "왜 두라고?" 하며 짐짓 점잖게 대꾸했는데,

"그거 묵직해서 오이지 담그고 눌러 놓는 데 딱 좋을 거 같네요."

사진에게 시간 주기

고등학교 졸업 50년을 맞는 해에 '홈 커밍 데이'가 열리는 경우가 제법 있다. 훌쩍 일흔이 되어 버린, 그러나 마음은 팔팔한 노년들이 '내 놀던 옛 동산에' 몰려가 '벽시계를 잠시 고장' 내는 것은, 그렇게 잠시 나이를 잊을 수 있다는 것은 흥분되는 일이다.

해외에서 살거나 연락을 아예 끊고 살거나 세상을 등진 이들도 있어 졸업생 전체의 삼분의 일 정도 모이면 옹골진 모임이 된다. 가끔씩 만나는 친구들이야 괜찮지만 문제는 몇십 년 만에 만나는, 외국에서 큰 맘을 먹고 오거나, 또는 졸업 후 처음 만나는 경우까지 있다 보니 막상 한자리에 모여도 누가 누군지 도대체 가려내기가 쉽지 않다는 데 있다.

"새색시 김장 삼십 번만 담그면 할머니가 되는 인생"이라고 오래전에 읽은 피천득(1910-2007) 선생 수필 한 자락이 생각나는데, 새색시도

되기 훨씬 전 얼굴과 할머니 할아버지로 변한 얼굴을 가려내는 일은 퀴즈 풀기나 다름없이 된다. 그래서 빛바랜 졸업 기념 앨범을 잘 간직하고 있는, 대개 동기회 총무들은 그때의 사진을 명함 크기로 확대하고 그 밑에 이름을 적은 후 코팅해 참석자들 목에다 걸게 한다. 목걸이를 주렁주렁 건 '옛 동산 나무'들은 돋보기를 썼다 벗었다, 목걸이와 얼굴을 번갈아 쳐다보다가 "얘가 너구나, 쟤가 개구나." 하며 한동안 이산가족 찾기의 세리머니를 마쳐야 해후는 본격적으로 시작될 수가 있다.

나는 빛바랜 옛날 사진, 특히 흑백 사진이 좋다. 사진 찍을 일이 생기거나 아님 사진 찍을 일을 만들면 집안의 귀중품 중 하나인 카메라오래전에는 카메라가 없는 집이 더 많았고, 학년 초마다 내는 가정 환경 조사서에서 라디오와 더불어 카메라가 있는지 여부를 체크하는 학교도 많았다.에 필름을 홈에 잘 맞춰 끼워 찍은 다음 동네 DPE점에 맡긴다. 현상과 인화의 과정은 며칠 걸린다. 사진을 찾아오면 식구끼리 또는 친구끼리 둘러앉아 "넌 잘 나왔는데. 이 표정 좀 봐, 난 이게 뭐야. 너무 촌스럽게 나왔네."니, 어쩌니 깔깔거리며 돌려 보는 재미가 꽤 있었다.

그런데 옛 사진들은 잃어버리면 원본 필름을 보관하지 않는 한 다시볼 수가 없다. 옛날 한국 영화를 대표하는 필름들마저 밀짚모자 테두리 등으로 오래전에 다 없어져 버려 한국 영상 자료원에서 일본을 뒤지느니 하는 판에 개인의 옛 사진 필름들이 남아 있을 리 없다. 그래서 옛사진은 더 소중하다.

손바닥 크기도 안 되는 흑백 사진은 또 누렇게 변해 가는데 그게 옛날 사진의 매력이다. 그래서 나는 그런 바래진 냄새를 좋아한다. 그 사진 속에는 당시의 우리 처지와 사연이, 그때의 작은 역사들이 모두 녹아 있다. 유년 시절 또는 학창 시절 입고 있던 옷이 기억해 주는 옛이야기도 찾아낼 수 있고 기쁨과 사랑의 흔적도 거기에 생생하게 배어 있다. 서글픔과 한이 오롯이 사진 빈 곳에 담겨 있다. 애잔한 사연도, 모든 게 넉넉지 않았지만 마음만은 푸근했던 우리들의 정도, 잊기는커녕 이제는 보듬어 주고 싶은 아련한 가난의 그림자도, 또 풍요로움도, 그 작은 사진에 남아 있다. 이제는 손에 쥘 수 없는 그러나 생생한 그때의 우리들이, 이제 보면 가장 아름답던 시절들이 빛바랜 사진 속에 빼곡히 들어차 끝없는 얘기를 들려준다.

　　사진관에서 찍은 옛 사진의 배경들은 요즘 애들이 보면 유치하다고 놀림감이 되기 딱 좋다. 큰 돛단배 사진 한쪽에 얼굴을 올려놓기도 하고, 하트나 나뭇잎 도안이 들어간 인화지 위에 방긋 웃는 단발머리 소녀의 얼굴을 넣기도 한다. 이때 연출자인 사진관 주인아저씨는 소녀에게 팔짱을 끼는 모양에서 대개 오른손 둘째손가락 또는 양손 둘째손가락을 함께 모아 뺨에 살포시 찌르도록 주문하고, 부자연스러운 미소와 함께 소녀는 고분고분 서툰 연기의 배우가 된다. 친구들과 찍은 사진 한 귀퉁이에는 으레 '영원한 우정'이라고 멋이 잔뜩 들어간 흘림체 글씨가 새겨진다.

입학 기념으로 또 매 학년 올라갈 때마다, 무슨 이유에서인지 다리를 쩍 벌리고 맨 아래 줄 가운데 앉은 남자 담임 선생님을 중심으로 운동장 계단 몇 줄을 채운 반班 사진 찍기도 꽤나 흔했던 학창 시절의 한 단상이다.

남학생들은 교문이나 본관 건물 등 교정에서 같은 방향으로 허리에 책가방을 끼고 사진을 찍는다. 모자를 일부러 삐딱하게 쓰거나 동복의 목을 여미는 호크를 채우지 않고 한 발을 조금 앞으로 빼는 등 가급적 불량한 포즈를 잡는 것이 나름 멋있게 보인다고 당시에 우리, 아니 나는 생각했다.

잔디밭에 대여섯 명이 나란히 엎드려 양손으로는 턱을 괴고 각을 맞춰 일제히 무릎을 굽힌 여학생들, 경복궁 근정전 앞 향로를 가운데 두고 마주 서 손을 잡은 두 여학생이 몸을 뒤로 활짝 젖히며 찍은 사진, 이런 포즈들은 대개 학교마다 있었던 전속(?) 사진사들의 취향 탓이다. 그들은 하교 시나 소풍 때 따라다니며 찍은 사진을 학교 게시판 부근에 걸어 놓고 손님을 끌어모은다.

교내 사진 포즈 중에, 제일 많은 것은 차렷 자세인데 자주 대하지 않는 카메라 앞에 서면 대개 긴장, 경직, 단정 모드가 되기 땜에 그랬을 거라고 짐작된다. 그때 찍은 사진 중 일탈이 많은 사진은 소풍 가서 장기 자랑 때 찍은 것이다. 시대에 따라 춤사위와 노래가 바뀌지만, 대개 엘비스 프레슬리나 폴 앵카 또는 김추자풍의 노래를 칠성사이다 병을 마이크로 삼아 부르는 모습, 두 손을 배 위에 얌전히 모으고 가곡을 부르는 모습, 그리고 처비 체커의 트위스트를 흉내 낸 막춤 추는 장면들이다.

군대 복무 중 찍은 사진은 군복 허리에 양손을 얹고 비스듬히 서서 먼 곳을 응시하는 포즈가 많은데, 사진 한쪽에는 '고향을 그리며'라는 글씨가 들어간다. 철모를 쓰고 카빈이나 M1 소총을 허리춤에 걸쳐 잡고 찍은 사진은 주로 여자 친구에게 보내기 위해 많이 애용한 포즈인데 입에 꼬나문 담배는 중요한 소품이 된다.

아마 옛 사진 중에 가장 자연스러운 모습이 담긴 것은 스냅 사진일 것이다. 서울로 치면 명동, 종로 근처, 신신 백화점 아케이드나 화신,

미도파 백화점 입구를 빠짐없이 지키고 있는 스냅 사진사들은 길가를 오가는 친구, 모자, 자매, 연인 들을 절묘한 타이밍에 잡아 셔터를 눌러 댄다. 스냅 사진 크기라야 손바닥 반만 한 것이 최대 사이즈이지만, 엄마 손을 잡고 가는 똘망똘망한 눈초리의 내 어린 모습을 한참 들여다보던 여섯 살 손녀딸이 어렵지 않게 누구누구인지를 알아

맞히는 것을 보면 시공을 훌쩍 넘어 교감케 하는 옛 사진의 매직을 안 좋아할 수가 없다.

　사진의 홍수 속에서 우리는 살고 있다. 언제 어디서건 핸드폰으로 사진을 찍고 바로 확인해 맘에 안 들면 지우거나 다시 찍는다. 또 성능이 날로 좋아져 초점 거리, 감도, 셔터 스피드 조절은 물론 따스하고 차분한 분위기가 나오도록 찍을 수 있다. 프레임 조절, 파노라마, 흑백 사진 등등의 옵션들도 많다. 찍은 다음에는 포토샵 등 사진을 마음대로 보정하고 만들 수 있는 마법 상자가 우리 손 안에 있다. 폰 안의 갤러리나 클라우드 등에 사진을 보관하고 있다가 SNS를 통해 동시에 수많은 이들에게 뿌리고 언제든지 꺼내 본다. 셀프 카메라의 손 기술은 더 정

밀해진 데다가 셀카 봉에 셀카용 드론까지, 핸드폰 사진은 나이와 상관없는 장난감, 생활의 중요 부분이 되어 버린 지 오래다.

사람들이 무시로 찍어 핸드폰에 쌓이는 사진들은 몇십 년 후에 어떤 식으로 그들의 회상 속에 펼쳐질까? 오늘 내가 옛 사진에 대해 느끼는 감성은 후에는 어떤 식으로 그들에게 전이될까?

사진에 대한 나의 관찰 하나. 우리나라 사람들은 예나 지금이나 아름다운 자연, 멋진 구조물, 예쁜 꽃밭 등등 모든 풍경들을 찍을 때 꼭 내가 들어가야 한다. 사람이, 내가 안 들어간 사진은 사진이 아니다. 한국인만의 나르시시즘Narcissism 인가?

레지나 브렛(1956-)이라는 미국의 여류 칼럼니스트의 책에서 "시간에게 시간 주기"라는 말이 나오는 글을 읽은 적이 있다. 시간에게, 삶에게, 자기를 돌아볼 수 있는 시간을 주어야 한다는 의미다.
옛 사진을 들여다보며 지난 시간들을, 그때를 그리는 그런 '시간 주기'를 해 보는 것도 나이 들면서 누릴 수 있는 쏠쏠한 즐거움의 하나가 된다.

생활이 그대를 속일지라도 슬퍼하거나 노여워 마라
설움의 날을 참고 견디면 머지않아 기쁨이 찾아오려니 중략
모든 것은 일순간에 사라진다
그리고 지나간 것은 그리운 것이다 _푸시킨

그해의 신록

자연 과학자들의 공적 언어에는 감성이 배제되어야 한다는 생각을 나는 갖고 있습니다. '자연과 생명', '현상과 법칙'을 '모든 과학'을 동원해 명료하게 해석하고 증명하고 해법을 내놓기 위해, 차가운 머리를 가져야 하는 그들에게 뜨거운 감성까지 요구하는 것은 과하다고 생각하기 때문입니다_{물론 감성 중추가 발달된 과학자들도 많이 있습니다만}.

"앞으로 '코로나' 이전의 세상은 다시 안 올 것입니다."

권준욱 중앙 방역 대책 본부 부본부장은 2020년 4월 11일 코로나 관련 정례 브리핑에서 이렇게 '담담하게' 말했습니다. 나는 의학자의 지극히 냉정한 이 표현을 '감성의 언어', '시인의 감성'으로 받아들였습니다. 물 마시고 숨 쉬는, 자유 축에도 들지 못한다고 생각했던 자유가 자칫 저만치 멀어지는 것이 아닌가 섬찟한 생각마저 들었습니다. 가슴이 저렸고, 머리가 찡했습니다.

모든 것은 '그때의 징조sign of the times'가 있습니다. 성서에 나오는 말입니다. 붉은 저녁노을은 맑은 내일 아침을 맞을 징조인데 코로나의 징조는 무엇이었을까 곰곰이 헤아려 봅니다.

본래 불완전한 존재로 태어난 사람이 지구가 자기들만의 것인 양 너무 으스댔습니다. 눈에 보이는 거 없다는 듯이 설쳐 댔습니다. 마구 버리고 더럽히고 땅과 물을 숨도 편히 쉬지 못하게 만들어 갔습니다. 자연을 엉망진창으로 만들어 왔습니다. 그런 것 모두가 재앙의 징조였을 수 있겠지요.

지금은 4편까지 나온, 지난 세기말 개봉된 영화, 첫 번째 〈매트릭스〉에서 '인간 반란군' 지도자 모피어스를 인질로 잡은 '기계 군단'의 스미스가 말했습니다.

"인간들이란 존재는 질병이야. 지구의 암이지."

경자역란庚子疫亂의 이런저런 징조들을 알아차리지 못했던 무디고 우둔한 호모 사피엔스들에게 시나브로 봄이 왔습니다. 꽃보다 더 아름다운 신록이 해 오던 대로 눈을 호강시키고 있습니다. 꽃피는 순서의 규율이 칼같은 그들의 세계가 제 할 일들을 다하며 사람들 마음을 설레게 했습니다. 허나, 눈에 보이지 않는 '잔인한' 코로나가 아름다운 꽃을 재앙이 되게 하는 어이없는 일이 벌어졌습니다.

강원도 삼척시는 지천으로 흐드러지게 핀 유채꽃을 보러 모여드는 사람들을 감당하지 못해 트랙터로 꽃밭을 갈아 버렸습니다. 제주도 서귀포도 축구장 열 개 크기의 유채꽃밭을 엎었습니다. 진해 군항제도 물론 취소되었지요. 그래도 꾸역꾸역 몰려드는 사람들을 막기 위해 바리케이드를 치고 공무원들이 당번을 정해 사람들과 실랑이하기도 했습니다.

경기도 군포 수리산 쪽 야산에 20여 만 그루의 철쭉이 피었습니다. 여기는 덜 잔인한 결정이 내려졌습니다. 축제가 취소되었습니다. 사람들이 못 오게 산 입구를 아예 막아 버렸습니다. 축제에 도우미로 나서려 했던 한 소녀가 말했습니다. "올해는 꽃이 더 예쁘게 피었어요. 너무 아름다워 맘이 더 아파요."

마스크가 옷 걸치는 것처럼 익숙해지자 한 심리학 교수는 내성적인 사람이 살 만한 세상이 되었다고 얘기합니다. 사람들의 눈빛이 선하고 아름답다는 것을 깨달았다고 얘기하는 이도 있습니다. 모두 같이 당하는 화는 화가 아니라고 애써 너그러워지는 낙관론자들도 있습니다.

한 엄마 간호사가 두 아이에게 말했습니다. "너희들과 같이 있으면 좋겠는데 많이 아파하는 사람들이 있어 다녀와야겠네. 조금 참아."

역병이 번지는 것을 막기 위해 곳곳에서 봉쇄령이 내려지자 재앙이 '확대, 재생산'되기 시작했습니다. 오도 가도 못하게 하는 통제가 많은 사람들의 먹고사는 길까지 막아 버리기 때문입니다. 병에 걸려 죽기 전에 굶어 죽게 된다고 절규하는 사람들까지 생기고 있습니다. 무엇이 더 중한지 혼란스럽기까지 합니다.

그런데 봉쇄령 이후, 세상 여기저기에서 많은 변화가 생겼습니다.

대기질이 점점 좋아진 인도 북부 펀자브 지방에서는 160킬로미터 이상 떨어진 히말라야산맥의 장관을 시내에서 맨눈으로 볼 수 있게 되었습니다. 30년 만의 기적이라고 역병에 찌든 속에서도 주민들은 감격했습니다. 멕시코 아카풀코 바닷가에는 60여 년 만에 플랑크톤이 모습을 드러냈습니다. 스스로 빛을 내는 플랑크톤들이 밤마다 황홀한 춤을 춥니다.

시커멓게 오염됐던 베네치아의 곤돌라 뱃길이 맑은 물로 바뀌었습니다. 칠레 산티아고 거리에서는 퓨마가, 웨일스의 한 도시에서는 산양들이, 프랑스 코르스 해변에서는 소들이 산책길에 나섰습니다. 텅 빈 도시로 물범, 캥거루 같은 야생 동물들이 다니는 장면이 TV 카메라에 잡혔습니다. L. A. 어딘가에서는 코요테가 돌아다니는 사진이 인스타그램에 올랐습니다. 각 나라의 환경 지킴이들은 와중에 흥분합니다. 이산화탄소의 배출량이 크게 줄었다고 줄어든 양을 비교하느라 마치 코로나와 싸우는 의사들처럼 바쁜 것 같습니다.

"밀림을 파괴하고, 화석 연료를 한없이 쓰고, 생태계를 못살게 굴던 사람들 때문에 힘들었던 지구가 잠시 숨을 돌리기 위해 일부러 코로나를 퍼뜨린 거 같다. 인간은 지구에게 '코로나 바이러스' 같은 존재였던 모양"이라고 한 환경 지킴이는 넋두리합니다.

코로나와 델타 변이 바이러스가 계속 창궐하건 말건, 인간들을 경고하는 또 다른 바이러스가 나타나건 말건, 내년에도 또 그다음 해에도 봄날은 어김없이 올 것입니다. 꽃들은 태초부터 그들이 해 오던 대로 피어날 것입니다. 갈아엎든 말든 계속 꽃망울은 터질 것입니다.

> "초록에 한하여 나는 청탁淸濁이 없다. 가장 연한 초록에서 가장 짙은 초록까지, 나는 모든 초록을 사랑한다."_이양하

이렇게 '신록 예찬'을 하고 자연을 노래하는 이들이 점점 더 많아졌으면 좋겠습니다. 그리하여 그들의 목소리가 마침내 지구를 뒤덮어 모두들 잘못을 알아차리고 함부로 대했던 세상을 바꾸어 가는 큰 물꼬가 터졌으면 좋겠습니다.

봄이 간다커늘-
봄이 간다고 해서 술 싣고 전송 가니,
낙화 쌓인 곳에 가도 간 곳을 모르니,
버드나무 울울히 막처럼 드리워진
유막柳幕에 있던 꾀꼬리 이르기를,
어제 갔다 하더라

정조 때 『병와가곡집』에서 | 지은이 모름

봄날이 가고 있습니다. '어린애의 웃음같이 깨끗하고 명랑한 5월'이 가고 있습니다. 코로나라는 재앙이, 이 봄, 사람들의 정신을 번쩍 들게 하는 '죽비竹篦'가 되기를 소망합니다.

영국의 싱어송라이터이며 배우인, 해리 스타일스(1994-)가 2017년 발표한 싱글 앨범 『그때의 징조Sign of the times』의 한 대목입니다.

"기억해 모든 것은 다 잘 될 거야
♪ Remember everything will be alright ♬"

Sign of the times
Harry styles

나이 듦…, 그리고…

유럽을 자주 다닐 적, 짬이 날 때마다 많은 미술관을 돌아볼 수 있었던 것은 사는 데 큰 덤이며 행운이었다. 어디서 무얼 보았는지 헷갈리지만 요지경 돌아가듯 그 벅찬 그림들이 떠오를 때가 많다.

어느 때부터 정물화에 꽂혔다.

"잘 그린 사과는 잘못 그린 성모聖母보다 낫다."

오래전 돌아가신 미술 평론가 이일 선생에게서, 평생 사과를 많이 그린 세잔이 정물 예찬을 하면서 한 말이라고 우연히 들은 이후부터인 것 같다. 정물화는 마음을 차분하게 만드는 깊은 맛이 있다. 꽃, 과일, 책, 그릇. 어느 나라 어느 시대 어디 건 있는 소재들이 수더분한 친구 같아서 좋다. 우리 그림도 마찬가지다. '기명절지화器皿折枝畵'나 '책거리' 민화는 고졸하고 수수하지 않은가?

· 「Vanitas」 Harmen Steenwijck ⓒ Ludmiła Pilecka

그런데 느닷없이 사람 해골이 들어앉은 정물화들을 맞닥뜨렸다. 충격
이었다. 서양 미술 지식이 젬병이던 시절, 루브르에도, 런던 내셔널
갤러리에도, 특히 암스테르담이나 플랑드르의 미술관에서 쉽게 볼 수
있었던 해골들이 도드라진 정물화는 기괴하기만 했다. 바니타스^{Vanitas}
그림이라는 것을 후에 알았다.

'공허함'을 뜻하는 라틴어의 바니타스. "헛되고 헛되며, 헛되고 헛되
니 모든 것이 헛되도다." 『구약』 전도서 1장 2절을 바로 그림으로 옮겨

놓은 것이다. 17세기 종교 개혁으로 더 이상 종교화를 안 그리게 되면서 네덜란드, 벨기에 쪽 화가들은 삶의 허무함, 물질과 재물의 덧없음 그리고 '피할 수 없는 죽음'을 바로 보기 시작했다. 해골, 촛불, 책, 꽃 등은 허무의 상징이었다.

바니타스는 "너는 반드시 죽는다는 것을 기억하라."는 라틴어 '메멘토 모리Memento mori'의 경구를 잊지 말고 '더 겸허히 살라'는 메시지도 담고 있다. 해골은 바로 얼마 후의 당신의 모습이니까. 경건한 그림이다.

노인 의학 전문의인 캘리포니아 대학의 여교수 루이즈 애런슨이 쓴 『Elderhood』란 제목의 책이 2019년 발표되었다. 뉴욕 타임스 비소설 부문 베스트셀러가 됐다. 우리나라에서는 『나이 듦에 관하여』란 이름으로 나왔다. 800페이지가 넘는 방대한 보고서. 다 읽을 엄두가 안 나 목차를 보며 이곳저곳을 뒤적였다. 이런 대목이 있었다.

> "삶에서 무엇이 가장 가치 있다고 생각하는지 물으면 사람마다 대답이 다르다. 그러나 성찰 주체가 죽음으로 바뀔 경우 백이면 백, 마음의 준비가 된 상태에서 편안하고 자연스럽게 죽는 것을 최상의 죽음으로 꼽는다는 것이다."

*

『달 너머로 달리는 말』, 작가 김훈이 펴낸 책이다. 신화적 상상력으로 써 내려간, 먼 옛날, 역사에 없는 유목민 나라와 농경민 나라의 대결이 얘기의 기둥이다.

…왕은 별이 밝으니 새벽바람을 쐬러 가자고 말했으나 쪽배를 타고 나아가 바다에 닿는 하구 쪽으로 스스로 사라지려는 것이었다. 오래전에 끊긴 돈몰殿沒의 풍속을 따라 왕은 나하奈河 하구 명도에 자신의 백골을 버릴 작정이었다.

…교군들이 가마를 들어 배 위에 얹었다. 배는 물결에 실려 강으로 나아갔다. 교군들이 물가에서 멀어져 가는 배를 향해 무릎 꿇고 절했다. 왕이 돌아보며 말했다. "돌아가라. 춥다."

소설 속 구절들이다. '돈몰', 늙은이들이 새벽에 강물을 따라 어느 날 문득 사라지는 것. 아무것도 남기지 않는다는 말이란다.

＊

『사도의 8일』, 영조의 아들이자 정조의 아버지인 사도 세자. 뒤주에 갇힌 채 죽음을 맞이하는 사도와, 이를 지켜볼 수밖에 없는 부인 혜경궁 홍씨의 여드레 동안의 얘기를 그린 조성기의 장편 소설이다. '생각할수록 애련한'이란 부제가 붙어 있다.

뒤주에 갇힌 지 8일 째, 마지막 날의 얘기다.

누가 또 뒤주를 흔든다. 그냥 죽은 척 가만있어 볼까. 이번에는 뒤주가 더 세게 흔들린다. 내 머리가 뒤주 벽에 부딪혀 나도 모르게 그만 "어." 소리를 낸다.

"끈질기게 살아 있네."

그리운 누님 화평 옹주가 조용히 미소 띤 얼굴로 나를 향해 손짓하고 있다. 말할 수 없는 화평이 뒤주에 가득 차오른다. 누가 또 뒤주를 흔들어 화평을 흩뜨려 놓는다. "흔들지 마라! 어지럽다."

사도는 이렇게 스물일곱 해 이승을 떠난다.

출판사와 파버카스텔이란 필기구 업체가 서로 뭐가 통했는지 이 책을 옮겨 쓰는 '아름다운 손글씨 전시회'를 열었다. 시끌벅적하지 않은 조용한 행사였다. 상을 받은 이들의 전시를 둘러봤다. 글씨는 쓰는 사람을 그대로 드러낸다. 죽음에 이르는 사도의 모습이 느리디느리게 쓴 손글씨를 통해서도 애련하게 묻어난다.

*

회사는 다 다르지만, 대외 커뮤니케이션을 맡았던 이들의 작은 모임 'PRAD'가 있다. 30년 가까이 됐다. 얼마 전 중앙 매스컴에서 편집 책임자와 대표를 지내 우리와 스스럼없는 최철주 선생을 저녁 자리에 모셨다. 딸과 아내, 사랑하던 두 여인을 같은 해에 모두 떠나보낸 그에게 우리는 '죽음'에 대한 얘기를 청했다. 『존엄한 죽음』, 『이별 서약』 등 여러 권의 책을 펴낸 그는 '웰다잉Well-Dying' 전도사다.

"살 때까지 살 것인가, 죽을 때까지 살 것인가."

밤늦게까지 두런두런 얘기를 나누었다. 죽을 때까지 사는 연명 치료가 아니라 아름다운 마무리를 위한 '죽음 공부'를 짧게 했다. 저녁 자리에서 한잔씩 걸친 탓인지, 우리는 그 밤, 더 숙연해졌다.

비범한 문학 평론가 김현은 서른도 채 못 돼 세상을 등진 시인 기형도의 첫 시집이자 유고 시집의 제목을 『입 속의 검은 잎』으로 정했다. 해설도 같이 했다.

> "사람은 두 번 죽는다. 육체가 죽을 때, 그리고 그를 기억하는 사람들이 다 없어졌을 때, 죽은 사람은 다시 죽는다."

김현도 1년여 더 있다 기형도의 뒤를 따랐다. 마흔여덟이었다. 사람들은 아직 두 사람을 잊지 않고 있다. 아직 그들은 한 번만 죽은 것이다.

중국의 대표적 사상가이자 작가인 루쉰魯迅 (1881-1936)의 글에서 읽었다며, 중국인보다 중국인을 더 잘 안다고 알려진 김명호 선생이 『중국인 이야기』에서 쓴 글.

> 자손 귀한 집에 손자가 태어났다. 주변 사람들은 아이를 보고 백 살은 살겠다, 부자가 되겠다, 왕후장상이 되겠다, 덕담을 늘어놓았다. 모두 불확실한 말이지만 아버지는 기분이 좋아 진수성찬을 대

접했다. 제일 끝자락에 앉은 사람은 앞에서 온갖 좋은 말을 다 했기 때문에 마땅한 말이 떠오르지 않았다. "이 아이도 언젠간 죽겠군요." 집주인의 얼굴이 일그러졌고, 결국 내쫓겼다. 확실치도 않은 말을 늘어놓은 사람은 극진한 대접을 받았고, 진실을 말한 사람은 쫓겨났다.

- 이어령 선생은 "희랍어에서 온 단어, 자궁 '움 womb' 과 무덤 '툼 tomb' 은 놀랄 만큼 닮아 있다. 인간은 태어나는 게 죽는 거다." 라고 말한다. "젊은이는 늙고, 늙은이는 죽어요." 수십 년 전 처음 뵈었을 때나, 치료를 사양한 채 암을 데리고 살고 계신 지금이나 카랑카랑한 쇳소리는 여전하시다.

- 박범신의 소설 『은교』, 소녀의 싱그러움에 빠져든 노시인은 말한다. "너의 젊음이 노력으로 얻은 상이 아니듯, 나의 늙음도 잘못으로 받은 벌이 아니다."

- 제주에서 유배 중이던 추사가 제자에게 보낸 서한이다. "어제는 오늘과 비슷한데 왜 올해는 작년과 다르게 느껴지는지."

- 덴마크 철학자 키르케고르는 『죽음에 이르는 병』에서 '절망'이 바로 죽음에 이르는 병이라고 했다. 그리고 그 병은 신앙에 의해 치유될 수 있다는데.

- 프랑스의 사상가이자 대표적 도덕주의자인 몽테뉴는 현명하게 나이 들고 의연하게 죽음을 맞이하는 법에 관해 『수상록』에 썼던 글을 발췌하여 1580년 『나이 듦과 죽음에 대하여』를 엮었다.

"죽는 법을 모른다고 걱정하지 마라. 자연이 충분히 알아서 잘 가르쳐 줄 것이다. 그것 때문에 공연히 속 썩을 필요는 없다."

✻

코로나 바이러스는 현미경으로나 볼 수 있는 미물이다. 그 미물이 가진 자와 못 가진, 배운 사람과 못 배운, 동쪽과 서쪽, 피부색, 76억 마리 호모 사피엔스들의 그 완연한 다름들을 단번에 없앴다. 인류가 오래 염원했으되 이룰 수 없었던 '평등한 세상'을 만들어 놓았다.

그런데 그 평등은 혼란이었다. 사람들은 '살아가는 것'에 대해 해 왔던 깊거나 또는 얕은 성찰들을 코로나 덕에 되새김질하기 시작했다. 수명이 점점 늘어나는 것 때문에 가뜩이나 생각들이 더 많아졌었는데, '나이 듦'과 '죽음'에 대해 이전과는 다른 더 진솔한 묵상을 하며 낮게 더 낮게 낮아지는 연습을 하고 있다.

견마지치犬馬之齒란 말이 있다. 개나 말처럼 헛되게 나이만 더해졌다는 자학적인 말이 아니다. 나이 들었음을 겸손하게 이름이다. 그런 겸허한 마음으로 나이 듦을, 죽음을 과연 어떻게 맞을 것이냐를 생각해 보시라. 철학자처럼 깊이 사유하시라. 이런저런 의견들이야 많지만 스스로 답을 찾으시라.

진신사리 | 홍사성(1951-)

평생 쪽방에 살던 중국집 배달원이
교통사고로 사망했습니다
고아였던 그는 도와주던 고아들의 명단과
장기 기증 서약서를 남겼습니다

시간 길어 올리기 1

　그해, 여름은 없었다. 장마는 점령군처럼 밀고 들어와 반도의 여름을 빼앗았다. 무서운 폭탄으로 그들은 무장했다. 게릴라처럼 국지전에 능했다. '장미'라는 얄미운 이름을 가진 타이푼까지 후방을 떠받쳤다. 그들은 동서로 이어진 두터운 전선을 기동력 있게 남북으로 수시로 이동시켰다. 거의 두 달 가까이 진주했다. 훨씬 전부터 번지던 역병은 빨치산이었다.

　그해 장마는 모든 면에서 '역대급'이었다. 산과 들, 도시와 지방을 닥치는 대로 쓸어 버리고, 뿌리가 허술한 산들을 골라 허물어트렸다. 폭탄을 직접 맞거나 그 언저리에서 징하게 당한 사람들은 허망하기 짝이 없었다. 특히 하루 지나 반짝하고 햇볕이 폐허를 비추면 사람들은 헛것을 본 것처럼 눈동자가 풀려 버렸다. 어제 방으로 밀려들어 왔던 물은 언제 빠지고 벽에 금만 남겨 놓았다. 입은 벌렸지만 신음은 목 안으로 말려 들어갔다.

화개 장터를 덮어 버린 물은 경상도 물도 전라도 물도 아닌 그냥 물이었다. 물이 빠지자 경상도 쓰레기, 전라도 쓰레기 더미는 엉켜 있었다. 수십 킬로미터까지 떠내려가던 어떤 소는 뭍이 보여 성큼 올랐는데 농가 지붕 위였다. 지붕에서 버티던 그 소는 구조되어 새끼를 두 마리 낳았다. 그 뉴스가 전해지자 어미 소를 잡아먹지 말고 자연사하게 두자는 목소리가 커졌다.

만추를 향한 설렘을 안으로, 안으로 감추고 송글송글 익어 가던 과일들은 문드러졌다.

> "비는 분말처럼 몽근 알맹이가 되고, 때로는 금방 보꾹이라도 뚫고
> 쏟아져 내릴 듯한 두려움의 결정체들이 되어 수시로 변덕을 부리
> 면서 칠흑의 밤을 온통 물걸레처럼 질펀히 적시고 있었다."

윤흥길의 중편 소설 「장마」의 첫 문장처럼, 그렇게 비는 줄창 내렸다. 『비는 수직으로 서서 죽는다』는 의사 시인 허만하(1932-)의 시집이 생각났다.

한강에 걸려 있는 서른 개가 넘는 다리는 모두 다리를 물속으로 숨겼다. 한강 철교 북단 둔치에 서 있는, 타이어를 잘게 잘라 만든 조각가 지용호의 '북극곰'의 포효도 물에 잠겨 초라해졌다. 동작 대교 아래 덤

불에 몸을 숨기고 매일 색소폰 리사이틀을 즐기던 사내는 공연장을 진작 빼앗겼다. 여자 친구의 무릎을 베고 도란거리던 벤치의 젊은 연인들도 돈 안 드는 데이트를 접을 수밖에 없었다. 작은 인공 수초 섬을 근거지로 했던 오리 가족들은 과감하게 둔치 위쪽을 넘보며 영역을 넓혔다. 라면 맛이 좋다고 소문났던 편의점은 간이 화장실까지 모두 지게차들에 의해 높은 곳으로 옮겨진 후에도 키 높이를 조정하는 재주를 부리며 자리를 버텼다.

그런데 사람들은 매정했다. "유전자의 복제 욕구를 수행하는 이기적

지용호 作「북극곰」은
둔치에 안 어울릴 것
같으면서도 잘 어울린다.

생존 기계"•로서의 '이기적 유전자Selfish Gene'를 가진 인간이 아니라 사람들은 그냥 '이기적'일 뿐이었다. 뉴스에 나오는 황망한 피해 지역을 보면서 "저를 어쩌나.", "저럴 수가", "아유, 가엾어라." 혀를 차고 안쓰러워하다가 뉴스가 바뀌면 금세 내 안온으로 돌아왔다.

폭격권에서 빗겨 있던 사람들은 무장 해제 되었다. 딱히 할 일이 없었다. 머무를 집이 있다는 것이 다행이라고 새삼 느꼈다. 쳇바퀴 생활에 옴치고 뛸 수 없던 그들은 오랜만에 '정적靜的 활동'의 기회를 늘렸다. 책을 읽는 이들도 부쩍 많아졌다.

방바닥을 뒹굴거리거나 손깍지 베개를 한 채 천장을 보고 멍때리다가 그마저 심드렁해지면 넷플릭스 영화를 틀고, IPTV나 유튜브로 다큐멘터리나 스포츠, 오페라나 오케스트라를 즐긴다. 인터넷 라디오 방송을 오디오와 연결해 만국의 음악, 온갖 장르의 음악을 즐기는 코즈모폴리턴들이 세를 넓혔다. 평소에는 '이번 주말에는 그 영화를 보아야지, 저걸 보아야지.' 하다가 막상 주말이 되면 밖으로 나가던 사람들도 비 때문에 갇혀 버리자 모두 리모컨을 손에서 놓지 않았다.

그러다 보니 새로운 일상은 즐길 만했다. 손바닥 안에서 〈비의 나그네〉니, 〈창밖에는 비 오고요〉니, 송창식의 목소리가 퍼 날라졌다. 저승의 김현식은 〈비처럼 음악처럼〉을 이승에서 부르느라 바빴다.

• 리처드 도킨스 『이기적 유전자』

언제 적 진 켈리까지 튀어나와 탭 댄스를 추어 대며 〈싱잉 인 더 레인〉을 불렀다. 비와 연관된 음악들이 나와 사방으로 날아다녔다. 조성진이 치는 쇼팽의 〈빗방울 전주곡〉, 가브리엘 포레의 〈시실리안느〉, 쇼팽의 〈야상곡〉, 취향 따라 사람들은 "이 음악이 비 올 때 들으면 제격이니, 이 정도는 들어 줘야 되니…" 어쩌고 하며 권하고 듣고 또 퍼 나르고 하기를 아마도 셀 수 없이 많이 반복했으리라. 시를 끄적이거나 곡을 쓰는 이들도, 기타 줄을 튕기거나 캔버스를 마주하거나, 먹물에 붓을 적시거나, 뜨개질을 하거나, 하모니카를 부는 사람도 있겠지.

술을 홀짝거리면서 음악을 들으면 느낌은 배로 커졌다. 무겁고 단단한 탄닌의 맛, 벨벳처럼 목 넘김이 부드러운…, 들은풍월을 안주 삼아 와인을 마셨다. 혀뿌리에 맛이 배어드는 커피, 상큼한 허브티를 곁에 놓고, 사람들은 점령군의 횡포를 잠시 잊었다. 장마 세상을 비껴 나 딴판을 즐기는 이들이 늘어났다. 실로 오랜만에 비가 주는 낭만이라고 사람들은 장마에 젖어 들어 갔다. 그렇게 그해의 빼앗긴 여름은 지나가고 있었다.

호모 루덴스, 사람들은 '놀이하는 인간'이 맞는 모양이었다.

  비의 나그네
송창식

 Chopin Prelude in D flat major
Op.28 No.15

*

　이도 저도 싫증이 날 때쯤 나는 '시간 길어 올리기'를 시작했다. 큰 가오리연 줄처럼 두레박줄을 길고 길게 엮어 시간의 우물, 저 밑바닥까지 늘어뜨려 옛날을 길어 올렸다. 신났고, 아프지만 팔딱팔딱했고, 기쁜 나의, 슬픈 우리 젊은 날의 시간들이 두레박을 타고 올라왔다.

　소처럼 되새김질 끝에 내 앞에 펼쳐진 옛적, 그 시간의 형상들을 나는 보듬어 주었다. 지금 보면 부질없는 일이었는데, 그때는 왜…,

그대여 아무 걱정 하지 말아요
그대 아픈 기억들 모두 그대여
지나간 것은 지나간 대로 그런 의미가 있죠

　걱정하지 말라는 전인권의 쇳소리에 힘입어 두레박 안을 또 들여다보았다.

　열정과 분노, 용기와 좌절, 욕망, 번뇌, 이런저런 것들이 내 젊은 날의 앞자리에서 심하게 뒤엉켰었지. 그러나 조금 더 곱씹어 보면, 열정은 분노와 한 몸이 되었고, 욕망과 좌절은 서로 얽혔다. 애환은 낭만과 두루뭉술됐고 모든 것들은 이리저리 섞여 버렸다. 어느 순간 그 얽힘

걱정 말아요 그대
전인권

274

과 설킴은 하나로 뭉뚱그려졌다. 두레박 안에는 결국 '그리움'이란 추상만 남아 있었다.

"사랑과 증오가 결합해 연꽃이 되고, 후회와 이기주의가 결합해 사슴이 되었다."라는 이왈종의 그림이 갑자기 떠올랐다.

윤흥길은 국군 아들을 둔 외할머니가 빨치산 아들을 둔 친할머니 집에 피난을 와 신세를 지게 되면서 겪게 되는 비극과 갈등과 화합의 과정을 긴 '장마' 속에 버무려 넣었다. 국군 외아들의 죽음 소식이 전해지자 외할머니는 "빨갱이는 다 죽어라." 저주를 퍼부었고, 그날 비도 같이 퍼부었다. 이를 보고 빨치산 아들을 떠올리며 사돈에게 노발대발한 할머니의 분노 속에 장마는 엉켜졌다. 빨치산 아들이 돌아온다고 점쟁이가 예언한 날, 난데없이 구렁이가 집 안으로 들어오는데 이를 본 할머니는 졸도하고, 외할머니는 구렁이에게 다가가 말을 건네며 달랜다. 할머니의 머리카락을 불에 그을리고 그 냄새에 구렁이는 대밭으로 사라진다. 그 후 할머니는 외할머니와 화해하고 일주일 후 숨을 거둔다. "정말 지루한 장마였다." •

• 소설 〈장마〉의 마지막 문장

'밥'에 대한 심오하면서도 쪼잔한 탐구

• 그 하나.

제법 큰 여행사, 라틴계로 보이는 갈색 눈동자의 창구 여직원은 "무슨 일인지 모르겠네요. 항공편이고 호텔이고 한 자리, 한 방도 안 나와요. 라인 고장도 아닌데 암튼 낼 다시 와 보세요." 자기 잘못이라도 되는 양 미안해했다.

1996년 파리에 얼마간 머물던 때 2박 3일 짬을 내 아일랜드 더블린 여행 계획을 세웠다. 꼭 그날 가야만 해서 출발일을 지정해 주었다. 며칠 같은 말만 하던 그녀는 다음 날, 항공편은 한 자리 겨우 잡았는데 호텔은 도저히 안 되니 알아서 하란다. '설마 방 하나야…' 하는 생각으로 더블린 공항에 도착했다. 크지 않은 공항은 그날만 유독 그랬는지 완전 시장 바닥이었다. 초여름 어스름 무렵, 초행인 나는 방 구할 걱정에 주눅이 더 들었다. 배배 꼬인 긴 줄은 여행안내 데스크. '아휴, 저걸 언제 기다리나.' 하는데 빠르게 줄이 짧아졌다. 부지런하고 강한 독일 아줌마, '슈바벤 주부'라는 단어를 뜬금없이 떠오르게 했던 덩치 큰 창구 아줌마는 호텔이라고 "호-" 하는 순간 "노 룸 투나잇."이라고 판사처럼, 로봇처럼 단호하게 선언했다. 알고 보니 토요일인 다음 날, 더블린에서는 유러피언 투어 골프 대회의 최종일, 그리고 1982년 해체 됐다가 1994년 재결성한 후 세계 투어에 나선 록 그룹 이글스의 공연이 있는 날이었다. 그래서 그랬구나. 시내에 가 봐야 작은 호텔까지도 꽉 찼다는 그녀의 말에 '그럼 대합실 의자뿐이 없네.' 하며 창구 앞에 난감하게 앉아 있는데, 그 '독일 아줌마가' 손가락을 까딱하며 나를 불렀다.

"지금 방이 딱 하나 나왔다. 방값이 엄청 비싼데 빨리 결정해라."

더블린 시내 리피강 변 하페니 다리 너머에서 찾은 호텔에 들어서자 로비 바에서 이글스의 〈호텔 캘리포니아〉가 흐르고 있었다. 분위기에 취해 검은 기네스 생맥주를 한 잔 걸쳤다. 〈호텔 캘리포니아〉는 1994년 캘리포니아 버뱅크 스튜디오에서 처음 연주된 어쿠스틱 버전이었다. 더블린의 분위기와 맞는 것 같았다.

하룻밤 자고 나니 방값은 삼분의 일이 되었다.

Hotel California
Eagles

아일랜드를 가고 싶었던 이유는 심플했다. 나는 같은 시대에 같은 장소에서 천재 같은 인물들이 쏟아져 나오는 것에 대한 '외경'과, 해답을 찾고 싶은 호기심을 갖고 있었다. 고대 그리스 큰 형님들, 르네상스 시기 메디치가를 통해 쏟아져 나온 피렌체의 천재들이 그렇고…; 한반도 남쪽보다 훨씬 작은 이 나라에서 제임스 조이스, 윌리엄 예이츠, 오스카 와일드, 버나드 쇼, 사뮈엘 베케트가 불과 50년 새에 줄줄이 나오다니. 노벨상을 받은 작가훨씬 뒤에 받은 셰이머스 히니까지들의 자료들을 중심으로 알차게 꾸며진 시내의 '더블린 작가 박물관'도 좋지만, 나는 그들의 땅을 꼭 한번 보고 싶었던 것이다. '봐 봤자 뭘…'이지만.

지명이 전혀 기억이 안 나는데여행 노트가 든 가방을 뒤에 파리 공항에서 들치기당했다, 더블린에서 차로 꽤 떨어진 한 해변 마을을 찾아 나섰다. 땅이 시커먼 것으로 기억나는 걸 보아 아마 이탄 습지泥炭濕地였으리라. 이끼, 히스 같은 식물들이 자라고 죽어 서서히 썩고 분해되고 가라앉아 이탄의 퇴적층이 생긴다. 가래로 이탄을 떼어 말려 겨울에 향 좋은 연료로도 쓴다. 암울한 이탄 벌판 끝, 단애斷崖를 후려 치는 아일랜드해의 파도와 바람이 그들을 잉태했었나? 남서풍이 획 하고 불어왔다.

늑늑한 바람을 맞으며 습지에 서 있던 나는, 19세기 중반 백만 명을 굶어 죽게 한 '아일랜드 대기근Great Famin'이 아마도 내 의문을 풀어 줄 고리가 아닐까 상상했다. 역병까지 겹쳐 고향을 등졌던 사람 또한 백여만 명, 암울이 작은 섬 전체를 휘몰아쳤던 바로 그 시기에 그들은 태어나서 자라고 영글어 갔다. 잎이 마르는 돌림병으로 다 죽어 버린 감자의 한을 안고, 아일랜드 문학은 그 척박하고 음습한 대지에 뿌리를 내렸나? 고난과 가난의 상징에서, 대문호들을 품은 자궁으로 습지는 그 의미를 확장시켰나? 참을 수 없이 가벼운 내 감성이 또 스멀거렸다.

아일랜드 이탄 습지에서는 아주 오래 묵은 땅 내음이 나는 것 같다. ⓒ Christian_Birkholz

배고픔이 주는 보편적이고 치명적인 아픔, 그 고통을 안은 땅이 결국 위대한 문학을 배태했다고 헤아리면서 나는 짧은 여로를 갈무리했다.

✳

• 그 둘.

경북 영천에 육군 정보 학교가 있었다. 1968년 나는 군사 정보반에서 6주짜리 교육을 받는 '쫄병'이었다. 우리가 수료하는 것을 끝으로 같이 있던 헌병 학교니 행정 학교니 모두 경기도로 옮기는, 우리는 전통의 육군 종합 행정 학교, 영광스러운 마지막 기였다.

그런데 '마지막'이 문제였다. 무지막지하게 배가 고팠다. 보급된 정량의 절반 정도가 중간에서 사라지고 나머지만 우리 입으로 들어왔다. 도저히 견디기 힘든 아귀 직전의 청춘들이었다. 믿기지 않겠지만 잔반통을 뒤지는 애들도 제법 있었다. "저것도 방법일세." 따라가려는 마음을 붙잡아야 할 정도로 힘든 시절이었다. 결국 빨리 배식받아 빨리먹고 한 번 더 줄을 서는 잔머리를 택했다. 몇 차례 재미를 보았지만 긴꼬리가 취사반장 발에 밟혔다. 맨손과 발로만 찰지게 맞았다. 잘 버텼다. 추석 즈음 휘엉청 보름달 아래 보초를 선 그 밤. 나는 굶주림, 억울함, 처량함, 분노, 모멸감, 적개심, 뭐가 더 없나? 모든 감정들이 골고루 섞인, 나라가 주는 종합적 눈물을 제대로 한번 흘렸다.

핸드폰을 쓸 수 있고, '내일이 아들 생일이니 미역국 좀 끓여 주고, 사진 찍어 카톡에 좀 올려라', '우리 애 훈련 많이 시키지 마라', 헬리콥터 엄마의 요구가 부대장에게 전달된다. 병장 봉급을 백만 원으로 올려 주겠다는 공약까지 나오는 요즘으로 보면 곰과 호랑이가 동굴에서 쑥과 마늘 먹던 시절이 될랑가?

✳

• 그 셋.

먹을 것을 찾아 이곳저곳을 날아다니는 파리는 오래된 해충인 모양이다. 이천오백여 년 전, 공자가 시를 모아 엮은 『시경詩經』에도 등장하는 걸 보니….

'승영蠅營'에서 '승蠅'이 바로 파리다. 쉬파리처럼 앵앵거리며 먹이를 찾아다니는 사람을 그렇게 비유했다. 훨씬 뒤 당나라 때 한유韓愈라는 문인이 승영 뒤에 구구狗苟를 덧붙여 '승영구구'라는 말이 생겼다. 구구는 먹이를 보고 딴 놈이 가로챌까 봐 두려워 허겁지겁 먹어 치우는 구차한 개_{요즘 개보다 못한 사람들이 하도 많아 개 같은 사람이면 괜찮은 사람이 되고, 애견인이 너무 많아 얘기하기가 송구스럽지만}의 모습이다. 개를 쉬파리와 같은 반열에 올려놓다니, 노여운 분들이 계시다면 당나라 때 개는 그랬으려니 하고 접어주시길.

'승영구구', 공자 때나 당나라 때나 오늘이나 '먹을 수 있는 모든 것'에 껄떡거리는 사람들이 많은 것은 한결같다.

✳

• 그 넷.

정보 학교를 마치고 경기도 포천 이동면, 지금의 갈비 마을의 신병 교육대로 넘겨졌다. 그때는 밥도 넉넉했는데도 왜 배 속이 그리 비었는지. 그러나 집에서 우편환으로 보내온 돈이 제법 수중에 있어 식사하자마자 피엑스PX로 달려가 빵을 사 먹는 즐거움은 힘든 훈련을 잊게 했다. 키가 무척 큰 옆자리 동료는 덩치 때문인지 나보다 더 배고파했는데 나는 그에게 빵을 나누어 주는 호기도 부렸다. 내 수중의 돈은 얼마 안 가 떨어졌다. 그러나 별걱정 안 한 게 키다리가 돈 찾으러 가는 모습을 보았기 때문이다.

내 주머니는 비고 그의 주머니는 두둑해진 어느 날, 저녁 식사를 마치자마자 키다리는 PX로 뛰어갔다. 잽싸게 그를 쫓았다. 그는 나를 흘깃 보았고 나는 멋쩍은 웃음을 흘렸는데, 이럴 수가, 그는 나를 쳐다보지도 않고 돌아서더니 빵을 먹기 시작했다. 다음 날, 어쩔까 하다 '어제는 날 못 봤었겠지.' 하며 또 따라갔는데 어라, 똑같은 시추에이션이 벌어졌다. "야, 빵 좀 안 줘?" 했으면 얻어먹었겠지만 어떻게 지켜 온 순결인데…, 자존심이 빵보다 앞에 있었다. 비참함과 모멸감은 영천 이후 두 번째이자 마지막이었다. 배고픔도 싹 달아났다. 나는 그 후 그에게 눈길조차 안 주었다. 교육을 마치자마자 헤어졌다.

사람으로 살아가기는 간단치가 않게 마련이지. 그로부터 25년쯤 됐을까? 수원 지방 터줏대감인 사돈 상가에 간 날, 그 지역 국회의원이 문상을 오셨는데 마침 아는 분이라 인사를 나누는 내 시야에 웬 낯익은 키다리가 들어왔다. 바로 그 '빵'. 비서관인 모양이었다. 그도 날 알아보는 듯했지만 왠지 겸연쩍어 모르는 체했다. 얼마 후 북경 다녀오는 비행기 안에서 그를 또 만났다. '운명의 장난' 급 상봉이었다. 에이,

이제는 성질 급한 내가 먼저 알은체를 했다. "너, 누구지? 나, 아무개." 물론 그도 나를 알아보았다. 세상 그런 어색한 만남이 어디 있으랴? 내가 내민 손에는 묵은 독이 묻어 있었다.

아! 빵 한 조각에 꼬여 버린 이 옹졸함이여. 또 그걸 몇십 년 동안 움켜쥔 '승영구구' 같던 내 그 젊은 날이여. 그는 옛일을 아마 벌써 잊었으리라. 나만 미련한 미움을 갖고 있었구나. 더께 낀 오래 묵은 때를 나는 비로소 비행기 안에서 벗겨 냈다.

*

• 그 다섯.

사슴은 특이한 동물이다. 맛있는 음식과 마주치면 꼭 동료를 불러 나누어 먹는 습성이 있다고, 또 '중국', 또 '공자님', 또 『시경』은 얘기한다.

'유유녹명呦呦鹿鳴', 유유는 의성어다. 사슴이 동료들을 부르는 소리다.

"얘들아, 여기 맛있는 다북쑥이 있으니 어서들 와라. 같이 먹자."

자기 새끼 걷어 먹이는 어미 본성이야 모든 동물들은 갖고 있지만, 야생에서의 짐승들은 대부분 먹이가 있으면 누가 안 오나 하며 허겁지겁 먹고 남으면 어디에든 숨겨 뒀다 나중에 또 먹거나 썩혀 버린다. 둘러보면 앵앵 쉬파리도, 구차한 개도, 개 같은 사람도 많고 많지만, '유유…' 사슴들도 많고 많다. 두루 섞여 부대끼며 살아가니 재미있는 세상 아닌가?

나는 영장목目‒사람과科‒사람속屬‒사람종種인데, 만에 하나 극‒극‒
극한적 '밥' 상황이 벌어진다면 나는 또 어디로 더 분류될까?

밥 │김지하

밥은 하늘입니다
하늘을 혼자 못 가지듯이
밥은 서로 나눠 먹는 것
밥이 하늘입니다
하늘의 별을 함께 보듯이
밥은 여럿이 같이 먹는 것
밥이 하늘입니다
밥이 입으로 들어갈 때에
하늘을 몸속에 모시는 것
밥이 하늘입니다
아아 밥은
모두 서로 나눠 먹는 것

쓴다

"어휴, 내가 시집살이한 얘기는 책으로 써도 몇 권을 엮을 수 있단다."

"6.25 때 고생고생한 얘기, 책으로 한번 풀어 보랴? 만리장성이지."

"느이 애비, 속 썩인 얘기 다 쓰다가는 내 속이 문드러지지."

많이 들어 본 말들이다.

그렇게 사람들은 은연중에 글을 쓰고 싶은 잠재적 욕망이 있는 것 같다. 기성세대들은 쓰다 보면 행복했던 일들보다는 '한恨 많은 대동강' 같은 얘기들을 더 하게 되지만, 그냥 내 지난 얘기, 하고 싶은 얘기를 넋두리처럼 또는 회상처럼 쓰고 싶어 한다.

요즘 개인의 회고록을 대필해 주는 출판사도 있다. 글쓰기 교실도 '문화 센터'마다 있다. 은퇴 후 자신이 살아온 길을 엮는 이들도 많다.

5년 차 현직 소방관 조이상은 『오늘도 구하겠습니다』라는 책을 냈다. 전북 전주에서 시내버스를 운전하는 허혁의『나는 그냥 버스 기사입니다』, 1983년생 장신모 경감이 쓴『나는 여경이 아니라 경찰관입니다』, 유품 정리사 두 명은 '떠난 이들의 뒷모습에서 배운 삶의 의미'라는 부제가 붙은『떠난 후에 남겨진 것들』을 펴냈다. 평범한, 전문직 직장인들이 쓴 일하면서 겪고 생각한 얘기들을 진술하게 풀어 간 책들이 읽히고 있다. 책 펴내기, 글쓰기는 더 이상 특정한 사람들만이 할 수 있는 특별한 일이 아닌 것이다.

미국에 살고 있는 지인 한 분은 6백 페이지 분량의 대작『아들에게 들려주는 아버지의 이야기』라는 제목의 책을 은퇴와 함께 펴냈다. '결코 평범치 못했던 시대를 살아온 한 평범한 사람의 이야기'라는 부제가 달렸다. 이 책은 물론 개인의 일생을 회고한 기록이지만 우리 근세사를 관통했던 엄혹했던 권위주의 정권 시절, 자유 언론을 지켜 내기 위해 싸웠던 그가 몸담았던 언론계의 사건들도 마치 사관史官의 시선처럼 냉정하고 담담하게 기록되어 있다. 세계 '빅 4 회계 법인' 가운데 한 곳에서 파트너로 일할 때 직접 겪은 1993년 '뉴욕 월드 트레이드 센터 폭탄 테러'의 현장 상황은 기자의 감각으로 쓴 르포르타주다. 한 시대 두 나라에서 겪었던 범상치 않은 역사적 사건들과 개인사를 날줄과 씨줄로 엮었다. 야사野史를 넘겨볼 수 있을 정도로 튼실한 책이 된 것이다. 이 책은 저자가 직접『A Fathers' Story, As Told To His Son』이라는 제목으로 번역해 페이퍼백으로 출판했다. 이후 아마존 킨들에도 올라가 독자층을 넓혔다.

부산 출신의 친구 한 분은 '토박이도 모르는 부산의 숨은 이야기'라는, 부제만 보아도 흥미로운 책을 쓰고 있다. 아마 부산 곳곳을 누비며 얘기들을 모으는 작업이 한창 진행 중일 게다.

돌아가신 지 이제는 오래되었지만, 내 이모님은 당신 한평생의 자잘한 기억들을 모아 구순九旬에 책을 펴내셨다. 『90세 할머니의 조롱박 이야기』라는 제목의 그 책은 어느 문필가의 글보다 담백하고 재미있다. 어린 시절의 광화문 풍경, 여고 시절의 풋풋한 기억들, 평생 스물여섯 차례인가 다닌 이사의 족적들, 소소하고 재미있는 에피소드들이 보태지도 빼지도 않고 꾸밈없이 기록되어 있다. 소박함은 좋은 글의 최대의 무기가 되는 것이다.

고모님 한 분도 평생 다녔던 해외 여정을 엮어 팔순 중반에 『생물학 교수의 서툰 여행일기』라는 책을 펴냈다. 이 책 역시 여행지의 풍물과 만났던 사람들과의 얘기들을 모아 놓다 보니 누구든 편안하고 재미있게 읽을 수 있다.

일본의 작가 무라카미 하루키 얘기다. 처음 소설을 시작할 때 문장이 풀려 나오지 않아 꽤 애를 먹었다고 한다. 영문학을 전공하고 뒤에 미국 소설 등을 많이 번역해 영어가 자신 있었던 그는 일본어 대신 영어로 소설 앞부분을 써 내려갔다. 그리고 얼마를 쓰다가 영어를 일본어로 번역했다. 그랬더니 문체와 표현 방법이 달라졌다고 했다. 문학지

『군조群像』 신인상을 받은 그의 데뷔작 「바람의 노래를 들어라」는 그렇게 탄생되었다.

글 쓰는 방법도 여러 가지이다.

옛날 글 잘 쓰는 언론계 한 선배는 어깨의 힘을 빼고 쓰라고 주문을 했다. 감각적 얘기지만 어깨에 힘이 들어간 글은 매끄럽지 못하고 뻑뻑하다는 지적일 게다. 모든 운동에서 힘을 빼라는 주문과 다름이 없다.

하루키는 또 얘기한다. "악기를 연주하는 마음으로, 리듬을 확보하고, 멋진 화음을 찾아내고, 즉흥 연주 하듯" 글을 쓰라고.

나도 글을 쓴다. 글을 더 쓰고 싶다. 깊은 우물에서 퍼 올린 물같이 정갈한 글을 담아내고 싶다. 샘에서 물 솟아나듯 콸콸 졸졸 글을 쓰고 싶다. 누에가 제 몸을 감싸는 고치가 될 실을 뽑아내듯, 왕거미 배 끝의 방적 돌기紡績突起 실샘에서 거미줄이 나오듯 술술 풀려 나오는 글을 쓰고 싶다. 뼈를 에는 고통을 쥐어짠 끝에 나온 글이 아니고 빵으로 바꾸기 위한 절박한 글이 아니라, '푹 삭은' 글 '끼끗한' 글을 쓰고 싶다. 곱게도 거칠게도 비단을 짤 수 있는 명주실을 뽑아내고 싶다.

'재미가 있으되 알맹이가 있는'

금세 어깨가 뻣뻣해진다.

"강은 물을 버려야 바다로 가고, 나무는 꽃을 버려야 열매를 맺는다."라고 「화엄경」은 에둘러 짚어 주는데 어느새 손목에 힘이 또 들어간다.

아름다운 시절

영화감독 이광모(1961-)가 각본까지 쓰고 1998년에 만든 영화 〈아름다운 시절〉을 기억하는 분들이 혹 있으시리라. 1950년대 초반, 한국전쟁이 끝나 갈 무렵 미군이 주둔했던 작은 시골 마을에서 일어났던 여러 사건들을 우리 현대사의 아픔들로 치환시켜 담담하게 그려 낸 이 작품으로 그는 그리스 테살로니키 영화제 관객 투표 1위, 도쿄 영화제 금상을 받고 칸 영화제 감독 주간 부문에도 초청되어 큰 찬사를 받았다. 〈기생충〉이 아카데미 작품상, 감독상, 각본상까지 휩쓴 것과 비교하면 초라하지만 이십몇 년 전 우리 영화계 환경을 감안하면 대단한 일이었다.

그런데 이광모 감독의 필모그래피를 보면 이 영화는 그의 유일한 영화다. 그는 단 한 편의 영화만 찍었을 뿐이다. 문인으로 치면 데뷔작을 내자마자 절필絶筆. 영화를 보자마자 단박에 그의 팬이 되어 버렸는데 너무 아쉽다. 까닭은 알 길이 없다.

미군 부대에서 일하는 아낙은 어찌저찌 몸을 판다. 방앗간 정사 장면을 시시덕거리며 엿보던 아이는 실종된다. 얼마 후 발견된 어린아이의 부패한 시신, 장례식. 부대 물건을 빼돌리던 주민은 잡히고 원인 모를 불이 난다. 동네 처자는 미군의 아이를 임신하고 버림받는다.

전쟁이 할퀴어 낸 아픔들을 이 감독은 작심하고 하나씩 끄집어냈다. 그는 개인과 한 가족의 작은 비극에서 마을 전체로 이어지는 큰 비극을, 작은 나무 한 그루에서 듬성듬성 앙상한 나무들로 이루어진 볼품없는 숲으로 헤아려 냈다. 흥분을 강요하지도 감성을 자극하려 하지도 않았다. 슬픔을 탐미적 시선으로 짜증 날 정도로 답답하게 관조했다. 롱숏과 롱테이크만으로 120분 러닝 타임을 채운다. 처절, 잔잔, 담담한 앵글을 유지했다. 그는 음악이 영화에서 담당하는 역할마저 차단했다. 음악의 절제를 통한 냉정함과 '객관적 시점의 영상Objective point of view'을 엔딩 크레디트까지 흔들리지 않고 밀고 갔다.

나는 감독이 이 비극적 영화의 제목을 〈아름다운 시절〉, 왜 굳이 아름답다고 이름했을까 곱씹어 보았다. 극과 극은, 음陰과 양陽은, 동動과 정靜은 결국 이어진다는 이치를 빌려 와 '비극과 아름다움'을 병치竝置시키려 했겠지. 한 시절의 아픔은 한참 후에 보면 결국 오늘을 있게 한 바탕이라는 데서, '지나간 것은 그리운 것', '흘러간 아픈 것들은 모두 아름다운 것'이 된다는 따뜻한 시선으로 감싸 안고 싶었겠지. 그렇게 정리했다.

"고난과 절망의 시대에서 늘 희망의 불씨를 간직하고 사셨던 할아버지와 할머니에게 이 영화를 바칩니다."

이 감독이 한 말이 이렇거늘 내 해석은 그럭저럭 틀리지 않은 것 같다.

영화인들이 추구하는 미학적 언어는 서로 통한다. 1999년 아카데미 남우 주연상과 음악상을 탄 이탈리아 영화 〈인생은 아름다워〉. 감독이자 주연을 맡은 로베르토 베니니(1952-)는 처절한 유대인 수용소 생활을 어린 아들에게 게임이라 속이면서 즐거운 게임을 하다 결국 그는 죽는다. 게임에서 이긴 아들은 "이겼다."를 외치며 탱크를 탄 개선 군인이 되고.

홀로코스트의 슬픈 얘기를 그는 슬프지 않게, 덜 슬프게, 희극으로, '아름다움'으로 승화시켰다.

찰리 채플린 사망 며칠 뒤 영국 신문 더 가디언은 1977년 12월 28일자 기사에서 "인생은 가까이서 보면close-up 비극이지만 멀리서 보면long-shot 희극"이란 채플린의 명언을 인용하며 그를 추모했다.

La Vita è Bella OST

가끔씩 멍때리기를 하다가 지치고, 실없이 시간 죽이기를 하다가 그
마저 싫증 나고 진짜 하릴없을 때 해 보는 공상…, 만일 젊은 날로 다시
돌아갈 수 있다면….

〈백 투 더 퓨처〉의 스포츠카 드로리안을 탈 기회가 온다면 당신은 가
서 헝클어졌던 그날들을 반듯하게 정리하고 인생을 새로 짓고 싶은가?
후에 후회할 일을 만들지 않도록 분재처럼 매끈하게 다듬을 것인가?
만일 그렇게 어지러운 자락들을 손보고 돌아온다면 뒷날의 인생은 더
반짝거릴 것인가?

'현재Present'는 지나간 모든 것들을 모은 '선물Present'인데 다시 가지
런하게 줄을 맞춰 놓는다고 내가, 본디 나인, 그 내가, 어딜 가겠나?

사실 내 옛날을 되새김질해 보면 그때 그것을 저렇게 하고 저것을 요
렇게 했더라면 생의 방향도 조금은 바뀌었겠지 하고 후회되는 일이 제
법 많은데…, 가슴 저린 패배는 또 어떤가.

자! 그래서 다시 옛날로 돌아가고 싶냐고? 나는 단연코, 아니다.

그때가 어쨌건 무슨 수를 써도 여기저기가 휑한 오늘의 나는 어차피
변함이 없을 테니까. 그때로 돌아가서 뭐를 어쩌겠다는 건가? 어디에
서부터 무엇부터 손을 대겠다는 건가?

시린 대로 아픈 대로 두는 것이 오히려 소중하고 아름다운 것 아닌
가? 그때 가졌던 고뇌 또는 콤플렉스에 대한 반작용이 오늘의 나를 만
든 동력인데….

그러나 과거로의 환상 속 회귀를 하고 싶은 것이 있기는 하다. 사랑,

사랑 말이다. 첫사랑이건 'True love'이건, 짝사랑이건 'Puppy love'이
건, 'April love'이건 'Secret love'이건, 그 시절로 돌아가서 다시 조심
조심 물길에 손을 대고 사그라들었던 불을 다시 지펴 보고 싶다는 허망
한 상상을 가끔씩 하지들 않는가?

　글을 쓰는 내내 가슴을 쿡쿡 찔렀던 내 몽상이기는 하지만.

＊

　내 대학 시절, 어느 독지가가 하던 '재건 학교'라는 데서 아르바이트
훈장 노릇을 한 적이 가물거린다. 국민학교를 마치고는 집안이 어려워
진학을 하지 못하고 돈을 벌어야 하는 근로 청소년들을 가르치는 야학
이었다. 품 파는 것에 비해 보수가 너무 박해서 주저하다가 좋은 경험
이 될 것 같아 생각을 바꿨다. 말이 학교지 마포 공덕동 어느 골목에 몇
평이나 될까? 마루방을 누군가 내어 줘 일주일에 두 번 밤에 아이들을
모아 가르치는 초미니 배움터였다. 나무로 만든 긴 의자가 책상이었
다. 마룻바닥에 다닥다닥 붙어 앉은, 열두어 살에서 열다섯 안팎의 남
녀 애들 스무 명쯤이 내 제자들이었다. 털실 공장에서 일하는 소녀, 목
공소나 철공소에서 일하는 소년들, 주물 공장, 과자 공장, 골판지 박
스를 만드는 곳에서 일하고 새벽에는 신문 배달까지 투 잡two job을 하

Puppy Love
Paul Anka

Secret Love
Pat Boone

는 애도 있었다. 나이에 비해 버거운 일들을 꾸역꾸역 받아먹을 수밖에 없는 애들이었다. 중학교 1-2학년 정도의 전 과정을 교과서 비슷한 것을 갖고 기계적으로 가르쳤다.

하루하루 지나가면서 나는 걔들의 초롱초롱한 눈이 쏘아 대는 힘에 밀리기 시작했다. '아. 이게 그게 아니구나.' 무언가를 얘기하면 집중하는 아이들의 시선이 하도 강해 나는 아마도 대충 하려던 당초의 속맘을 다잡지 않을 수 없었다.

그런데 조는 애들이 하나둘 생기기 시작했다. 하루 종일 몸으로 부대끼는 일을 마치고는 공부가 하고 싶어 저녁에 학교에 오고, 또 낼 새벽에 일터에 가야 하니 잠은 얼마나 자고 오죽 힘이 부쳤겠나. 아이들은 실로 초인적인 힘으로 어설픈 내 가르침을 빨아들이고 있던 거였다. 나는 조는 아이들을 깨우려고 갑자기 소리를 크게 지르며 막대기로 칠판을 두드렸고 아이들은 화들짝 놀라 눈을 떴다.

그중에 나무를 둥글게 깎아 의자 다리를 만들거나 하는 '로구로 공장'에서 일하는 유난히 작은 소년이 있었다. 갈참나무 도토리처럼 동글동글 귀여운 아이였다. 꼭 맨 앞자리 가운데 앉았는데 워낙 잠이 많은 애인지 아님 너무 일이 힘들었는지 얘는 앉기만 하면 졸았다. 나는 그 애에게 '졸려'라는 별명을 붙였다. 아이들은 그 별명을 재미있어했고 자기들끼리도 "졸려야, 졸려야." 하고 부르며 놀려 댔다.

"야! 졸려. 또 자냐." 하고 내가 고함치면 아이들은 까르르, 얘는 깜짝 놀라 깨고, 무안하니까 배시시 웃고 눈을 비비다가 또 졸았다.

팔팔했지만 팍팍한 그런 저녁 날들이었다. 몇 달을 지났을까. 학교를 운영하던 분이 형편이 어려워져 더 이상 내게 월급을 줄 수 없으니 그만두라고 했다.

"그럼 애들은요?", "문 닫아야지요, 뭐."

나는 애들의 졸린 그러나 초롱한 눈동자들을 도저히 외면할 수가 없었다. 저녁에 쏘다닐 일이 한창 많은 나이였지만 그것도 버릴 만큼 애들에게 정이 들었다. 한동안 교실만은 그냥 쓸 수 있다고 해 학교를 계속해 갔고 입대를 하게 되면서야 어쩔 수 없는 이별을 하게 되었다.

'마지막 수업' 날, '센베이'인지 뭔 과자를 밀가루 포대 가득 사다 펼쳐 놓고 송별 파티를 벌였다.

"너희들 힘들겠지만 어떤 상황에도 공부할 기회를 만들어라. 배워야 한다. 명심해라. 나중에 꼭 보람 있는 일을 하는 사람이 되거라. 그러면 지금 하는 고생이 아름다운 추억이 될 거다."

아마도 달리 더 할 게 없는 뻔한 말을 나는 해 주었으리라. 나보다 아이들이 훨씬 더 서운해했다. 그렁거리는 눈물을 땟국에 전 소매에 훔치는 애들도 여럿 보였다. 앙고라 털실 공장인가에 다니던 소녀는, 소싯적 노는 쪽에 진작 빠져들어 특히 수학 쪽 기초가 허술하기 이를 데 없는 내게 턱 막힐 질문들로 공격해 대는 출중한 아이큐를 가졌고 '졸려'는 조는 만큼 집중력이 돋보이는 애였다.

단언컨대 우리의 재건 학교는 모두에게 실로 '신나고 아름다운 배움터'였다.

나하고 걔들하고는 그저 열 살 차, 이제 모두 뉘엿뉘엿 노을가에 모여들기 시작했겠지.

"졸려야! 너를 애들의 웃음거리로 만들었던 내 맘은 실로 그런 게 아니었다. 네게로 향한 내 애정을 재미있고 웃기게 한답시고 했던 것인데 그때는 네가 그걸 어떻게 받아들였는지 헤아리지를 못했구나. 혹 가뜩이나 고달팠던 네 몸과 마음을 덧나게 했다면 너무 황당하게 늦은 사과지만 미안하구나.

애들아! 정월 대보름달을 어느 쪽에서든 같이 바라볼 수 있고 이 봄날에 개구리 깨어나는 것을 지켜보다가 간혹 그때가 떠오른다면, 아직껏 사는 게 신산辛酸하더라도 그때를 우리의 '아름다운 시절'로 기억해 주지 않겠니?"

"추억을 향수처럼 병에 담을 수 있으면 좋겠다."

영화 〈레베카〉 대사에서

오래된 맛

한국 전쟁이 끝난 후 1954년부터 미국 공법公法 480호에 따른 구호 농산 물자가, 전쟁으로 모든 것이 엉망진창이 된 반도 남쪽으로 들어오기 시작했다. 미국에서 생산되고 남은 농산물을 대외 원조에 쓰는, 누이와 매부가 함께 좋은 목적으로 만들어진 정책이었는데 당시 먹거리가 절대적으로 부족했던 우리 처지에는 단비였다. 주로 밀가루, 옥수숫가루.

이 곡물 포대는 광목으로 만들었고 겉에는 심벌마크가 인쇄되어 있었다. 미국의 손과 아마도 구호를 받는 나라를 상징하는 손이 악수를 나누고 있는 도안이었다. 우리는 그것을 '악수표'라고 불렀다. '악수표 밀가루'는 배고픈 이들의 일용할 밥을 상징하는 반가운 기표記標였다.

지금은 별미 음식이 된 수제비. 맛있다고 소문난 서울 삼청동 골목 식당은 점심 때 줄 서야 할 정도가 됐지만, 옛날 한 끼니를 책임지던 수제비는 '악수표 밀가루'의 대표적 변신이었다. 다음으로 반죽을 홍두깨로 밀어 만드는 칼국수, 밀전병, '앙꼬' 없는 찐빵은 전후 배고픈 이 나라 백성들의 톡톡한 호구糊口였다.

광목 포대는 섬유류도 귀했던 당시, 옷감 같은 재료로 쏠쏠하게 쓰였다. 꺼칠하기 짝이 없지만 양잿물에 한 번 삶고 잘 헹구면 기저귀로도 변신했고, 악수하는 손이 앞부분에 '터억' 자리한 '빤쓰'를 만들어 입는 이도 있었다. 손재주 야문 사람들에 따라 여러 모양의 가방이 되기도 하고 그런저런 용도마저도 다하면 '악수표'는 걸레로 질긴 생을 먼 나라에서 마쳤다.

그때 악수표 포대들을 잔뜩 모아 세검정 계곡물에 빨고 바위에 넌 이가 있었다. 그는 이걸로 남방셔츠를 만들어 남대문 시장에서 팔았다. 잘 팔렸다. 이 기발한 상인 본능이 비즈니스의 시작이 되어 후에 ―지금은 사라진― 우성 그룹이 태어났다. 돌아가신 창업주로부터 여러 차례 들은 마케팅 강의라고, 가까운 선배는 증언한다.

곡물들과 함께 들어왔던 누런색 두꺼운 종이로 만들어진 드럼통에는 큰 비닐에 담긴 분유 가루가 가득 들어 있었다. 학교 마당에 줄을 선 학생들에게 선생님은 아마도 전지분유였을 우유 가루를 한 바가지씩 퍼 주었다. 우리들은 전날 선생님의 지시에 따라 마련해 온 종이 봉지나 자루 같은 데다 받았다. 귀한 것이라도 되는 양 아이들은 신이 나서 그걸 들고 집으로 뛰어갔다. 밥을 지을 때 그 우유 가루는 엄마들의 솜씨로 훌륭한 간식이 됐다. 양은 양재기 같은 데 담아 아마도 뜸이 들 때쯤 밥 위에 올려놓고 솥뚜껑을 닫은 후 얼마 지나 열면 분유는 밥의 김을 빨아들여 뭉쳐진다. 이것을 말리면 과자도 사탕도 아닌, 딱딱하게 굳은 우유 덩어리가 되었다.

제대로 소독하지 않은 바리캉에서 옮은, 기계총이라 불린 '머리 백선'이 메주의 곰팡이처럼 허옇게 핀 사내아이들은 바빴다. 딱지치기 자치기를 하다가 주머니에 넣고 다녀 손때가 꾀죄죄 오른 우유 덩어리를 수시로 꺼내 훌쩍거리는 누런 코를 반질반질 소매로 쓰윽 문지르며 깨물어 먹었다. 계집아이들도 "무찌르자 오랑캐~ 몇 백만이냐아~ 대한 남아 가느은 데에~" 재잘거리며 고무줄을 뛰어넘거나 공기놀이 틈틈이 토끼가 홍당무 먹듯 앞 이빨로 긁어 먹었다.

한여름, 집에 손님이 왔을 때 펌프로 길어 올린 시원한 물 한 대접에 설탕을 타서 내놓던 시절이었다. 남의 집 갈 때 짚으로 엮은 계란 꾸러미 한 줄을 들고 가는 것이 큰 선물이고, 설탕 몇 봉지가 명절 때 큰 몫했던 때였으니 우유로 만든 별식은 그야말로 '짱'이었다. 그런데 우유에 들어 있는 기름 등을 소화시킬 효소가 배 속에 없다 보니 배탈이 나고, 뻔질나게 뒷간을 찾아 종종대는 애들로 학교 뒷간만 부산했던, 그런 바쁜 우리 어린 날들이었다.

산과 들에서 나온 과일들이 과자나 사탕 같은 주전부리보다 단연코 많았던 그때. 북악산 너머 자하문 밖 과수원에서 따 온, 노란 바탕에 옅은 다홍색이 잔잔하게 퍼진 사과의 증손자뻘 같은 작은 능금이 흔했다. 둥근 대나무 소쿠리에 안 떨어지게 가득 담아 똬리에 얹어 용케 이고 온 아낙들이 흥정을 하려 내려놓을 때부터 침이 고였다. 시고 떫은 틈으로 단물이 얼핏 배어 나오는 능금은 사실 보기만큼 맛있지도 먹을 것도 별로 없었다.

"시거든 떫지나 말지." 하는 속담은 얘 때문에 나왔나? 생긴 게 반지르르 예쁘기는 했는데 시원찮은 맛에 거의 단종되었는지 이제는 구경하기 힘들지만, 그래도 그때 자하문 밖 능금은 반열에 끼는 과일이었다. 오래전 어느 시장에서 능금을 보고 너무 반가워 얼른 집어 물었는데 옛 기억보다도 몇 배는 더 맛이 없었다.

오얏꽃, 이화李花나무배꽃의 이화梨花가 아니다에서는 자두가 열린다. 그때 자하문 밖에는 자두나무도 많았다. 노란색과 연두색이 섞여 있는 조금 단단한 육질의 자두, 붉은 기가 많거나 퍼런 색깔의 것도 있지만 검붉은 껍질에 과육의 당분이 배어 나와 허연 가루 같은 것이 내려앉은 농익은 자두는 내게는 그 시절 으뜸 과일이었다. 한 입 베어 물 때 입 안에 가득 고이는 새콤달콤한 과즙의 식감을 잊지 못해 요즘도 철이 되면 과일가게를 기웃거린다.

'체리 피킹Cherry Picking'이라는 말이 있다. 케이크 위에 있는 체리만 집어 먹는다는 뜻이지만 단물만 삼킨다는 감탄고토 같은, 또 짠돌이,

얌체, 쪼잔이 같은 부정적 의미도 있다. 서양 체리, 앵두, 왕벚나무 열매를 모두 체리라 부르는데 나는 왕벚나무의 찬연한 벚꽃이 꽃비가 되어 지고 초여름이 시작될 무렵 열매를 맺는 버찌를 피킹하던 유년 시절의 추억이 있다. 버찌의 쌉싸름하면서도 달착지근한 맛을 떠올리면 유년의 날들이 그리워진다.

광고와 TV건강 프로, 홈 쇼핑 덕분에 주절댈 줄 알게 된, 항암 효과, 항산화 효과, 노화 방지에 좋다는 안토시아닌과 라이코펜이 듬뿍 들어 있다는 버찌. 열매라야 서리태만 한가. 석류씨 먹듯 입 안에 여러 알 털어 넣고 혀와 이빨로 과육을 훑어 가며 먹다가 씨가 다 발라지면 훅 하고 뱉어 버리는데 입술과 혀는 물론 이빨까지 까매진다. 옷에 과즙이 묻으면 잘 안 지워지고 세상 암만 먹어도 배부르지 않는, 과일 축 끄트머리에도 못 든다. 땅에 떨어져 시커메진 것을 보고 아예 피해 다니는 기피 열매이기도 하다. 버찌는 여러 종류가 있어 모양은 같지만 맛은 차이가 많다. 떫기만 한 개버찌_{왜 개살구처럼 겉만 그럴싸하고 맛없는 것에, 또 '개 드립'이니 같은 부정적 의미의 말에 '개'가 붙는지 알 수 없다.}, 어정쩡한 맛의 얼치기 버찌. 그리고 제대로 버찌 맛이 나는 참버찌.

그때 동리 아이들은 명품 버찌를 찾아내는 눈썰미들을 대개 갖추고 있었다. 나무를 잘 타는 애들은 참버찌가 유난히 촘촘하게 달린 나무를 보면 다람쥐처럼 기어올라 가지를 타고 앉아 독상 받은 것처럼 따 먹기 삼매경에 빠진다. 나무를 잘 못 타는 나는 밑에서 "야! 조금 더 오른쪽 봐 봐. 더 많아." 어쩌고 정보를 주며 얻어먹을 역할을 해 보지만 열매가 워낙 작고 잘 터져 따는 족족 입에 털어 넣는 것이 제격이기 때문에 남이 딴 것을 얻어먹기는 어려웠다.

인왕산 자락은 왕벚나무들이 많았다. 지금의 서울 맹학교 뒷산에도 많았는데 맛 좋은 버찌가 열리는 산언저리 몇 군데 맥脈을 아이들은 꿰뚫고 있었다. 특히 인왕산 '넓적바위' 올라가는 주변에 지천으로 열린 버찌는 명품이었다.

＊

서울 종로 하고도 청운동 꼭대기, 현대 그룹의 창업주가 오랜 동안 사시던 바로 그 집, 나 어릴 때는 '청운 양로원'이었던 바로 그 자리. 더 훨씬 전에는 내 외증조부, 본관은 인동仁同 장張씨 호號는 남거南渠 자字는 윤양允養 휘諱는 호浩 자 진鎭 자께서 자리를 잡으셨던 명당. 볕이 잘 드는 양산陽山에 도교道敎에 나오는 경개 좋은 곳에 둘러싸인 곳이라는 뜻의 동천洞天을 따와 '양산동천'이라 스스로 명하신 곳.

고려 말 목은牧隱 선생이나 조선의 퇴계退溪 선생이 시제詩題로 즐겨 쓰시던 '조용히 사는 곳'이라는 뜻의 '유거幽居'를 따와 '남거유거南渠幽居'라 택호宅號를 지으셨고, 그 택호와 '양산동천'을 예서隷書와 해서楷書로 각각 고졸古拙하게 쓰시고, 그 글씨를 집 안 큰 바위에 음각陰刻해 놓으시고 사시던 그 집.

그 뒤쪽 숲은 내 유년기 내 명품 버찌의 보고였으니, 외증손이 먼 훗날 당신의 은거지 주변을 온종일 입술이 자주색에 절도록 버찌를 오물

거리며 다니면서 젖내 풍기는 식도락을 즐길 줄 짐작이나 하셨을까.

어쨌든 그 언저리는 아이들의 '버찌동천洞天'이 분명했다.

*

몸담고 있는 천안의 학교 교정에도 맛 좋은 버찌가 흐드러지게 열리는 왕벚나무가 길 따라 줄지어 심어져 있다. 저걸 어떻게 체면 구기지 않고 따 먹느냐 궁리한 적도 있지만 '체면을 지키면서 버찌를 따 먹는' 두 가지를 함께 맞추기는 애당초 그른 일. 보는 눈이 적은 수업 시간을 택해 따 먹는 게 그나마 상책이다. 그런데 나 이외에는 아무도 이 맛있는 것에 관심을 두지 않는다.

학생들은 혹 옷에 묻을까, 밟아서 신발이 더럽혀질까 피해 다닌다. 현장에서 맞닥뜨린 젊은 선생님들은 "그게 맛이 있나요?"라고 정색을 한다. "아 그냥 어릴 때 생각이 나서요." 하고 얼버무리거나 "한번 드셔 보실래요?" 어색한 대꾸를 하면 대개 손사래를 치지만….

하루는 나무를 손보고 있던 직원이 멀리서 버찌를 따 먹고 있는 나를 보고 숨이 턱에 차게 냅다 뛰어오는 게 아닌가.

"그 버찌 먹지 마세요. 지난 주말에 농약을 쳤어요."

오랜만에 혼자 즐기던 내 입 속의 기쁨을 한순간에 빼앗기고 말았다. 다음 해부터는 버찌가 열리면 그는 내게 귀띔을 해 준다.

"다음 주말에 농약 치니까 그전까지는 실컷 드세요."

시간 길어 올리기 2

"1975년 2월 15일은 낮 최고 기온이 영하 7도였다. 며칠째 퍼붓던 눈이 멈추고, 날은 흐렸다. 흐린 날이 저물자 기온은 영하 12도 아래로 떨어졌다. 얼어붙은 거리에 북서풍이 불었고, 그날 밤 서울 영등포 고척동 영등포 교도소 앞 거리에는 라면 껍질과 연탄재가 북서풍 속에서 회오리치면서 솟구치고 있었다. 1974년 7월 13일에 군사 재판에서 긴급 조치 4호 위반, 국가 보안법 위반, 형법상의 내란죄로 사형 선고를 받고, 무기징역으로 감형되었던 김지하는 1975년 2월 15일 밤 9시 40분께 형 집행 정지로 영등포 교도소에서 출감했다."

팩트와 '낮고 순한 말'로 쓰인 이 글은 작가 김훈의 산문집 『라면을 끓이며^{문학동네(2015)}』의 부록 같은 마지막 챕터 「1975년 2월 15일의 박경리」의 첫 문단이다. '낮고 순한 말'은 그가 쓰기를 희망하는, 그가 이 책에서 쓴, 이 책을 가로지르는 글의 품새다.

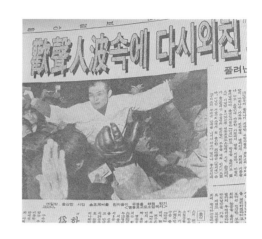

1994년 소설 『빗살무늬 토기의 추억』으로 데뷔한 작가 김훈은 당시 한국일보 사회부 기자였다. 그는 그날 민주 인사들의 석방을 기다리는 많은 기자, 학생, 종교인, 문인, 사복 경찰 등등등들과 뒤섞여 아침부터 추위의 복판에서 동동대고 있었다. 그러다가 우연찮게 교도소 앞쪽 야트막한 둔덕에 아기를 포대기로 싸매 들쳐 업고 대절한 택시 앞에서 서성이던 여인을 주목한다. 아기와 추위와 기다림을 힘들게 추스르고 있던 그 여인은, 예리한 그의 눈썰미대로 김지하의 장모 박경리였다. 등에 업힌 돌도 안 된 아기는 김지하의 아들 강^{뒤에} ^{원보로 바꿈}이었다. 김훈은 박경리 모르게, 동료 기자들에게 얘기하지도 않고 조손祖孫을 관찰했다.

"어쩌자고 생후 10개월 미만의 어린것을 업고 영하 12도의 교도소 앞으로 나온 것인지 나는 알 수 없었다."

김지하가 출감되자 악다구니판이 벌어졌고 그 속으로 그는 뛰어들어 '전투'하듯 취재했다. 김지하가 동료들에게 휩싸여 사라지자 시선을 다시 박경리에게로 돌렸다. 벌금 십만 원을 못내 출감하지 못하고 있던 백기완을 위해 즉석에서 모금이 벌어졌고 박경리가 얼마를 보태는 것도 지켜보았다. 박경리는 그 밤, 그예 김지하와 못 만났다. 백기완은 밤늦게 석방됐다. 박경리의 얘기는 한 줄도 없이 관련 기사를 써서 조간 시내판을 마감하고 집으로 가기까지의 과정을 김훈은 기자처럼…, 소설가처럼…, 사관史官처럼…, 시인처럼…, 애틋함까지 덤덤하고 순하게 옮겨 놓았다.

> 새벽 2시께 집으로 돌아왔다. 나는 잠자다 일어난 아내에게 그날의 박경리에 관해서 말해 주었다. 아내는 울었다. 울면서 "아기가 추웠겠네요."라고 말했다. 춥고 또 추운 겨울이었다.

　글은 이렇게 끝난다.

*

　그날 아침나절부터 밤에 이르기까지 나도 바로 그 자리에 있었다. 나도 현장을 취재하는 기자였다. 동아일보 방송 뉴스부 소속이었다. 나는 박경리를 못 보았다. 지금 쓰려는 것은, 그러나 기자들 가운데 나만 보았던 김훈 글의 후편쯤 될 그날 밤의 또 다른 스케치다.

옥문이 열리며 빡빡머리의 김지하가 모습을 드러내자 현장은 아수라장으로 변했다. 문 앞에 있던 고은, 조해일, 천승세 등 빳빳한 동료 작가들이 만세를 불러 댔고 학생들은 그를 무동 태운 채 어둠 속을 승냥이 떼처럼 뛰기 시작했다. "종신형을 받은 내가 풀려나니 세상이 미쳤는지, 내가 미쳤는지, 아니면 둘 다 미친 거 같다."라고 김지하는 소리쳤다.

김지하가 차를 탔다. 많은 기자들이 그를 따랐다. 나도 그 차를 쫓았다. 어디로 가는지는 물론 몰랐다. 아슬아슬한 차량 레이스가 펼쳐졌다. 한참을 달린 끝에 도착한 곳, 거기는 명동 성당이었다. 김수환 추기경을 뵈러 온 것이다 몇십 년 간직해 왔던 취재 수첩들을 10여 년 전 모두 없앴다. 따라서 이 글의 원천은 이제는 시나브로 사위어 간 기억일 뿐이다.

본당을 앞에서 보고 오른쪽 건물, 지금의 문화관 꼬스트홀 아래 건물이 아마 김 추기경의 사무실인지 거처인지였던 것 같다. 김지하는 막 들어갔고, 기자들도 들어가려 몸싸움이 벌어졌다. 그러나 사제 몇이 입구를 막아섰다. 완강했다. 조금 후 한 신부가 "동아 기자만 들어오시오."라고 외쳤다.

동아 기자만….

잠시 설명이 필요하다.

엄혹한 유신 시대, 언론계에 민주화 운동이 일어났다. 특히 동아일보와 동아방송DBS이 암팡지게 덤벼들었다. '관계 당국'은 주요 광고주

명동성당 첨탑은 근대사의 숱한 아픔을 모두 지켜보았다.

들을 쥐어짜 광고를 못 주게 했다. 그러면 동아도 별 수 없이 무릎을 꿇을 거라는 계산이었다. 이른바 '광고 사태'가 시작된다. 동아는 광고 없는 지면과 방송으로 버텼다. 백지가 된 광고면이 시민들이 낸 격려의 글로 메워지는, 처음 보는 일이 벌어진 바로 그 시기였다. 동아일보와 조선일보만이 진실을 보도한다고 여긴 시민들은, 특히 광고를 뺏긴 동아에 큰 힘을 보탰다. 당국의 의도와는 달리 동아는, 경영은 어려워졌지만 빳빳한 언론으로서의 전성시대를 잠깐 맞았다. 그러나 불과 얼마 후 어느 날 새벽 '동아 자유 언론 수호 투쟁 위원회'는 길거리로 팽개쳐졌다. 그리고 광고가 풀리기 시작했다. 동아는 독자들의 질타 속에 또다른 곤경에 처해진다.

신부를 따라 1층인가 지하인가로 갔다. 사무실에 있던 김수환 추기경이 활짝 웃으며 김지하를 포옹하고 있었다. 선 채로 몇 마디 얘기를 하던 추기경은 책꽂이를 겸한 장식장 문을 열었다. 그가 꺼낸 것은 당시에는 귀한 위스키 조니 워커였다. 아마 레드였지? 뽀드득 소리가 나게 병마개를 딴 추기경은 유리잔에 거의 가득 콸콸 소리가 나도록 따랐다. 그러고는 김지하에게 건넸다. 김지하는 망설임 없이 '타는 목마름'을 단숨에 해갈했다. 술 잘 못 먹는 내가 침을 꼴깍댈 만큼 맛나게 들이켰다. 그걸 보고 있는 기자는 나만이었다. 냉정하게 보면 뭐, '그런 장면'인데 하겠지만 당시 20대 후반의 풋내 나는 기자, 내게는 신선한 충격이었다.

다음 날 아침 8시 DBS의 〈뉴스 쇼〉에서 내가 그 당시의 광경을 어떻게 묘사했는지는 전혀 기억이 안 나고 기록도 없지만, 아마도 둘 사이 오간 대화와 함께 위스키의 메시지도 감성의 식초를 적당히 쳐서, 그러나 드라이하게 잘 리포트했으리라 짐작된다.

젊은 시절 그렇게 나는 아주 짧게 간 보듯 언론을 맛보았다. 긴 인생으로 보면 찰나 같은 시절이었지만 그때 나는 막대저울로 수평으로 맞추듯 사물을 냉정하고 균형 있게, 객관적으로 볼 수 있는 훈련을 받았다. 이것저것 뒤섞여 뭐가 뭔지 모르는 뭉텅이를 들어 올려 조심조심 털어 내 본 모양을 가려낼 줄 아는 눈을 길렀다. 진실과 사실을 헷갈리지 않고 가릴 수 있게, 이석증耳石症에 안 걸리게 달팽이관을 튼튼하게 만들었다.

내, 그때 배운 아기 새의 서툰 날갯짓은 뒷날 평생을 써먹을 튼튼한 날개가 되었다.

*

1970년 10월 14일 수요일 오후 4시 19분, 충남 아산군 배방면에 있는 장항선 철길에서 모산역^{현재의 배방역} 부근 앞 이내 건널목을 지나던 통일호 열차가 역시 건널목을 들어서던 서울 연흥관광 소속의 버스 옆구리를 들이받았다. 버스 안에는 아산 현충사로 당일치기 수학여행을 왔다가 서울로 가던 경서중학교 학생 76명이 타고 있었다. 버스는 백여 미터를 끌려가면서 불이 났다. 모두 타 버렸다. 이 사고로 3학년 3반과 4반 학생 45명이 숨졌다. 거의 모두가 불타는 버스 안에서 산 채로 타 죽은 끔찍한 사고였다. 29명은 중상, 충돌 때 버스 밖으로 튕겨 나간 2명만 덜 다쳤다. 무슨 재주를 부렸는지 정원보다 30여 명을 초과해 태웠고, 인솔 교사도 이 버스에는 안 탔다. 짐처럼 실려진 학생들은 그 가운데 에서도 노래를 불렀다. 운전기사가 조용히 좀 하라고 말하는 순간 열 차에 충돌했다고 생존자는 증언했다.

미개한 나라, 미련한 어른들의 시절이었다. 1970년대에는 차단봉은 물론 신호기마저 없는 변두리 철도 건널목이 부지기수였다. 그나마 여 기는 신호기는 있었는데 운전자가 이를 제대로 못 본 모양이었다.

사고 다음 날인 10월 15일, 서울 공덕동, 지금의 서울 서부 지방 법 원 청사 자리에 있던 경서중학교는 학교가 아니었다. 지옥이 이런 모 습일까? 학교는 전에 마포 형무소 자리였고 더 전에는 경성 감옥이 있었다. 풍수상 터가 센 곳에 학교 를 앉혀 그런 끔찍한 사고가 났다는 말들이 흉흉하게 돌기도 했다.

시신으로 바뀐 학생들이 학교에 도착했다. 뚜껑 열린 관들이 걔들이 공부하던 교실로 옮겨졌다. 지금 보면 도저히 이해 못 할 수라장이 벌 어진 것이다. 기자가 된 지 겨우 대여섯 달 되었나? 나는 무엇부터 취 재해야 하는지 머릿속이 하얘졌다. 불난 지 50여 분 지나서야 불길을 잡은 탓에 학생들의 유해는 숯덩어리였다. 유해들이 엉켜 신원 확인이 안 되자 유족들은 공동 장지를 원할 정도였다. DNA 검사? 귀신 볍씨 까먹던 시대였다.

현장 스케치 기사를 써야 했던 나는 가족들의 울부짖음, 교실 가득 찬 숨도 못 쉴 정도의 역한 냄새, 눈 아래 보이는 숯덩이, 뛰기는커녕 옴칠 수도 없었다. 그 가운데 덜 탄 시신들도 얼마 있었고 아들을 찾아 내려는 부모들이 겅중겅중 관 사이를 다니며 달려들었지만 그게 가려 낼 수 있겠나?

그런데 저쪽에서 한 엄마가 관을 붙들고 정말 미친 듯이 울부짖기 시작했다. 얼른 달려갔다. 그 엄마 손에는 꼬깃꼬깃 접힌 지폐가 쥐여 있었다.

"이걸로 뭐라도 사 먹고 죽지…. 뭘 아낀다고 그대로 갖고 있었냐…."

엄마의 통곡 사이사이에 나온 절규를 모아 보니 그런 얘기였다. 나는 엄마가 지칠 때까지 울도록 기다렸다. 그칠 것 같지 않았던 속울음은 얼마 후 사그라들었다. 어떻게 이 시신이 아들인지 알았느냐고 조심스 레 물었다. 아현동 시장에서 행상을 하는 엄마는 그날 외아들의 도시 락을 싸 줄 형편이 안 됐다. 그 대신 맛있는 것을 사 먹으라고 100원 지 폐 두 장을 준 모양이다. 당시 짜장면 한 그릇이 50원 정도 할 때였으 니 큰돈이었다. 아들은 그 돈을 몇 번 접더니 엄마가 보는 앞에서 바지 허리춤 작은 주머니에 넣었다. 엄마는 무어가 통했는지 얼굴을 알아볼 수 없는 한 시신의 허리춤을 뒤졌고 거기서 꼬깃 접은 2백 원을 찾아낸 것이다. 어떤 의학적 검사보다 확실한 물증. 그녀는 몸을 쥐어짜듯 다 시 통곡하기 시작했다. 아 이게, 통곡이…, 이렇게 깊은 울음이구나.

어렵게 번 엄마 돈이라고 안 쓰고 그대로 갖고 있었던 것을 생각할수록 미쳐 버릴 지경인 모양이었다. 머릿속이 심하게 흔들렸다. 배 밑에서부터 뜨거운 것이 치밀어 오르더니 울컥하고 눈물이 되었다.

취재? 송고? 균형 감각? 냉정함? 객관적 시각? 뭔 개 같은 소리.

진공 상태로 바뀐 것 같은, 정지된 화면 같은 공간 속에서 나도 깊게 울었다.

소리도 못 내고…, 난 기자니까…,

그 후 수많은 사연, 눈물이 담긴 주검을 숱하게 겪었지만 그날 이후 취재를 하며 눈물을 보인 적은 없다, 그 눈물만큼 뜨거운 것은 다신 없었다.

살면서 겪었던 이런 경험 저런 일 들은 작건 크건 모이고 쌓인다. 개체의 호모 사피엔스의 뼈는 은연중 그렇게 형성된다. 아마도 그때의 그 눈물은 나 모르는 사이 잘 증류되었고 어느새 내 겨드랑이 밑에서 자라난 양 날개가 잘 퍼덕일 수 있도록 기름이 되어 찔끔 스며들었으리라.

지루하지 않게 나이를 먹어 가는 방법 하나.

가끔 뒤돌아보다 문득 떠오르는 시간들을 길어 올려 되끓여 보기, 그리고

다시 추억 속에 부어 넣고 뗏목에 태워 저쪽 언덕…, 피안彼岸으로 보내기.

사랑 거짓말이

발칸반도 북서쪽, 작지만 보석같이 영롱한 나라 슬로베니아의 안제 로가르 외무 장관이 2021년 6월 우리나라에 왔다. 한국과 수교한 지 내년이면 30주년이 되고 곧 한국에 대사관이 문을 여는데 미리 발을 내딛으러 온 것이다.

"슬로베니아SLOVENIA, 러브LOVE가 들어간 나라 이름을 가진 사랑스러운 나라를 많이 사랑해 달라."고 그는 인터뷰에서 말했다.

사랑하는Beloved이라는 의미를 가졌다는 수도 류블랴냐, 인구 30만도 채 안 되는 이곳에 들른 것은 몇 년 전 초여름 날의 늦은 오후였다. 비가 살짝 흩뿌린 뒤라 도시는 적당히 젖어 있었다. 사랑의 도시라는 선입견 때문인지 푸니쿨라를 타고 올라가 성에서 내려다본 빨간 지붕의 건물들과 잔잔한 류블랴니챠강은 이방인들의 가슴을 일렁이게 할 만큼 매혹적이었다. 핑크색의 '성 프란체스코 성당'도, 중세와 현대를, 구시가와 신시가를 이어 주는 다리들, 모두 감성적 장치가 되어 '로맨틱 시티'를 꾸며 주었다.

"우리가 지구에서 살아가는 동안 / 전쟁과 분쟁이 지배하지 못하게 하리 / 모든 이들에 자유를…"

슬로베니아 국가의 한 구절이다. 이 가사는 이 나라 민족 시인 프란체 프레셰렌(1800-1849)이 지은 여덟 토막으로 된 시 「축배」의 일곱 번째 마디이다. 그들이 아끼고 우러르는 이 시인의 자취는 곳곳에 있다. 그가 사망한 날은 '프레셰렌의 날'로 문화 공휴일이다. 그를 기념하는 건물들도 여럿이다. 도시의 복판, 플라잉 드래곤이 양쪽 끝 네 군데에 조각되어 있는 '용 다리'와 두 개의 다른 다리들이 만나고 또 다섯 개의 길이 시작되는 시내 복판에 '프레셰렌 광장'이 있다. 시민들은 군인이나 정치가가 아닌 바로 그, 시인 프레셰렌의 동상을 광장에 세웠다. 오래된 동상들은 더께가 쌓일수록 검게 변하는데 유독 더 깊어진 그의 얼굴에는 슬픔인지 사랑과 연민인지 아님 그리움인지가 엉켜 있다.

1833년 빈 대학 법학도였던 시인은 교회에서 율리아 프리믹이라는 여인을 만난다. 단숨에 눈이 멀어 버린다. 질긴 구애 끝에 둘은 한때 사랑을 이루는 듯했지만 신분 차이에 따른 집안의 반대로 끝내 맺어지지 못한다. 그녀는 부잣집 귀족 아들과 결혼한다.

아픔은 더 큰 애련이 되고 사무침은 그대로 시어詩語가 된다. 시상은

또 다른 님, 조국의 독립을 원하는 마음과 겹쳐져 더 절절한 연가를 짓고. 이루어지지 못한 사랑은 그렇게 녹아 곳곳에 스며든다.

46세 이른 나이에 세상을 뜬 프레셰렌의 동상을 세우자고 1891년 학생들과 지식인들이 모인다. 조각가 이반 자예크가 다섯 명의 경쟁자들을 물리치고 뽑혔다. 동상을 만드는 이들은 모두 그렇겠지만 그는 얼굴을 빚는 데 더 공을 들였다. 이미 다른 남자에게로 갔는데도 잊지 못하는 여인을 향한 연민과 오스트리아의 지배에서 벗어나려 발버둥 치던 민족의 목마름을 우수憂愁로 함께 담아야 했기 때문이다. 그는 그렇게 다시 살아나 광장 동쪽에 섰다.

프레셰렌이 친구들과 문학, 조국의 독립을 토론하며 술을 마시던 월포바 거리 4번지에서 프리믹의 침실 창이 보였다. 그는 얘기 중에도 그를 내려다보는 그녀와 눈을 마주칠 수 있었다. 바로 그곳 지금의 베이지색 건물 2층 창문 사이에 프리믹의 흉상이 걸려 있다. 동상 프레셰렌의 시선이 끝나는 광장 건너편에, 조각가 톤 뎀사느는 프리믹의 얼굴을 맞추어 놓은 것이다. 프레셰렌의 눈길은 늘 그녀를 향해 꽂혀 있다.

그녀는 결혼 후 5명의 자녀를 두었
다. 프레셰렌도 결혼은 안 했지만 자
녀 둘을 두었다. 먼 나라 오래전 연인
들의 사연에 끼어들 이유는 없지만 누
가 어떤 의견들을 모아 두 사람의 눈
길을 끝없이 맞추게 해 놓았는지? 후
손들은 이 작위作爲를 어떻게 받아들
였을까 궁금증이 도졌지만 하루 머무
는 객이 그걸 알아낼 수 있겠나?

그들의 영웅 생전의 슬픈 사랑을 그
렇게라도 달래 주려는 마음은 과연 누
구의 위로가 됐는지, 뒷사람들의 치기
稚氣는 아닌지 하고 잠깐 생각했다.

프레셰렌 광장 두 조각의 시선은
가상의 선으로 연결되어 있다.

＊

강화 전등사는 고구려 소수림왕 때 창건됐다. 그 후 몇 차례 불타고,
여러 번 다시 지어진 오랜 역사를 가진 대가람이다. 4백년을 훌쩍 넘긴
느티나무와 대웅전을 한 프레임에 넣고 보면 멋진 구도가 된다. 수령
도 오래고 많은 얘기를 품고 있는 은행나무, 단풍나무도 볼만하다. 뒤
쪽의, 『조선왕조실록』을 보관하던 정족산 사고지鼎足山史庫址를 둘러보
다 돌난간에 서면 바다 끝이 보인다.

고구려라니…, 시간의 속도가 허허롭다.

불교 경전을 넣은 책장에 축을 달아 놓아 한 번 돌릴 때마다 경전을 읽는 것과 같은 덕을 쌓는다는 윤장대輪藏臺도 만져 본다.

이제 보물 제178호 대웅전의 팔작지붕 처마 끝을 올려다보며 상상력을 멋대로 키워 보시라. 벌거벗은 여자가 웅크린 채 쭈그리고 앉아 처마 네 곳을 각각 이고 있는 목조각이 여기 있다. 해학이라 하기에는 가람에 대한 모독 같고, 이것들을 본존불 모신 곳 지붕 위에 올려놓은 것도 불경스럽다.

많이 알려진 야사는 조금씩 꾸며져서 그럴듯한 스토리를 만든다. 사찰 공사에 참여한 도편수는 어려운 살림을 꾸리는 사랑하는 여인 생각에 늘 맘이 아프다. 열심히 일에 매달리고 품삯을 알뜰하게 모으는 대로 그녀에게 맡기면서 훗날의 밑천이 쌓이는 재미로 더 땀을 흘리는데, 그런데 그녀가 모아 둔 돈을 몽땅 들고 자취를 감추었다. 바람이 난 것이다. 꺼이꺼이 울던 목공은 맘을 고쳐먹고 다시 치목治木에 매달린다. 그러나 생각할수록 여인네가 눈앞에 얼쩡거리고 분을 삭일 수 없다. '에이, 너 살아생전은 물론 죽어서도 지옥에 간 것처럼 벌을 받아 보아라.' 하고 처마 마무리에 벌거벗은 여인을 조각해 무거운 지붕을 이고 앉은 무간지옥을 만들어 놓았다는 것이다. 소심한 복수다 목공의 재물을 가로챈 근처 주막 주모에 대한 보복이라는 얘기도 있는데, 사실 내 눈에는 여인이라기보다는 잔나비로도 보인다. 그런데 사람들은 여인이라고 얘기를 만들어 냈다.

태산 같은 무게를 담고 있는 가람을 상대로 누가 이런 얘기를 엮어

낸 것일까? 이 신파를 참선의 화두로 삼아 달라고 선사들에게 조르면 과연 어떤 선문답으로 이어질까? 참 궁금한 것도 많다, 나는.

*

선운사 동백꽃 | 김용택

여자에게 버림받고 / 살얼음 낀 선운사 도랑물을
맨발로 건너며 / 발이 아리는 시린 물에 이 악물고
그까짓 사랑 때문에 / 그까짓 여자 때문에
다시는 울지 말자 눈물을 감추다가 / 동백꽃 붉게 터지는
선운사 뒤안에 가서 엉엉 울었다

선운사가 도대체 어떤 절이길래 사랑을 잃은 이가 하필 거길 가 엉엉 우는가? 나도 한번 가 보자며 올라가는 초입에 미당 서정주의 시비 '선운사 동구'가 있어 길을 붙든다.

선운사 동구 | 서정주

선운사 골째기로 / 선운사 동백꽃을 보러 갔더니 / 동백꽃은 아직
일러 피지 안 했고 / 막걸리집 여자의 육자배기 가락에
작년 것만 상기도 남았습니다
그거도 목이 쉬어 남았습니다

320

선운사 | 송창식 작사·작곡·노래

선운사에 가신 적이 있나요 / 바람 불어 설운 날에 말이에요
나를 두고 가시려는 님아 / 선운사 동백꽃 숲으로 와요
떨어지는 꽃송이가 내 마음처럼 슬퍼서
당신은 그만 못 떠나실 거예요

전라북도 고창 도솔산 자락 선운사는 어떤 연유로, 뭐가 조화를 부리기에 시퍼런 작두날 위에 선 선승들을 상관 않고, 시인 가객들은 사랑 타령을 늘어놓는가? 음기가 가람터에 서려 있는가. 아님 꽃무릇 배롱나무 철철이 피는, 그중에도 동백꽃 피고 지는 것이 너무 처연해 그 같은 비가悲歌가 엮어지는가.

절 초입, 백파 스님이 입적하자 그와 선禪 논쟁을 벌였던 추사가 쓴 탑비를 보고 원교 이광사가 쓴 편액, 고요한 움막 '정와靜窩'를 보며 사랑에 난분분亂紛紛한 마음을 가라앉히려 해도 또 떠오르는 시인들 노래는 놓아지지 않는다.

그런데 절에 들어서기 위한 관문에 있는 이곳 사천왕상은 특이하다. 다른 절 사천왕들은 대개 발밑에 악귀를 밟고 있는데 여기 남방증장천왕南方增長天王의 다리에는 한 여인이 깔려 있다. 가르마를 반듯 타고 빨

선운사
송창식

ⓒ 비니버미

간 연지 바르고 매섭게 째려보는 여인에게는 무슨 사연과 업보가 있는 것인가? 남자들의 정신을 흐리게 하는 음탕한 여인을 단죄하거나 미리 음기에 휘둘리지 않게 하기 위한 비방인지, 아님 벌써 누군가를 홀린 죄를 벌하는 것인지.

더 둘러보아도 금욕의 울타리에 서린 여인의 곡절을 알 수가 없다.

✱

세상의 온갖 사랑 얘기는 이루어지지 못하고 끝나야 명작이 된다. 비극으로 마무리되어야 '사랑의 역사' 반열에 오를 수 있다. 치명적일수록 더 가슴을 파고든다는 데야 어쩌겠나?

류블랴나의 못 이룬 사랑이나, 전등사의 어긋난 사랑이나, 선운사의 동백같이 붉디붉은 아픈 사랑 얘기들은 모두 사랑에서 헤어나지 못하는 이들이 만들지 않고는 못 배겨서 만든 얘기들일 게다.

- 전라북도 남원시 주천면에 춘향 묘가 있다. 춘향을 실존 인물로 알고 찾는 어린 친구들도 제법 많다.
- 이태리 북쪽 베로나에는 발코니가 달린 줄리엣의 집이 있다. 사람들은 끊이지 않고 모여든다.
- 잘 만든, 허망하기 짝이 없는 스토리인 줄 알면서도 사람들은 그 흔적을 찾아 나선다. 그 앞에서 사진을 찍고 상상을 조금씩 보태면서 그 흔적은 더 단단하게 진화된다.

'사랑, 그 허망함에 대하여'가 아리도록 그립거나 궁금한 이들은 영화 〈해어화〉에 나오는 노래, 한효주가 부르는 「사랑 거짓말이」를 한번 들어 보시라. 거기에서 무언가 답을 찾는 수도 있을 테니….

사랑 거짓말이 해어화 OST
한효주

시간 길어 올리기 3

　초등학생들도 학년에 따라 세대 차이가 난다는 세상이다. 20대들끼리 모여 앉아 10년 전 어릴 적 얘기를 옛날이라 회상하고, 30대는 20대 파란 시절을 떠올리며 '아, 그때가 좋았는데' 저마다의 지난날을 가끔씩 기웃거린다.

　386세대니 586이니, 난 이런 시대를 헤쳐 왔단 말이야, 내 그때 이런 역할을 도맡았기에 이 정도 연륜이 배었단 말이야, 떠들며 저보다 어린 세대들에게 나이 먹음을 으스댄다. 아랫사람들은 "그게 뭔 대단한 일인가." 하며 자기들끼리 눈을 찡긋대며 수군거린다.

　공짜 지하철 카드를 처음 쓰는 것이 어색한 중늙은이들은 사방을 돌아보며 쭈뼛거렸다. 그 시절도 훌쩍 뛰어넘어 코로나 백신 먼저 맞는 것이 유세 같기도 아닌 것 같기도 헷갈리는 위쪽 세대들은 파르란 아래 세대를 내려다보며 '쯔쯔, 철없는 것들' 하기도 한다. 그렇게들 저마다 주절 주저리 하는 사이 나이 피라미드는 형성된다. 따로 애쓰지 않아도 세대는 저절로 자리를 바꾸고 세월은 켜켜이 팥시루떡같이 익어 간다.

미-라-도-도-시-라-미 단순한 음은 삶과 세월과 한과 사랑을 담아 육자배기로 녹아들어 간다. 노랫말 안에 세월을 온통 다 담으려는 유행가는 철학적 메타포가 된다. 니체는 아모르파티라는 거대 담론을 앞세워 21세기 한국에서 신나게 환생했고, 소크라테스는 졸지에 한국인의 형이 되지 않았나.

*

시간이 흘러가는 소리는 고요하다.

들어 보려 해도 놓치기 쉽다. 고요한 소리는 고요한 가운데서만 들린다. 맑은 소리가 나는 찬물 따르는 소리도, 더운 물 따를 때 나는 뭉근한 소리도 세월이 지나면 가릴 줄 알게 된다. 젊어서는 안 들리던 그 소리들이 나이테가 커져야 비로소 귀에 들어오는 것이다. 기쁨과 노여움, 즐거움과 슬픔마저 제풀에 바스라지고, 벼린 상처도 세월과 바람에 부대껴 두루뭉술해질 때가 돼야 사람들은 넉넉하게 품을 벌리며 살아온 소리를 들을 줄 안다.

노인들 입에 늘 붙어 있는 말, "1년은 후딱인데 길기만 한 하루"는 흘러가면서 여기저기 스며든다. 삶의 지혜로 녹아들고 세사世事의 자양분이 되기도 한다.

1961년 당시 서슬 시퍼렇던 김종필 중앙정보부장은 우리나라 최초의 뮤지컬 극단인 종합 음악 예술 단체를 만들었다. '예그린 악단'이다. 옛날을 그리워하며 미래를 열어 가자는 뜻을 담아 지은 이름이 '예그린'이다. 우리나라 최초의 뮤지컬《살짜기 옵서예》가 이때 만들어졌다.

차 한잔 놓고 이런저런 멍때리기, 놀멍, 먹으멍, 쉴멍을 하다가 그마저 싫증 나면 '살짜기' 예그린의 언덕, 내 놀던 옛 동산으로 가 보시라. 각자의 방법대로 찾아가시라. 〈고향의 봄〉도 떠올리시고 이리 갔다, 저리로 들쑥날쑥 내키는 대로 찾아가시라.

― 엄마한테 몇 달을 조르고 졸라 명절 선물로 받은 검정 고무신이 닳을까 봐 아끼느라 옆구리에 동여매고 개울을 건너다 물에 빠트렸다. 물살이 세어 금세 떠내려갔다. 야단 걱정에 앞이 캄캄, 흐르는 물만 하염없이 보다 해는 뉘엿뉘엿.

그날은 "흙 다시 만져 보자아 / 바아닷―무울도 춤을 추운다" 노래를 외우다가 정신을 팔았다지, 그 누이는 아마….

― 집으로 손님을 초대하는 경우도 많았다. 애들 돌잔치, 집들이, 생일, 승진 등등 '껀수'만 생기면 사람들을 불러 모았지. 그 시절 아낙들

 살짜기 옵서예
패티 김

 고향의 봄
신영옥

 청보리밭을 흔드는 바람 소리

·「빨간 문이 있는 뜰」24cm X 17cm ▶

이 모두들 무던하지야 않았겠지만 집에서 음식을 직접 차렸지. 돌아가면서 집에서 고스톱이나 포커판을 벌이는 경우도 많았지. 굴 앞에서 연기를 피워 너구리 잡듯 사내들은 담배를 피워 대고 그 사이를 아이들은 신나게 뛰어다녔지. 집에서 초상을 치루는 경우도 많았지 않나. 아파트 계단을 굽이굽이 돌아 관이 나가거나, 아님 베란다 밖으로 곤돌라에 묶인 관이 둥둥 내려가고, 기절초풍할 일들이 예전에는 아무렇지도 않은 거였다.

— 서울 돈암동 아리랑 고개 언저리에 흥천사란 절이 있다. 이 절은 신흥사로도 불리었다. 지금은 아파트 단지로 변한 절 바로 옆에는 송학정 등 규모가 큰 10여 개의 대중적인 요릿집이 있었다. 잔치를 통상 신흥사에서 한다고 하면 사람들은 다 이곳으로 알아들었다. 이런 모독이 있나?

하지만 가람은 장고와 기생들의 소리로 걸쭉한 놀이판을 『반야바라밀다심경』에 버무려 넉넉히 접어주었다. 여러 연회가 매일 열렸는데 아마 환갑잔치가 제일 많았지. 지금은 칠순잔치도 손사래를 치는 경우가 많지만 명命들이 그리 길지 못했던 옛날, 회갑연은 자손들에겐 의무 같은 숙제였다.

요릿집의 방들은 수십 명이 들어갈 수 있을 만큼 넓었다. 음식이 가득 차려진 교자상들을 종업원들은 날아다니듯 상째 아슬아슬 날랐다. 울긋불긋 사탕부터 중간에 수壽와 복福 글씨가 들어간 약과, 강정, 다식, 과일, 정과, 각종 전, 건어물 등 높게 괴어 격식 갖춰 차렸으나 조악한 품질의, 그러나 떡 벌어지게 차린 헤드 테이블 뒤에 한복을 받쳐 입은 주인공 내외가 앉는다. 요릿집 전속 기생들은 상 옆에서 잔치를 거든다. 자손들이 한 팀씩 나와 절을 하고 잔을 올린다.

"받으시오, 받으시오오오오. 이 술 한잔 받으시오오. 이 술은 술이 아니라 천년만녀…언…"

권주가 속에 분위기는 달아오른다. 아들이나 사위가 그날의 주인공을 업고 방을 휘젓고 다니며 한 자락 춤을 추면서 이 잔치는 절정에 달했다.

- 시외버스 안에서 담배를 피워 댄다. 비행기 흡연석은 또 어땠나. 자기는 비흡연석에 자리를 잡고는 담배 피울 때는 흡연석으로 어슬렁거리며 연기를 풀풀 대고, 거기 앉은 승객은 왜 이런 얌체 짓이냐 승무원에게 항의하고 승무원은 쩔쩔맸지.

- 대청마루에는 가훈 적어 놓은 액자가 걸려 있다. '가화만사성'이니 자녀를 위한 '맥아더 장군의 기도문'이니, 그 옆에는 큰 달력이나 다음 날 화장실용으로 쓰는 일력가끔 어른들이 몇 장씩 미리 찢어가 다른 식구들이 날짜를 헷갈리게 만들기도 했는데이 걸려 있었다. 또 대개 차렷 자세로 찍은 작은 사진들이 다닥다닥 앨범처럼 펼쳐진 액자도 기본 장식품이었지.

- 주름 잡힌 여닫이문, 네 다리 달린 궤짝 같은 텔레비전이 주요 재산 목록이던 시절, 안방 가장 좋은 자리는 텔레비전 몫. 미스 코리아 선발 대회라도 있는 날에는 31번이 되겠다느니 아니다 27번이 더 잘빠졌느니 저마다 민망한 품평도 했다. 프로 레슬링 시합이 벌어지면 집에 텔레비전 없는 동네 아이들이 몰려드는 극장이 되었지.

• 전화기 귀할 때, 사고파는 것이 자유로운 백색전화 가진 상대적으로 조금 부자는, 팔지 못하는 청색전화를 겨우 배정받아 한껏 기분 좋은 이에게 "요즘은 청색전화도 제법 보급이 되어 가는 모양이지?" 하며 으스대기도 했었다.

• 남대문이나 동두천 '양키 시장'에서 사 온 'C 레이션 박스'를 뜯어 국방색 캔을 T 자형 오프너로 딸 때는, 내 경우 황홀하기까지 했다. 터키라는 나라 이름이 칠면조도 가리키며 또 그걸 먹기도 하는구나. 햄, 커피, 캔디, 비스킷, 초콜릿을 전쟁터에서도 먹다니 미국은 진짜 부자구나.

• 1년에 한 번 있는 휴가를 나오면 마당으로 들어서자마자 옷을 벗는다. 내복을 뒤집는다. 사람 피를 빨아 먹고 살아 영어 이름도 'Sucking lice'인 생각만 해도 근질거리는 '이'를 털어 내야 하기 때문이다. 오랜만에 보는 귀한 아들이 추워 덜덜 떨어도 엄마는 이 의식이 우선이었다. 어떤 때는 내복을 아예 아궁이로 처넣어 버렸지.

• "오늘 점호는 '이' 점호다. 각자 이 10마리씩!" 하고 미리 예고가 되면, 내복 솔기에 숨어 있는 이 잡기 한판이 벌어진다. 깨끗하다고 유난 떨던 병사들은 도저히 숫자를 못 채우게 되면 옆방 전우에게 빌린다. 그 이를 철모 안에 넣고 점호를 받는다. 선임 하사는 얼굴을 철모에 바짝 들이대며 "둘 네 여서 여덟 열…" 하고 꼼꼼히 헤아렸다.

• 경기도 포천, 막걸리로 유명한 이동. 해발 1,168미터 국망봉에 벙커를 짓는 작업에 우리 중대는 동원됐다. 일당을 후하게 쳐줘도 일반인들은 며칠 하고는 자빠질 정도로 버거운 작업이었다. 지금이야 자연 휴양림이 됐지만 그때는 일반인 출입 금지의 길도 하나 없는 원시림 비슷했다. 아예 산중턱에 2인용 텐트를 치고 야영하면서 종일의 중노동을 버텼다. 늦가을이니 밤이면 한기가 오싹했다. 손재주 있는 병

사들이 텐트 밑에 온돌을 깔았다. 불을 때 놓으면 밤새 따뜻했다. 뻘기 직전에야 일 과가 끝난 병사들은 밥 한 그릇 먹자마자 옷 입은 채로 곯아떨어진다. 다음 날이면 그 차림으로 바로 작업을 나간다. 그렇게 일주일쯤 지나자 이가 생겼다. 깊은 산속 이 이는 어디서 왔나? 난 아직도 이가 도대체 어떻게 생겨나는지 알지 못한다. 자 생하는 것이라고 당시 결론 냈지만 어떻게 나를 집 삼고 양식 삼아 걔들이 내 품에 서 기어 다니게 됐는지 알 길이 없었다. 수수께끼다.

＊

누가 쓴 글인지 모른 채 퍼 날라진 글을 바탕으로 내가 좀 많이 보탰다.

"할아버지 어릴 때에는 인터넷도, 컴퓨터도, 게임도, 스마트폰도, 드론도, 카톡도, 페이스북도 없었는데 어떻게 사셨어요? 치킨도, 피 자도, 햄버거도 콜라도 없었다니. 더구나 배민도, 요기요도, 쿠팡도 없던 답답한 세상에서 어떻게 사셨나요?"

"요즘은 인간미도, 품위도, 연민도, 수치심, 명예, 존경, 사랑도, 나눔도, 겸손도 없이 살고 있는 사람들이 많지만 그때는 훈훈했다. 따 뜻한 마음이 모든 것을 다 감싸 주었다. 콩 한 쪽도 나누라고 엄마는 말 씀하셨고 어른을 뵈면 존댓말을 하고 공손하게 인사해야 한다고 선생 님들은 일러 주셨지. 우리는 그 말씀을 잘 지켰다. 백열전구를 양말 속 으로 밀어 넣고 해진 곳을 촘촘히 꿰매 주시던 엄마의 손길을 디디며 그땐 살았지.

우리는 자전거도 킥보드도 없었지만, 바람개비를 들고 냅다 뛰면서 신났단다. 숙제는 스스로 했고, 제기를 차고 자치기를 하고 구슬치기를 했지. 누나들은 공기놀이, 고무줄놀이를 하면서 해 질 때까지 들판에서 골목길에서 뛰어놀았지. 목마르면 생수가 아니라 샘물이나 펌프로 끌어 올린 물을 마셨고, 카톡 친구가 아닌 진짜 친구와 맨발로 잘 뛰어놀았단다. 가끔 갑자기 종주먹을 들이대며 싸우기도 했지만 다음 날이면 더 친해졌지.

부자가 아닌 부모님은 용돈 대신 많은 사랑을 주셨고 우리는 그걸 흘리지 않고 받아먹으며 자랐다. 먹는 것이 시원치 않아 체격은 작았지만 체력은 단단했다. 그렇게 자란 우리들은 힘들었지만 많은 일을 했단다. 지금 너희들이 당연하다고 여기는 그 수많은 것들의 밑바탕을 다 깔아 놓았지. 굳이 일일이 떠벌리며 자랑하고 싶지 않지만…."

·「연 날리는 아이」 57cm X 38cm ▶

04

물 마시고,
낮 씻고,
숨 쉬며

사무사思無邪, 그리고 연蓮꽃

 광화문 교보문고에는 수십 명이 동시에 앉아 책을 읽을 수 있는 아주 긴 책상 두 개가 있다. 뉴질랜드 늪지대 진흙 속에 몇만 년 묻혀 있던 소나뭇과의 나무를 이태리에서 가공해 만들었다는, 길이가 12미터, 폭 1.8미터의 이 책상에는 언제나 빈자리가 없다. 책을 여러 권 쌓아 놓고 졸고 있는 사람, 열심히 책을 베끼는 사람, 노트북을 펼쳐 놓고 책의 글을 옮겨 대는 사람.

 "책을 하루 종일 빼 보기만 해도 눈총 주지 말 것. 책을 베끼더라도 제지하지 말 것. 혹 책을 훔쳐 가는 사람을 보더라도 절대로 망신 주지 말고 눈에 띄지 않는 곳으로 데려가 타이를 것" 등 교보문고 창립자의 지침이 지켜지는 가운데 이곳은 책 읽는 인구가 점점 줄어든다는데도 늘 북적거린다.

제주 성산포에서 배를 타고 10분 거리에 우도牛島가 있다. 이곳에는 '밤수지맨드라미'라는 예쁜 이름의, 우도에 맘 붙이고 사는 신혼부부가 꾸려 가는 아주 작은 책방이 있다.

© 밤수지맨드라미 책방

우리나라에서 가장 남쪽에 있는 책방인 셈인데 소박하기 그지없는 인상이 닮아 보이는 이 부부는 하루에 책 열 권만 팔았으면 좋겠다며 활짝 웃는 것을 TV에서 본 적이 있다. 관광을 온, 특히 젊은이들에게 심심치 않게 책을 파는 모양이다.

한강과 밤섬, 여의도가 통유리 창 바깥으로 한눈에 펼쳐진 마포의 책방은 환상적이다. 그 좋은 위치, 특히 노을 녘이면 빨려 들어갈 것 같은 6, 8, 9층의 전망을 책 읽는 곳으로 내어 준 집주인 의사는 '통 큰 여장부'다.

"인생의 위기의 순간, 자신이 독서 가능자라고 생각하는 사람은 무너지지 않는다. 책을 통해 두 다리의 힘이 단단해진 사람이 많아질수록 우리 사회도 튼튼해지지 않겠나. 1년에 1백 권을 읽는, 뿌리가 단단한 기둥들이 가득한 세상을 꿈꾼다." •

몇 번 들렀으나 '채그로'는 자리 잡기가 쉽지 않았다. 젊은 뿌리, 잔기둥 들이 그득히, 늘 얽혀 있었다.

디지털 시대에 아날로그적인 책방에 왜 와야 하느냐는 질문을 자신에게 끊임없이 던진 끝에 몇 년 전 광고 전문인이 낸 '최인아 책방'. 삶에서 받은 무거운 긴장을 내려놓고 숨을 쉴 수 있는 공간, 지적이고 우아하고 충만함을 나누고 싶어 만들었다는 서울 강남 선릉 근처의 이 책방은 조용히 책을 읽을 수 있는 별도의 공간과 강연, 모임, 때론 콘서트도 이루어지는 아름다운 문화 마당이다.

• 중앙일보 2021년 8월 19일 자 「이지영의 문화난장」

'채그로'에서는 자칫 책 대신 한강 풍경에 눈을 뺏길 수 있다. ▶

몇 년 전 어느 모임에서 우연히 대화를 나눴던 한길사 김언호 대표는 책과 문화가 숨 쉬는 공간을 도심 속에 마련하기 위해 적절한 터를 찾고 있다고 얘기했다. 그때는 무슨 소리인지 몰라 얘기를 이어 가지 못했다. 그러나 동아일보 해직 기자 출신으로 1976년 한길사를 세운 이후 3천여 권의 대중적 인기 없는 양서물론 『로마인 이야기』, 『중국인 이야기』 등 베스트셀러도 많지만를 펴낸 출판사를 이끌고 있는 그. 헤이리 복판에 복합 문화 공간을 일찍이 세우고, 파주 출판 도시를 이끌어 온 만만찮은 내공을 가진 그가 무슨 생각을 품고 있는지 내심 궁금했다.

그의 이상향은 2017년 서울 중구 순화동 배재학당 뒤편에 '순화동천巡和洞天, 동천은 도교에서 말하는 이상향'이라는 이름으로 세상에 태어났다. 5백여 평 되는 공간에는 물론 책들이 빼곡히 벽면에 펼쳐져 있고, 10여 개 되는 방에서 강좌를 듣고 미술품을 감상하거나 실내악 연주에 빠져들 수도 있는, 개성 있는 인문학의 놀이터가 꾸며졌다.

일본 도쿄 긴자 거리 한복판에 '긴자6'라는 초대형 고급 백화점이 있다. 쇼핑객들로 이곳은 항상 붐비고, 특히 명품 브랜드들이 줄지어 선 이곳, 6층. 6미터 높이의 책꽂이에 6만여 권의 책들이 기세 좋게 자리 잡은 '쓰타야' 서점이 있다. 이곳은 아마 이 쇼핑몰에서 가장 많은 사람이 몰리는 곳 같다.

10여 년 전 도쿄 시부야구 주택가에서 시작한 쓰타야 본점은 아침 7시에 문을 열어 새벽 2시에 문을 닫는 독특한 서점, 아니 문화 공간. 지금은 일본 전역에 1,400여 개의 매장을 통해 연 2조 원의 매출을 올린다는데, 요리책 코너 옆에 조리대가 있어 직접 요리가 시연되기도 하고, 여행 서적 코너 옆에 여행사 부스가 있어 상담까지 진행되는 식으로 운영되는, 생활 속에 파고든 문화 장터이다.

타이베이 시내 송산역에 있는 '대만 쓰타야'도 사람들이 바글바글했다.

꽤 오래전 아일랜드 더블린에 간 길에 트리니티 대학 도서관을 찾았다. 이 학교를 다녔던 버나드 쇼, 사뮈엘 베케트 등등의 천재들이 책을 읽었던 이곳, 영국 BBC가 선정한 가장 아름다운 도서관답게, 영화 〈해리 포터〉의 배경답게, 길이 65미터 3층 건물 높이 20만 권의 장서가 소장된 롱 룸이라 불리는 이 도서관은 장엄했다. 책에 빠져든 학생들을 보면서 느낀 일종의 경외감은 아직껏 내 머리에 남아 있다지금은 실제 사용 안 하고 보존하는 박물관으로 바뀌었다.

파리 여행을 하다가 노트르담 성당 건너편 쪽, 센강 좌안의 책의 거리에 있는 유명한 고서점, 1920년대 파리에 머물며 주요 작품들을 쓰던 헤밍웨이가 즐겨 찾았다는 '셰익스피어 앤드 컴퍼니Shakespeare and company'를 보신 분들이 많으시리라. 영화에도 나와 관광객들이 많이 찾아오는 이 서점은 다양한 영미 문학책, 희귀본 들을 구할 수 있을 뿐 아니라 예전부터 도서관처럼 맘껏 책만 읽고 그냥 나올 수 있는 1백 년

© stmaciorowski

된 서점.

　"낯선 사람에게 불친절하지 마라. 그들은 변장한 천사일지 모르니."
계단 위쪽에 쓰여 있는 성서의 구절이 느닷없지 않나 생각하며 2층으
로 오른다. 한쪽에서 뜬금없이 피아노를 치는 사람, 책 보러 왔다가 그
걸 멀거니 구경하는 사람, 한동안 그 분위기에 빠져 있다 보면 머리는

텅 빈다. '여긴 모두 행복한 사람들만 들어오는구나.' 착각에 나도 금세 행복해졌다.

트위터의 기업용 버전 야머Yammer의 설립자 데이비드 색스는 지난해 뉴욕 타임스의 칼럼을 통해 '삼청동 숲속 도서관' 얘기를 썼다. 그는 "1년 전 나는 한국 서울의 삼청 공원 도서관에서 미래를 보았다. 숲이 우거진 고원에 있는 소박한 건물에서 사람들은 바깥의 나무를 내다보고 커피를 마시며 책을 읽고 있었다."라고 소개했다. 그는 이 도서관이 "첨단 기술에 대한 해독제로 특별히 설계됐다."라고 전했다. 이 기사를 실은 중앙일보는 동대문구 전농동 둘레길 초입에 문을 연 '배봉산 숲속 도서관'도 소개하면서 주민 공동 거실이자 사랑방이자 서재가된, 이 두 도서관을 설계한 건축가 이소진의 도서관을 이용할 사람들을 향한 애정을 들려주기도 했다.

책방과 도서관 얘기는 끝없이 많다. 나는 거기를 오가며 들르는 수많은 사람들을 향한 애정, 그들을 볼 때마다 느끼는 든든함, 적당한 표현을 찾지 못하겠지만 그들에게서 따뜻함이 나오고 있다고 느끼는 내 감수성을 나누고 싶다.

교보문고 긴 책상을 늘 가득 메우는 사람들, 돋보기를 추슬러 올리며 삼매경에 빠진 할아버지, 이름 예쁜 '밤수지맨드라미 책방'에서 책을 사는 여행자들, '채그로'의 든든한 젊음들, '최인아 책방'의 소파에 앉아 책을 읽고 있는 필부필부들, '순화동천'의 순례자들, 유모차를 앞에 두고 책에 빠져든 '숲속 도서관'의 젊은 엄마들. '쓰타야' 서점을 가득 메운 남녀노소 군상들, '트리니티 대학 도서관'과 '셰익스피어 앤드 컴퍼니'를 쉬지 않고 드나드는 행렬들. 그 모든 동서의 책방과 도서관을 채우는 군상들을 보거나 떠올릴 때마다 나는 무언지 모를 충만감을 느끼는 것이다.

세상이 아무리 험악해지고 사람들이 모두 이악스럽다 해도 적어도 책 근처에 있는 이들에게서는, 그 순간에서만은 나는 그들의 얼굴은 모두 맑다고 단정한다.

"시詩 삼백三百 편을 읽으면 생각이 바르고 사악함이 없다."라는 공자님의 사무사思無邪가 오늘 시끄러운 세상 속, 우리에게서도 이루어진다.

내가 좋아하는 정선 아리랑의 한 대목이다.

진흙 속의 저 연蓮꽃, 곱기도 하지

세상이 다 흐려도 제 살 탓이네

나가사키, 침묵, 할喝

일본 규슈 지방 나가사키에 간 적이 여러 차례 있다. 처음 가던 날, 비행기 안에서 한국인 가톨릭 성지 순례단을 보며 여기 무슨 성지가 있나 했는데 내려서 보니 대표적인 성지와 유적지가 여러 곳 있다는 것을 알게 되었다.

일본이 해외 문물을 받아들이기 시작한 곳이 나가사키였고 가톨릭도 맨 처음 이 지역을 통해 들어왔기 때문인지, 일본 국보로 지정된 오우라 천주당, 26인의 순교자들을 기리는 순교자 기념비, 우라카미 천주당 등 만만치 않은 성지들과, 가톨릭 박해의 흔적이 서린 유황 온천 지역이 있었다. 이곳들을 한번 돌아본 것을 시작으로, 그 후 나가사키를 갈 때마다 짬이 나면 다시 찾게 되는 버릇 아닌 버릇이 생겼다.

그러나 이 성지들은 기독교가 번성하지 못하는 일본의 현실을 반영하듯, 한국의 성지 순례단 이외에는 일본인들로부터는 외면당하는 모습을 보이고 있어 갈 때마다 씁쓸한 마음을 지울 수 없었다. 천주당에서 잠시 묵상을 하려면 안내원에게 양해를 구한 후 국보 보호를 위해 쳐 놓은 차단봉 옆으로 들어가야 하는 경우도 있었다. 성호를 긋고 있는 나는, 뜸하게 찾는 일본인들이 흘끔거리며 쳐다보는 대상이 되기도 했다.

우라카미 천주당 ⓒ 663highland

근처 운젠 지역은 검게 달구어진 땅에서 펄펄 끓는 유황물이 매캐한 유황 냄새의 증기와 함께 솟구쳐 나와 '운젠 지옥'이라고 불리며 일본인들이 즐겨 찾는 온천 휴양지가 되었지만, 이 '지옥의 물'로 가톨릭 신자들은 고문을 받았고 숨졌다. 그 현장은 곳곳에 있다.

그냥 관광지, 그다지 인기가 없는 유적지, 또 신경통과 피부병에 좋은 온천지인 이곳들을 갈 때마다 그리스도를 위해 목숨을 던져야 했던 일본인 순교자들에게 오늘의 이런 현실을 어떻게 설명해 주고 보듬어야 하는지 안타까운 마음에 그들과의 교감을 그리기도 했지만, 그건 그냥 내 객기, 내 센티멘털리즘에 불과했다.

· 2019년 11월 24일 프란치스코 교황은 나가사키를 방문, 히로시마에 이어 두 번째 원자폭탄이 떨어졌던 폭심지에 세워진 니시자카 공원을 찾아 평화의 메시지를 전한다.

*

혹 노벨상 후보에 여러 차례 올랐던 일본의 대표적 소설가 엔도 슈사쿠(1923-1996)의 소설, 『침묵』을 읽으신 분이 있으신가? 어머니의 영향으로 열한 살 때 세례를 받은 그는 그의 대표작인 이 소설을 통해 "하느님은 고통의 순간에 어디에 계시는가."라는 문제를 17세기 일본 기독교 박해 상황을 토대로 진지하고 생동감 있게 그려 냈다.

일본에 가톨릭을 전파하기 위해 잠입했던 포르투갈 사제들은 체포되어 가혹한 고문을 당하고 마침내 배교를 강요받는다. 일본 관리의 조롱 속에 배교를 증명하기 위해 피와 먼지로 더럽혀진 발로 성화를 밟아야만 하는 극한 상황에 놓이게 된 주인공 로드리고 신부는 "도대체 당신은 이런 순간에 왜 침묵하고 계신가."라고 그리스도를 향해 절규한다. 그때 그는 "밟아라. 네 발은 지금 아플 것이다. 오늘까지 내 얼굴을 밟았던 사람들과 똑같이 아플 것이다. 하지만 그 발의 아픔만으로 충분하다. 나는 너희의 아픔과 고통을 함께 나누겠다. 그것 때문에 내가 존재하니까."라는 하늘의 소리를 듣는다.

이 소설은 결국 "로드리고의 배교가 실제로 신에 대한 배신이 아니라, 그리스도는 파교자의 발에 밟히면서도 그것을 용납하고 계셨다는 외경스러운 신앙의 역설"•로 축약된다.

『침묵』은 마틴 스코세이지 감독, 리엄 니슨 등이 출연하는 〈사일런스Silence〉란 제목으로 영화화되었다. 영화는 각색되어 소설과 조금 다른데, 나는 개인적으로 둘 다 좋다.

• '엔도 슈사쿠 문학관'은 나가사키 근교 바다가 보이는 언덕에 있다.

＊

모태 신앙을 가졌던 집사람과 결혼한 이후 오랫동안 우리 집은 '외짝'교우의 집이었다. 혼배 성사를 하지 못했다는 미안함에, 또 유한한 존재의 인간이 마지막으로 기대야 할 곳을 찾다가 언젠가는 기독교에 귀의하리라는 생각을 하고 있으면서도, 가톨릭에 대해, 그리스도에

• 사에키 쇼이치(1922-2016) | 평론가

대해 명쾌한 정리가 안 되어 나는 오래 미적거렸다.

술자리에서 어울리지 않게 '창조'와 '진화'에 대해 그리고 '진화적 창조'까지의 진지한 공방이 벌어질 때도 나는 국외자로서 덤덤하게 거리를 두었다. 종교를 관통하는 것은 '사랑' 아니냐는 담론이 오가다 내 뜻을 청할 때에도 우물우물하며 속내를 드러내지 못했다. 그 대신 나는 혼자서 그런 화두들과 오랫동안 씨름하는 비효율적인 독학을 해 갔다.

꽤 긴, 정신의 증류 과정을 거친 끝에 여러 복잡한 생각들로 설키어 있던 내 맘은 어렵게 정제^{purification} 되었다. 증류니 뭐니 과정이 너무 고상하게 코팅되었지만, 기독교는 논리가 아니라 '믿음', 생뚱맞은 비유이겠지만 "첫사랑 그 소녀는 어디에서 나처럼 늙어 갈까."의 그 첫사랑 앓이를 할 시절처럼 맑고 조건 없는 '믿음과 사랑'에서 출발한다는 간단한(?) 것을 혼자 낑낑대며 미련하게 먼 길을 돈 끝에야 알아낸 것이다.

2004년 드디어, 나는 세례를 받았다.

그리고 얼마 있었나? 집사람에게 큰 고통이 찾아왔다. 대수술과 심각한 투병 생활을 해야 하는 상황과 맞닥뜨려졌다. 나는 "이게 무슨 얘기인가. 어렵게 입문한 내게 그리스도께서 주는 첫 선물이 결국 이런 거란 말인가." 하며 절망했고 주임 신부님과 만났을 때도 이런 푸념을 쏟아 냈다.

1년 여를 치료의 고통 속에 견뎌야 하는 집사람에게 내가 해 줄 수 있는 일이라고는 아무것도 없다는 것에 나는 망연했다. 생각 끝에 내가 할 수 있는 일이라고 겨우 찾은 것은 새벽 미사에 매일 나가 기도하는 것, 그것이 고통을 이겨야 하는 집사람과 함께할 수 있는 최소한의 방법이라는 결론에 도달하게 되었다. 그렇게, 새벽마다 미사를 올리며, 집사람이 치료를 잘 견뎌 내도록 힘을 주십사 하고 기도하던 신앙심 짧은 나는, 어느 순간에 내 기도가 허무하기 짝이 없을 수 있다는 회의에 부딪히게 된다.

12억 명 가까운 이 세상의 가톨릭 교우들이 모두 개인의 절절한 기원과 기복에 하나씩 매달려 기도한다면 아무리 전지전능한 하느님도 감당하기는 불가능할 것이라는, 초짜 신앙인의 단세포적이고 한심하기 짝이 없는, 그러나 내게는 진지한 의문을 지울 수 없게 되어 버렸다. 그 후의 갈등 과정은 접어 두고 이 의문, 이 회의가 풀린 것은 "자, 그럼 당신 맘대로 하시오."라는 시비조의 투정과 원망의 기도 아닌 기도가, 어느 순간 "당신 뜻대로 하소서."로 바뀌어 버린 순간이었으리라.

불교 선종禪宗에서, 스승이 참선하는 사람들의 어리석음을 꾸짖을 때 하는

"할喝!"이란 질타의 고함 소리가 있다.

나가사키의 천주당에서, 지옥 온천의 매캐한 유황 내음 속에서,

『침묵』의 책장을 덮으면서, 1년 여의 새벽 미사에서,

나는 '할'이라는 죽비竹篦를 맞으며,

"뜻대로 하소서."를 힘겹게, 겨우, 비로소, 맞아들였다.

　경북 영주시 구성로 영주 기관차 승무 사업소 뒤쪽에 '영주 대장간'
이 있다. 대장간은 대개 허름한데 영주 대장간은 번듯하다. 석노기 씨
가 이 대장간 주인이다. 그는 주로 호미를 만든다. 차량용 스프링이 호
미의 원료다. 풀무질로 벌겋게 달구어진 화로에 쇠를 넣는 담금질, 달
구어진 쇠를 집게로 잡고 망치로 또는 직접 만든 공작 기계로 두드리는
망치질, 그 단조鍛造의 반복을 통해 호미는 만들어진다. 그는 이 일을
1968년부터 해 온 진짜배기 대장장이이다. 하루 종일 매달려야 60여
자루를 겨우 만든다.

　컴퓨터를 다룰 줄 아는 가까운 이가 인터넷 쇼핑몰에 이 호미를 올
렸다. 그리고 이 호미는 2018년 아마존 원예 용품 가드닝 부문 판매 톱
텐에 올랐다. 5천 자루 이상을 수출했다는데 주문이 계속 밀린다. 아

마존에는 'Young ju daejanggan ho-mi'로 올라 있다. 호미 손잡이에는 '최고 장인 석노기'라는 낙인(烙印)이 찍혀 있다. 우리나라 쇼핑몰에서 한 자루에 8천 원에서 9천 원 사이인데 아마존에서는 한 자루에 15-20달러에 팔리는 '명품'이다. 석노기 씨는 처음에 "아마존에서 호미가 팔린다고 해서 밀림에서들 내 호미를 쓰는 모양이라고 고개를 갸우뚱 했다."라고 어느 인터뷰에서 말했다. 'ㄱ' 자 모양으로 호미의 각을 잡고, 날의 두께는 두들김의 감으로 조절한다. 맘에 들 만한 모양이 잡히면 비로소 밤나무로 만든 자루를 낀다. 이 호미를 써 본 외국 인들은 "30도로 휘어진 날은 처음이다. 혁명적이다. 전에는 어떻게 정원을 가꾸었나." 호들갑이다. 인기가 대단하다. 중국 제품이 있지만 기계로 만들어 석노기 씨의 미묘한 손맛, 감각에는 어림도 없다.

2020년 1월 26일, 미국 로스앤젤레스 스테이플스 센터에서 열린 62회 그래미상 시상식. 음반계의 아카데미상 격인 이 상의 공연 무대에 세계 최고의 그룹 방탄소년단과 인기 정상의 래퍼 닐 나스 엑스가 등장했다. 합동 공연이 시작됐다. 객석은 난리가 났다. 닐의 대표곡 중 하나인 〈올드 타운 로드Old town road〉가 시작되고, BTS의 메인 래퍼 RM이

이 노래를 리믹스한 〈서울 타운 로드〉로 이어갔다. 생뚱맞은 랩 가사가 관객들의 관심을 끌었다.이 실황이 생중계, 녹화 중계 됐고 유튜브에 올라 전 세계 시청자들이 보았다.

I got the homis in my bag / Have you heard of that / homis made of steel- from Korea- / dig the be-e-est
내 가방에 호미가 들었지이 / 니들이 호미를 알아? / 호미는 철로 만들고 한국 거고, 최에고오지

한국의 / 덜 알려진 지방 / 철로 변에서 / 손으로 두들겨 만들어 내는 / 순박한 대장장이 석노기 씨의 호미이가 / BTS에 의해 / 그래미 무대로 올라가는 / 세에상에 / 우리는 살고 있지이이렇게 써도 랩 같네.

나는 〈생활의 달인〉이라는 SBS 프로를 즐겨 본다. 2005년 4월에 첫 방송이 나간 장수 프로다. 이 프로에는 한 분야에 수십 년간 매달려 누구도 따라올 수 없는 경지에 이른 달인들, 그러나 지극히 평범하고 소박하고 수줍음 많은 우리의 이웃들이 주인공이다. 빵에 넣을 소를 어떻게 하면 더 맛있게 할까 잠을 설치는 이들, 국수가 뭐라고 더 찰지게 면을 뽑기 위해 별짓(?)을 다 해 보는 아주머니, 세탁, 가죽 수선, 시계

Seoul Town Road
Lil Nas X & RM of 방탄소년단

수리, 건물 외벽 청소, 상자 접기, 이삿짐 나르기 등등등. 한 번에 서너 명의 달인들, 온갖 분야에서 통달한 사람들이 등장하니 그동안 나온 주인공들만 어림잡아도 수천 명은 된다. 그들이 하는 일은 보기에 따라 하찮은 일일 수 있는데 왜 죽자 살자 식으로 매달릴까?

그들은 일개미처럼 단순 반복 작업을 한다. 그렇게 몇십 년, 아니 평생을 매달리면서 감히 누구도 흉내 못 낼 그 분야의 '달인'이 된다. 수많은 시행착오, 좌절을 견뎌 내면서 보는 이들을 놀라게 하고 감동시키는 경지에 오른 것이다. 그래서 사람들은 그들을 믿고 찾는다.

EBS의 〈극한 직업〉이라는 프로그램을 즐겨 보는 이유도 비슷하다. 이 프로는 2008년에 시작됐다. 우리 주변에 상상하기 쉽지 않은 어려운, 극한적 상황에서 일을 하는 사람들이 그렇게 많은 줄 몰랐다. 거칠고 위험하고 그래서 힘든 일, 그런데 누군가 안 하면 안 되는 일을 묵묵히 해 가는 사람들을 이 프로는 좇는다.

산악 구조대, 강력반 형사, 긴급 전기 보수 팀, 환경 미화원, 택배 등 물류 종사자, 벌목 감시인, 응급실 의사, 해양 구조대, 산불 기동대, 밀렵 감시단 등등. 여기 나온 이들도 수천 명은 족히 된다.

불을 끄고 사람을 구해야겠다는 목적 하나만으로 불구덩이로 뛰어드는 이들, 쓰레기를 청소하고 처리하는 겨울 새벽의 거리 천사들, 그들은 모두 작은 거인들이다. 물론 직업으로, 먹고살기 위해 그 일들을 시작했지만 스스로 성취동기를 만들어 갔고 결국 그 부문에서 일가를 이루었다. 범상치 않게 끈덕진 사람들이다.

세상 구석구석 그런 일들이 있는지도 모를 분야에서 극한의 환경과 싸우면서 헤쳐 나아가는 모든 '위대한' 이들이 없다면 우리가 사는 세상은 어떻게 돌아갈까? 〈생활의 달인〉과 〈극한 직업〉인이 만일 없다면 우리가 사는 세상은 얼마나 삐그덕거릴까? 그들은 돌같이 보이지만 자세히 보면 보석처럼 반짝인다. 깊은 산속 맑은 샘물, 신선한 공기 같다.

조금만 관심을 갖고 보면 이런 사람들은 사방에 있다. 쉽게 찾아낼 수 있을 만큼 많다. 특히 힘들고 어려워 피하는 이른바 3D 업종에 더 많다. 그들이 만들어 내는 공기 청정기가 사방에서 돌아간다. 더러워진 공기를 맑게 해 준다. 역삼투압 필터가 되어 구정물을 씻어 내고 맑은 물을 계속 공급해 댄다.

남을 속이고 뒤가 구린 일들을 서로 적당히 눈감아 주고, 나쁜 마음들이 세상을 휘저어 놓고, 범죄는 끊임없이 진화하며 이어지고…. 그것만 보면 세상은 곧 무너질 것 같은데 세상은 곧 망할 것 같은데 잘 굴러간다.

〈극한직업〉인들과 〈생활의 달인〉들, 자기 일을 접어 두고 코로나 환자에게로 달려간 의사들, 우직한 석노기 씨, 또 텔레비전의 이런저런 생활 프로에 나오는 전국 곳곳에서 별거 아닌 거 같고 평범한 일에 대차게 달라붙어 일하는 서민들, 자기 자리를 지키며 한눈팔지 않고 묵묵히 일하는 순한 사람들.

그들의 의지, 그들의 밝고 맑은 마음, 빳빳하고, 가늘지만 질기고, 때론 연약해 보이는 옹고집의 나무들, 보잘것없는 나무들이 촘촘히 숲을 이루며 금수강산을 만들고 있기 때문에 세상은 쓰러지지 않고 버티면서 앞으로 나아가는 것이다.

혜자惠子가 절친인 장자莊子(B.C.365?~B.C.270?)에게 말했습니다.

"자네 말은 크기만 하지 쓸모가 없어 모든 사람들이 외면할 거요."

장자가 답했습니다.

"쓸모가 없는 것을 아는 사람이라야 무엇이 참으로 쓸모가 있는지를 말할 수 있네."

별거 아니라고 무시받기 쉬운 일, 아무 쓸모도 없어 보이는 물건, 무용지물無用之物은 결국 무용지용無用之用, 큰 쓸모가 되어 세상을 받쳐 준다.

오늘도 선산先山을 지키는 굽은 나무들을 위하여!

아무것도 안 할 자유

　태국 북쪽은 밀림 지대가 꽤 깊다. 친구 하나는 총각 시절 이곳으로 휴가를 가는 것에 맛 들여 몇 차례 갔는데 그때가 생애 가장 멋지고 진솔한 시간이었다고 여러 차례 자랑했다. 1년에 거의 한 달 정도 휴가를 쓸 수 있는 널널한 직업. 물론 평소 하는 일의 양과 질, 스트레스 정도를 보면 한 달 쉬는 것만으로는 모자랄 정도인데 아마 스스로에게 보상해 주기 위한 각별한 휴식으로 그곳을 찾아냈던 모양이다.

　치앙마이까지 가서는 현지인의 안내로 코끼리를 타고 밀림으로 들어간단다. 꽤 깊이 가면 큰 나무들 속에 '정글 호텔'이 있다. 나무 꼭대기에 오두막을 얽어매 만든 숙소. 사다리를 타고 올라서면 침대, 의자, 식탁도 있고, 천장도 있는 오두막. 거기서 일주일, 열흘 또는 그 이상을 머문다는 것이다. 통신은 물론 끊어진다. 문명, 문화의 세계와는 완벽하게 단절된다. 약속한 날짜가 되면 타고 갔던 코끼리가 다시 온다. 먹거리야 물에, 풍성한 과일에, 준비해 간 이런저런 것들로 견디고 배설은 내려오든지 해서 해결한다. 저절로 묵언 수행자가 된다. 하루 종일 멀거니 앉아 숲을 살피거나 낮잠을 자거나 읽기 편한 책을 읽는다. 처음에는 적막과 어둠이 주는 공포 땜에 하루도 못 견딜 것 같았는데 시계마저 짐 속에 묻어 놓고 하루 이틀 지나면 날짜가 어떻게 지나가는지도 헷갈린다. 그렇게 멍때리다가 혹 생각할 거리가 있으면 '느리게 돌아보면서Slow thinking' '시간 늘이기', '시간 죽이기'를 하는 것이다.

마침내 머릿속은 하얗게 비어 진공 상태가 되는데 그게 너무 좋고, 온몸을 분해해 맑은 공기에 씻은 다음 다시 꿰맞추는 것 같아 인이 박였다는 것이다.

뉴질랜드 북섬에서인가 하는 트래킹도, 다녀온 사람 얘기를 듣고 보면 비슷한 콘셉트이다. 며칠 동안의 트래킹은 가이드를 따라 '별유천지'로 들어가면서 시작된다. '핸드폰'이 터질 리 없는 울울창창 산속으로 들어가 마냥 걷고, 저녁이면 전기도 없이 호롱불이 유일한 빛인 통나무집에 들어가 곯아떨어진다. 다음 날 또 같은 여정을 이어간다.

처음엔 일행들끼리 얘기도 많지만 시간이 흐를수록 말은 잦아든다. 새소리, 바람 소리, 물소리가 사람들의 입을 모두 닫게 만드는 것이다.

산은 산이고 물은 물, 그 속에 빠져 버린다. 다 비워진다. 비인간의 선계에서 침묵의 산중문답만 있을 뿐이다.

태국 푸껫의 한 리조트에서 며칠을 지낸 적이 있다. 작은 정원, 정자가 별도로 딸린 빌라들이 넉넉하게 떨어져 있어 하루 종일 다른 사람과 마주칠 일 거의 없고, 아무것도 하지 않는 자유에 푸욱 빠져들었다. 다음 날은 바닷가 모래 위 오두막에서 뒹굴뒹굴, 바다에 첨벙첨벙, 비몽사몽이다. 나른하고 야릇한 지루함이 몸을 감싸고, 시간은 어디쯤에서인지 서 버렸다.

✳

우리나라 근현대 불교의 선종을 중흥시킨 대선사 경허(1849-1912)스님의 선시禪詩를 많은 사람들에게 알린 사람은 독실한 가톨릭 신자인 작가 최인호(1945-2013)다. 그는 1994년 교통사고로 큰 고생을 한 후 경허 스님의 선시에 빠졌다. 이후『길 없는 길』,『할』등 만만치 않은 공력이 깃든 불교 소설을 남겼다.

일 없음이 오히려 나의 할 일無事猶成事 | 경허

일 없는 것이 오히려 할 일이거늘
사립문 걸치고 졸다가 보니
새들도 나의 외로움을 알아차리고
창 앞을 그림자 되어 어른대며 스쳐 가네

잔잔하게 앉아 아무 일 않아도 봄은 오고 풀잎은 저절로 자란다는 선승들의 유유자적을 그리는 사람들은 많다.

"고요한 생활을 해 본 후에야, 분주하게 움직임을 좋아하는 것이 지나치게 수고로운 것임을 알게 되고, 침묵하는 것을 수양해 본 후에야 말 많은 것이 시끄러운 것임을 알게 된다."

『채근담菜根譚』

사백여 년 전 명나라에서 심은 소채 뿌리菜根들은 태국의 정글, 뉴질랜드의 삼림, 그리고 온 세상 여러 곳곳 '양묵養默'의 정토淨土, 맑은 물에서 우려져 사람들의 머릿속을 헹구어 주고 있다.

＊

전위 무용가, '구도의 춤꾼', 명상가인 홍신자(1940-)선생이 옛날 옛적 내 사무실로 예고도 없이 쳐들어왔다. 오랜만이라며 불쑥 박스 하나를 건넸다. 인도에서 녹음해 온 것인지 기억이 가물가물한데 명상 음악 카세트테이프가 가득했다. 나같이 쫓기며 사는 사람들에게 도움이 될 거라는 선물의 속내는 따뜻했다.

인도 요기yogi, 명상가인 라즈니쉬의 제자가 되어 위빠사나Vipassanā 명상에 빠진 후 그의 춤 세계와 명상 세계는 한 몸이 되었다. 70세에도 무대에서 휘날렸다.

‘꿰뚫어 본다’는 ‘통찰 명상’의 틀은 단단했다. 선생이 쓴 책 가운데 『무엇이든 할 수 있는 자유, 아무것도 하지 않을 자유명진출판사(2002)』는 읽는 사람들을 잔잔하게 흔든다.

> "자유로워지기를 원한다면 바로 자연처럼 사는 것이다. 우두커니 있어라. 일상을 즐기는 일들이 바로 인생을 자유롭게 하는 최선의 선택이다. 가볍게, 단순하게 살리라. 내 영혼이, 아이들의 눈빛을 닮도록 살리라."
>
> 『무엇이든 할 수 있는 자유, 아무것도 하지 않을 자유』

선생이 뉴욕에서 창단해 경기도 안성시 죽산면을 중심으로 판을 벌이는 무용단 이름은 ‘웃는 돌Laughing Stone’이다. 명상과 어우러진 춤사위는 돌까지 미소 짓게 만든 모양이다.

＊

연극배우 양희경(1954-)과 성병숙(1955-)이 더블 캐스팅으로 대학로 더굿씨어터에서 공연했던 연극 〈안녕 말판 씨홍루현 연출(2019년 8월 29일-10월 27일)〉에서 욕쟁이 할머니 역을 맡은 그녀들이 한 다이얼로그가 보는 이들의 가슴을 친다. 선천성 희소병 ‘마르판 증후군Marfan Syndrome’으로 딸을 잃고 손녀까지 잃게 되는 ‘고애심 할머니’가 손녀에게 하는 얘기다.

"살면서 사지 육신 멀쩡하고 아무 일 없는 것만도 얼마나 감사한긴데…. 그걸 모르고 평범한 날이 하찮은 날인 줄 알고, 느그 엄마가, 쓰지 않은 그 수많은 일기장 속에는, 그래 소중하고 평범한 날이 많았기 때문인기라."

천방지축 손녀딸이 미처 알지 못하는 평범한 날의 소중함을 할머니는 절절하게 일러 주는 것이다.

맹물 | 신협(1938-)

물은 달지 않아 좋다
물은 맵거나 시지 않아 좋다
물가에 한 백 년 살면
나도 맹물이 될 수 있을까

맹물같이 되는 것, 무해무탈하게 사는 것, 평범해서 더 소중한 나날들을 지내는 것, 머리를 말갛게 비우는 것, '웃는 돌'처럼 사는 것, 이런 것들은 반드시 시간을 따로 쪼개고 꼭 품을 들여야만 이룰 수 있는 것은 아닌데,

어렵고 모자라고 고단한 속에서도 할 일 없는 것이 할 일인 것처럼 사는 것을, 아무것도 안 할 자유를 누리는 것을 아직껏 아장아장 나는 배워 가고 있네.

받아쓰다

멕시코 출신 미국 영화배우 앤서니 퀸⁽¹⁹¹⁵⁻²⁰⁰¹⁾은 세계적으로 많은 올드팬이 있다.

〈길〉, 〈노트르담의 꼽추〉, 〈나바론 요새〉, 〈바라바〉, 〈아라비아의 로렌스〉, 〈희랍인 조르바〉, 〈구름 속의 산책〉 등등 다양하고 묵직한 필모그래피에서 투박하고 강인하고 선 굵고 무뚝뚝하고 우직하고 호방한 연기를 펼쳤던 그.

밥 딜런은 그를 위해 「마이티 퀸^{mighty Quinn}」이란 노래를 만들어 선물했다. 주요 언론들은 그의 부고 기사에서 '빅 맨'이라고 추모했었지.

루마니아 작가 게오르규⁽¹⁹¹⁶⁻¹⁹⁹²⁾의 소설을 영화로 만든 〈25시〉에서 퀸은 주인공 루마니아 산골 농부 요한으로 출연한다^{마지막 장면, 퀸의 표정은 이 영화의 백미다.}

미모의 요한 부인에게 흑심을 품은 경찰서장은 요한을 유태인이 아닌데도 유태인이라고 거짓 보고 하여 강제 노동에 끌려가도록 한다. 그의 부인은 경찰서장을 찾아가 갑자기 없어진 남편을 찾아 달라고 애걸한다. 인자한 얼굴의 서장은 그녀가 설명하는 요한의 인상착의를 진지한 표정으로 받아 적는다. 카메라 앵글은 서서히 그의 손에 든 메모지로 옮겨지며 클로즈업되는데, 서장은 의미 없는 글씨들을 낙서하듯 그냥 끄적거리고 있을 뿐이다. 워낙 오래전에 본 영화지만 머리에 남아 있는 장면이다.

가까운 체육인에게서 들은 얘기다. 서울 아시안 게임을 앞두고 준비 상황 보고 모임이 청와대에서 열렸다. 여러 종목의 보고가 끝나고 대통령 훈시가 시작됐다. 백여 명 가까운 참석자들이 모두 대통령 '말씀'을 받아쓰기 시작했다. 그냥 듣기만 해도 될 것 같아 얌전한 학생처럼 앉아 있는데 앞에서, 옆에서 모두 받아 적느라 골몰하고, 머쓱해지더란다. '어이쿠, 안 되겠다.' 싶어 진지한 표정으로 쓰고 있는 옆 사람은 어떤 식으로 적고 있나 슬쩍 곁눈질했더니, 메모지에는, '아시안 게임, 아시안 게임, 아시안 게임 잘하자, 잘하자, 정말, 정말 잘하자자 자자자'.

팡 터지려는 웃음 참느라 식은땀까지 났다고 그는 깔깔댔다.

오래전 영어도 제대로 못하면서 잠깐 프랑스어 공부에 빠진 적이 있다. 이런저런 목적이 있었는데 아마 영어에 그렇게 집중력을 발휘했더라면 '한 영어' 했을 텐데 할 정도로 열중했다. 그 후 계속 이어 가지를 못해 그나마 도로 아미타불이 됐지만.

암튼, 파리 어학원의 '받아쓰기'를 담당했던 낭만적이고, 지적이고, 매력적인 '파리지앤느' 선생님은 그 클래스에 유독 많았던 이국 남자 학생들이 자신의 미모에 보내는 관심이 지겨웠는지 어쨌는지 독하게 받아쓰기를 몰아붙였다. 목젖부터 우러나오게 심한 듯 아닌 듯하게 굴려 대는 발음들이나, 다양한 시제, 성^性에 따라 바뀌는 명사-형용사, 규칙과 불규칙이 불규칙하게 섞인 동사의 변화 등 배우는 이들을 괴롭히려 작심하고 만든 것 같은 문법. 95라는 숫자를 말할 때 영어라면 '나인티 파이브'로 간단히 끝날 것을, '4 곱하기 20 더하기 15' 하는 식으로 복잡하게 배배 꼬아 말하는 희한한 셈법.

알아듣기를 못 하면 프랑스어는 한 발자국도 나가기 힘들다는 신념을 가진 그녀는 '받아쓰기 아줌마^{Madame Dictée}'라는 별명답게 학생들에게 기발한 시험을 치르게 했다. 시청각실에서 헤드폰을 쓰고 질베르 베코⁽¹⁹²⁷⁻²⁰⁰¹⁾라는 원로 샹송 가수가 부른 〈나탈리〉라는 노래의 가사를

Nathalie
Gilbert Bécaud

받아써야 하는 것이었다. 대단한 페널티가 있는 시험은 아니었지만 절반도 채 써내지 못했다는 벌로 가사를 다 맞힐 때까지 백여 번은 그 노래를 더 들으며 씨름을 해야 했다. 나중엔 아름다운 노래가 아니라 악마의 소리처럼 들렸다. 몇십 년 지난 지금도 웬만큼 그 노래 가사를 외우고 있을 정도로 그녀의 '받아쓰기' 교육 방법은 남다르게 혹독했다.

＊

수십 년 동안, 눈에 익은 장면이 하나 있다. 대통령이 주재하는 회의가 보도되는 화면을 보면 참석자 대부분이 '대통령님의 말씀'을 모범생들처럼 열심히 '받아쓰기'한다. 내 눈에는 주요 알맹이를 메모하는 것이 아니라 거의 전부를 받아쓰는 것으로 보일 때가 많다. 최고 지도자의 지시 사항을 꼼꼼하게 확인하고 그에 맞춰 틀림없이 일해 가려고 하는 그 자세, 마음가짐에 시비를 걸 생각도 이유도 없다.

그러나 참석자들이 한결같은 모습으로 '받아쓰기'를 해야 하느냐에 이르면 생각이 다른 사람들이 많을 것이다. 대통령의 발언이나 지시는 정리해 사전이나 사후에 나누면 되고 회의 때는 잘 듣고 의견을 내거나 자연스레 토론하는 모습이 더 좋지 않을까?

북쪽 동네는 한술 더 뜬다. 거기는 실내는 물론 야외에서도 예외가 없다. 야전의 군인들이건, 농업 지도자이건, 생산 일꾼이건, '받아쓰기' 달인들 같다. 마치 한 글자라도 놓치면 큰일 날 것 같은 분위기다.

이런 '받아쓰기' 모습은 다른 나라에서 거의 본 기억이 없다. 아마도 배달민족의 핏속에 '받아쓰기' 같은 어떤 기질적 완벽주의의 DNA가 도도히 흐르기 때문이 아닐까 하는 생각마저 든다.

∗

라틴어에 뿌리를 둔 영어. 단어들의 절반가량이 라틴어에서 비롯되었다는 영어는 더듬어 올라가면 깊은 맛이 있다.

'받아쓰기'는 영어로 'dictation'이다. 이 단어는 "받아쓰게 하다"라는 동사 'dictate'에서 시작됐다. 그런데 이 'dictate'에서 'dictator' 즉, '독재자'라는 뜻이 가지치기한다. 'Dictator'를 풀이하면 말로 무언가를 지시하는 사람, 다른 의견이나 토론을 거부하고 시키는 대로 행동하게 하는 사람, 아랫사람에게 받아쓰기를 시키는 사람이다.

로마 공화정 관직 가운데 '딕타토르dictator'가 있다. 라틴어. '독재관獨裁官'으로 번역된다. 국가 비상시에만 선출되는 임시직이지만 원로원의 의결 없이 법도 만들고 군대도 지휘할 수 있는, 제국의 모든 일을 처리할 수 있는 권력이 주어진다. 서슬 퍼런 집정관보다 물론 더 높다. 기원전 44년, 율리우스 카이사르도 이 자리에 올랐다.

∗

인공 지능AI 시대는 점점 빠르게 거대한 쓰나미처럼 밀려오고 있다. 거기다가 코로나가 '비대면 시대'를 확 앞당겨 놓았다. 나라-단체-회사 간의 회의도, 학교 수업도, 세미나도, 거래도, 마케팅도, 모든 크고 작은 미팅들이 화상으로 큰 불편 없이 진행된다. '랜선'의 콘서트와 방송, '증강 현실'이 동원된 공연과 전시까지도 익숙해졌다.

실리콘 밸리에서 둥지를 튼 후 하루 3억 명이 이용한다는 화상 회의 플랫폼 줌ZOOM, 구글의 행아웃Hangouts, 마이크로소프트의 팀스Teams, 그리고 스카이프Skype, 블랙보드Blackboard 등등의 프로그램들이 빠르게 보급되고 있다. 이런 솔루션들을 통해 '비대면 양방향 커뮤니케이션'이 점점 자리 잡아 간다.

이제 경직과 불통의 메시지를 줄 수도 있는, 어색하지만 익숙했던 '받아쓰기' 같은 것들과 안녕을 고해도 섭섭할 게 없을 것 같다. 고루했던 것들과 '굿바이'해야 할 때가 왔다.

"아아! 새 하늘과 새 땅新天地이 눈앞에 펼쳐 지도다展開"•의 시대 아닌가?

• 기미독립선언서 중

헤매다

한창 글공부에 뜻을 두어야 할 지학志學의 내 어릴 적, 공부를 멀리하고 노는 것이 야성(?) 같고 무슨 폼 나는 일이라고, 남들은 서른이 돼서야 한다는 '그 뜻을 일찌감치 삐딱하게 세워立志' 잠시 거기에 빠졌다. 아마도 뚜렷한 실체 없는 뭔가를 찾아다니는 희미한 허송의 세월이었으리라. 약관 스무 살이 되자 이미 잃어버린 짧은 시간들이 금쪽같았다는 것을 퍼뜩 알아차렸다. 조숙하게 내가 쫓아다녔던 것이 공空이라는 것을 알게 되면서 나는 허망하고 급해졌다.

표현하기 복잡미묘했던 그때의 내 심경을 50여 년 후, 작가 천명관이 단편 소설 「二十歲」에서 마치 빙의나 방언tongues처럼 비슷하게 맞추어 놓았다.

"언제나 무리를 그리워하며 떠돌았지만 한 번도 온전히 무리에 속하지 못했던 내 유랑과 방외方外의 운명이 그때부터 시작되었다면 지나친 과장일까?

그래서 부족의 구성원에게 의당 필요한 기율과 위계, 명예심과 연대 의식을 배울 기회를 얻지 못한 채 언제나 어정쩡한 포즈로 사파私派와 이교異敎의 문 앞을 기웃대며 보낸 시간들이 결국 내 인생에 이력이 되었다면 그 또한 지나친 자의식일까?"

내 소년기의 잃어버린 시절은, 경우는 달랐지만 자칫하면 그의 고백처럼 될 수도 있었겠구나, 지금 생각해도 움찔한 일이었다. 어느 순간 한 걸음 뒤에서 본 그때 내 모습은 그만큼 '아주아주' 불안했던 것이다. 나는 그 빈 구멍을 메우기 위해 닥치는 대로 책을 읽어 대기 시작했다. 난독亂讀이면 어떠랴. 너무 허기졌었는데.

*

한국 전쟁 중에 세워진 신구문화사라는 출판사가 있다. 문학 관련 책을 많이 출판했었다. 60년대 초 10권짜리 『세계 전후 문학 전집』을 펴냈다. 여섯째 권 『남북

◀ 서도호 作 〈카르마Karma(2021)〉 합성수지와 철구조물
(Resin and metal armature) 가변치수(Variable dimensions)

구 전후 문제 작품집』에 실린 단편 「제8요일」^{같은 이름의 벨기에 영화와는 다르다}
은 신비하게 내게 다가왔다. 폴란드 작가 마렉 플라스코의 이 소설은
당시 먼 나라로만 느껴졌던 공산 국가 폴란드의 문학이라는 데서 무슨
금서라도 읽는 양 설레게 했다.

젊은 여대생 아그네시카는 연인과 사랑을 나눌 공간을 갖기 위해 애
타게 헤맨다. 하루만이라도 세상 밖으로 나가 낚시를 드리우고 싶은
무기력한 아버지, 영원히 돌아오지 않을 여인을 기다리며 술잔을 기울
이는 오빠. 7일밖에 없는 1주일에서는 도저히 얻을 수 없는 그들의 소
망은 여덟 번째 요일이라도 있으면 이룰 수 있을까?

꿈일 수밖에 없는 가난한 소망, 희망 같은 절망뿐인, 목요일부터 일
요일 밤까지의 짧은 시간 동안을 불과 백몇십 페이지로 풀어낸 마렉 플
라스코. 그를 향한 내 감수성은 한동안 강한 흡입력의 스펀지 같았다.
소소蕭蕭한 바람이 가끔씩 일던 가슴을 무엇으로라도 메워 주고 싶었던
푸르디푸른 젊은 날의 나에게, 바르샤바의 젊은 연인들은 보듬어 주고
싶은 동무들처럼 가까이 다가왔었다.

∗

제대를 한 그해 겨울. 안국동에 있던 한국일보 사옥 12층, 강당 겸
소극장에서 개관 기념 연극 공연이 열렸다. 조명도 형편없는 3백여 석
의 초라한 시설, 당시 무슨 부조리극이라고 광고했는데, 뭐 더 유명한
걸 하지 흘깃 광고를 보고 넘겼었다. 그런데 12월 말에 시작되는 이 공

연은 갑자기 대박이 났다. 1969년 말 노벨 문학상이 발표되었는데 수상 작이 절묘하게도 바로 이 연극, 아일랜드 극작가 사뮈엘 베케트의 〈고도를 기다리며〉였다.

닷새 공연 표는 순식간에 매진이 됐다. 난해한 연극으로만 알고 있어 어느 정도인지 한번 보아야겠다 하면서도 표 사는 것을 미루던 나는 결국 이 연극의 한국 초연을 놓쳤다.

에스트라공과 블라디미르 두 사람은 50년 동안 기다린 '고도'를 또 기다린다. 고도가 누구인지도 모른다. 단지 희망을 주리라는 것만 기대하며 두 사람은 둔덕과 나무 한 그루뿐인 무대에서 기승전결도 논리적 인과 관계도 없는 의미 없는 얘기를 두 시간을 훌쩍 넘겨 나누며 고도를 기다릴 뿐이다.

"할 수 있는 것이라고는 아무것도 없어."

"인간은 모두 태어났을 때부터 정신이 돌았지,

어떤 인간들은 그대로 돌아서 살지."

"가자."

"안 돼."

"왜."

"고도를 기다려야지."

연극을 본 사람 대부분이 그랬을까만 이 답답한 연극은 내게 한편으로는 공허한 위로를 주었지만 사람들 앞에 놓인 암울과 헤맴의 늪이 실제로는 더 깊을 수 있다는 두려움을 동시에 주었다.

*

지금은 미국에 살고 있는, 친구 같은 외사촌 형과 서울 시청 뒤편에 있던 코리아 헤럴드 영어 학원에 잠시 같이 다녔다. 수준 높은 영어에 명료한 문장으로 유명한 서머싯 몸의 서밍업summing-up 독해반이었는데 기초가 약한 내 수준에는 많이 버거웠고 나는 겨우겨우 쫓아가다 "형이나 더 하시오." 하고 접었다. 이때 들었던 것인지 아님 그즈음 번역본에서 보았는지는 50년도 더 된 일이어서 가물거리지만 "인간이 확신할 수 있는 것은 거의 없다."라는 문장은 아직도 머리에 남아 있다.

또 대략 이런 얘기로 기억된다.

젊은 왕이 있었다. 완벽한 통치를 꿈꾸던 그는 지혜를 쌓는 데 도움이 될 책을 구해 오라고 명령했다. 신하들은 수백 권의 책을 구해 왔다. 그러나 책 읽을 시간이 없었던 왕을 위해 신하들은 10권 분량의 책으로 요약했고, 그마저도 못 읽어 책 1권 분량으로 다시 줄였다. 왕은, 그러나 너무 늙어 죽게 되자 결국 수백 권의 책은 한 줄로 요약되었다.

"인간은 태어나고, 고통을 받고, 그러다 죽는다."

지난여름, 남도를 도는 길에 순천만 습지를 찾았다. 순천만 국가 정원에서 스카이 큐브를 타고 10분여 지나자 문학관 역에 다다랐다.

습지 가는 길은 한창 휴가철인데도 고즈넉했다. 갈대들은 강한 넘보라살에 흘깃 은백색으로도 보였다. 길섶의 풀들은 반짝반짝 윤이 났다. 졸음이 올 만큼 나른한 길가, '순천 문학관'에 '김승옥 문학관'이

있었다. 문학관은 길에 맞춰 지은 듯 원래부터 그 자리에 있었던 듯했다. 수수했다.

작가가 정확하게 밝히지는 않았지만 순천만은 그의 대표작 「무진기행」의 무대다.

무진霧津은 안개 나루다. 허구의 마을을 무대로 김승옥은 현실과 허무와 일탈 사이의 귀향 체험을 그렸다. 소외당한 현대인의 번뇌, 비애가 담긴…

> 무진은 안개에 휩싸인 채 도사리고 있는 음험한 상상의 공간이며, 일상에 빠져듦으로써 상처를 잊으려는 사람들에게 '상처를 강요하는 이 삶이 도대체 무엇인가'를 끊임없이 묻고 있는 괴로운 도시이다.중략 사람들은 무진에서는 어떤 의미도 땅에 세울 수가 없었다.
>
> _김훈

문학관 안에 걸린 이 글을 읽으면서 나는 의미 없지 않았던, 잠시 스산했던 내 젊은 날들의 '서밍업'이 겹쳐지는 것을 내버려 두었다.

태생적으로 불완전한 존재인 사람들은 손이 안 닿는 것에 대한 원초적 그리움을 안고 있다. 그 그리움은 잠재의식이, 때론 강박관념이 되어 글 짓는 이들을 끊임없이 일깨운다. 절박함에서 벗어나기 위한 몸부림처럼, 구도와 구원을 찾아 나서는 순례자처럼, 작가들은 사람들을 대신하거나 대리해, 또 스스로를 위해 고행길에 나선다. 어딘지 가늠하지도 못할 이상향을 그리며, 오지 않을 것을 오리라 기다리면서 평생 무엇인가를 찾으며 헤매다 지친다.

「25시」와 「제8요일」과 「고도를 기다리며」, 「에덴의 동쪽」을, 「삼포 가는 길」을, 「광장」을 찾아다니고, 안개 마을에서 멈춘다.

속 시원한 답이 있을리 없다.

노르웨이 작가 헨리크 입센(1828-1906)은 세계를 헤매는 남자 페르 귄트를 오매불망 기다리는 여인의 민속 설화를 노래로 만들어 달라고 작곡가 그리그(1843-1907)에게 청한다. 그리그는 기다리는 그 여인 솔베이의 마음을 누구나의 가슴에도 저릿하게 와 닿는 코즈모폴리턴의 노래로 지었다.

나이를 먹으면 이제는 더 이상 헤매 보아야 아무것도 없다는 것을 깨우치거나, 헤매는 것에 지치거나 둘 중에 하나를 비로소 알아차리게 된다.
오스트리아의 시인 게오르크 트라클(1887-1914)은 일찌감치 "인간은 존재하지 않는 고향을 찾아 영원히 헤맨다."라며 짧게 헤매다 선각자답게 27살에 헤맴을 끝냈다.

Solveig's song
Anna Netrebko

East of Eden OST

혼밥 또는 독상

클린트 이스트우드, 숀 코넬리, 로버트 레드포드, 내가 좋아하는 배우들이다.

이들의 공통점은 모두 나이의 주름과 얼굴의 주름이 겹쳐 있다는 것이다. 주름이 패고 접힌 그들의 얼굴을 나는 좋아한다. 늙으면 주름이야 다 생기지만 주름 채로 영화를 찍는 그들은 남다르다. 이런저런 손을 봐 팽팽한 나이테를 만들어 놓은 배우들은 싫다. 깊은 연기는 주름 속에서 스멀거리며 나온다.

자글자글 주름이 너무 우아하고 품위 있던 말년의 오드리 헵번을 그래서 나는 더 좋아한다. 젊은 날의 헵번이야 말해 무얼하랴. 예쁨이 시간 속으로 잔잔하게 가라앉으며 만들어지는 주름은 더 아름다운 것이다.

아직 가로등이 채 꺼지지 않은 이른 새벽, 뉴욕 맨해튼 5번가에 노란 택시가 선다. 지방시 민소매 검정 원피스, 검정 선글라스, 진주 목걸이, 곱게 틀어 올린 머리, 한껏 멋을 부린 오드리 헵번이 아르 데코 양식의 티파니 매장 앞에 도착한다. 들고 온 봉지에서 커피와 크루아상한 조각을 꺼내든다. 왼손에는 커피, 오른손에 빵을, 마시고 베어 물며 느리게 쇼윈도 안의 화려한 티파니들을 완상한다.

1961년 개봉한 로맨틱 코미디 영화 〈티파니에서 아침을〉의 첫 장면이다.

이렇게 깔끔한 아침 식사, 혼자 하는 식사는 요즘 말로 치면 혼밥이다. 타이틀과 함께 펼쳐지는 혼밥의 클래식, 그 미장센은 단순한데 강렬했다.

"판사는 겉으로는 온화한 태도와 말투를 갖고 있지만 실상은 당사자를 감옥에 보내거나 거금의 손해 배상을 명하면서 재판받는 사람들을 지옥에 빠트립니다. 판사 입장에서도 개인적으로 원한도 없는 재판 당사자에게 아픈 판결을 내리는 것은 결코 달가운 일이 아닙니다. 재판 과정에서 당사자의 상처에 비할 바는 아니지만 판사도 상처를 입습니다. 그래서 재판을 하고 나면 뚜렷한 이유 없이 울적해질 때가 있습니다.

Moon River
Audrey Hepburn

그럴 때 저는 먹습니다. 되도록 혼자서 먹습니다. 많은 사람을 감옥에 보내거나 이혼을 시킨 날 저녁에는 남들 앞에서 편하게 웃으며 앉아 있을 힘도 없고 그럴 기분도 아니기 때문입니다."

젊은 전직 판사 정재민의 저서 『혼밥판사창비(2020)』 머리글에 나오는 한 대목이다.

시퍼런 작두날에 늘 서 있는 수도승 같아야 한다고 생각하는 판관의 속내를 이렇게 진솔하게 드러낸 글은 흔치 않다. 난 그들은 모두 쨍하게 추운 소한小寒 날, 속을 말갛게 내보이고 꽝꽝 언 깊은 산속 옹달샘의 얼음 같은 유별난 사람들로 여겨 왔으니까.

사실 내가 이 글에서 방점을 찍은 곳은, "되도록 혼자서 밥을 먹습니다."이다. 이 대목은 복합된 감성 흐름 끝에 찾아낸 가장 본원적 욕망…, 식욕을 충족시키는 방법이기 때문이다.

혼자서 밥을 먹는 것을 '혼밥한다'고 한다. 혼밥과, 영어에서 사람들을 지칭하는 접미사 '-er'를 합해 만든 파생어 '혼밥러'라는 말도 생겼다. 세태가 별말을 다 만든다.

혼자 밥 먹는 이유는 몇 가지 된다. 약속이 없고, 아무하고나 밥 먹기가 내키지 않아서, 혼자 먹는 것이 너무 자유스러워서 대개 이 중 하나다. 혼자 식당 가는 것이 쑥스러워 누군가와 같이 가고 싶은데 둘러보아도 마땅한 이 없는 쓸쓸한 경우도 있다.

직장을 가졌을 때야 혼자 밥을 먹을 일이 거의 없지만 혼밥의 고민은 은퇴 후에 맞닥뜨린다. 점심 식사가 문제다. 아침을 먹고 나면 약속이 있건 또는 없더라도 반사적으로 집을 나온다. "이이는 매일 아무 약속도 없나 보다."라는 지레짐작을 아내가 하는 게 싫어서인 경우도 있겠지.

퇴직 바로 후에야 바빠서 못 보았던 친구, 가까이 지내던 이들과 차 례를 정하고 약속을 한다. 이 과정은 사람에 따라 길게도 또는 짧게도 이어진다. 몇 달 치를 크게 걱정하지 않고 약속을 잡는 친구도 많다. 짧으면 짧은 대로이지만….

다음 차례부터가 문제다. 이런저런 궁리를 한다. 길거리에서 마주치 고 헤어질 때, 아님 전화 끝에 "언제 한번, 시간 있으면 같이 한번, 저 기 하시지요."라는 절묘한 빈말을 했던 사람들이 생각난다. 그 가운데 몇 사람을 추린다. 흰소리만 해 오던 게 꺼름칙했던 사람이 꼭 있게 마 련이다. 암튼 이제, 시간이 나서, 같이, 저기 할 사람까지 골라 한 바 퀴 돌면 대개 끝이다. 물론 처음부터 다시 시작하거나 친한 사람들이 야 편하게 계속 연락들을 하지만 그때부터 혼밥의 문제, 고민이 시작 된다.

혼밥은 끔찍한 일이라고까지야 생각 안 하지만 "아니, 혼자 어떻게 밥을 먹어."라고 어색해하는 사람도 많다. 퇴직 후에 같이 밥을 먹을 사람이 오래 이어진다는 것이 자존심처럼 되고 같이 먹을 사람이 빨리 바닥나는 것은 상대적으로 인간관계의 폭이 좁다는, 마치 치부를 드러 내는 것이라고 생각하기도 한다. 이런 사람일수록 혼자 밥 먹다 아는 이들과 마주치면 당황한다.

점심 한번 먹자고 하면 약속이 차 있어 적어도 열흘 전쯤에는 해야 빈 날을 찾을 수 있다고 허세 부리는 사람을 본 적도 있다^{실제 약속이 많은 사}_{람인데 내 오버 센스 때문에 그를 밟는 일인 건지 혹 모르기는 하다}.

나는 진작부터 이런 스트레스성 굴레를 벗어던졌다. 처음에야 물론 미묘한 갈등들을 겪었다. 그러다가 내 맘에 아무 부담을 안 주게 내 맘 속의 또 다른 내가 과감히 결정한 것이다. 그러고 나니 혼밥은 일종의 개성 있는 일상이 되었다.

혼밥은 생각을 뒤집으면 뉘앙스가 전혀 달라지는 표현, 독상이 된다.

독상!
얼마나 멋진 말인가?
나 혼자 상을 받는 것 말이다.

임금에게 올리는, 대개 12첩 반상으로 차려지는 수라상은 독상이 다. 어사출두 직전 사또 생일잔치에 불청객으로 들어가 관리들의 모멸 속에, 한 그릇 먹여 보내라는 시혜 아래, 끄트머리 자리에 차려진 술 한 잔과 닭 다리 한 조각 놓여 있는 이몽룡 앞의 개다리소반도 독상이다.

떡 벌어진 산해진미 가득한 독상은 생각만 해도 목젖이 불뚝대지만 푸성귀 몇 가지에 보리밥 한 사발의 초라한 상도 좋다. 질리지 않는 슴 슴한 맛은 요즘은 일부러 찾는 건강 밥상 아닌가. 암튼 독상은 좋다.

경쟁자 없는 판이 누구엔가 앞에 펼쳐질 때 독상을 받는다고 한다. 이런 독상은 대단한 실력이 있거나, 지독한 행운이 따를 때 얻어지는 것이다. 그렇게 긍정적 절대 가치가 들어 있는 그 독상이 혼밥으로 다시 표현이 바뀌면 금세 초라해진다. 옹색하거나 처량해지기도 한다.

밥 먹으면서 하는 중요한 일은 같이 먹는 사람들과 대화하는 것이다. 혼자 밥을 먹으면 이 기회가 없어지는데 그 문제는 스스로와 대화하는 방법을 익히면 해결된다. 혼밥은 고독의 의미와도 이어지지만 여유와 음미와 사유도 담아진다. 단순하게, 느긋하게, 맛에 깊이 빠질 수도 있다. 기계적 저작咀嚼을 차근차근 생각을 곱씹는 것과 나란히 놓을 수도 있다. 혼밥은 메뉴를 정하는 번거로운 일이 단순해진다. 내 입에 당기는 음식을 찾으면 그만이니 얼마나 이기적 효율을 즐기는 건가?

우리나라의 1인 가구 수가 전체의 30퍼센트, 6백만 가구가 된다고 보건 복지부와 통계청은 2020년 기준 자료를 발표했다. 서울 시민 10명 중 7명이 일주일에 한 번 이상 혼밥을 한다는 조사 결과가 서울시의 먹거리 통계 조사에서 나왔다. 72.3퍼센트가 "같이 먹을 사람이 없어서"라고 응답했다. 시간이 없어서가 두 번째, 금전적 이유, 독특한 나만의 식습관 때문이 그 뒤를 이었다.

코로나가 번진 후에 혼밥 인구가 더 늘어나는 것 같다고 나는 관찰하고 있다. 백화점 주방용품 코너에 가면 1인용 조리 기구가 점점 많아진다. 프라이팬, 튀김기, 밥솥, 고기를 구워 먹는 1인용 불판, 모두 디자인도 상큼하다.

이름 있는 식당에 한창 점심 때 혼자 들어가면 자리 잡기도 어렵지만 한 귀퉁이를 차지하고 앉아도 사방에서 눈총 주는 것 같아 내 경우는 편치가 않다. 그런데 한창 때 가도 떳떳하게 자리를 찾을 수 있는 맛집이 많다. 내가 즐겨 가는 곳만 해도 칼국숫집, 곰탕집, 돈가스집, 메밀국숫집, 초밥집…. 이 가운데 몇 곳은 아예 1인용 자리가 꾸며져 있다. 누구에게도 방해받지 않는 독립 구역을 꾸며 놓았다. 눈치 볼 이유가 1도 없다. 1인용 자리가 없는 집도 때만 조금 피하면 점잖게 4인용 식탁을 혼자 차지한다.

*

낭만 가객 최백호가 진행하는 〈혼밥 인생〉이라는 TV 프로가 있었다. 혼자서 밥 먹는 사람들을 만나고 그들의 소소한 삶의 얘기를 듣는 프로였다. 혼밥의 문화가 점점 깊이 자리 잡아 가고 있다. 혼밥족이 늘어난다는 것은 왠지 내겐 든든하다.

난 오늘도 별 약속이 없어 혼밥을 즐기러 나간다.
나는 독상 받는 자유인이다.

시간 길어 올리기

그 설핏한 기억들을 위하여

1판 3쇄 인쇄 2021년 12월 10일
1판 3쇄 발행 2021년 12월 20일

지은이 이경재
펴낸이 김성구

주간 이동은
책임편집 고홍준
콘텐츠본부 고혁 송은하 김유진 김초록 김지용
디자인 김지희
마케팅본부 송영우 어찬 윤다영
관리 박현주

펴낸곳 (주)샘터사
등록 2001년 10월 15일 제1-2923호
주소 서울시 종로구 창경궁로35길 26 2층 (03076)
전화 02-763-8965(콘텐츠본부) 02-763-8966(마케팅본부)
팩스 02-3672-1873 | 이메일 book@isamtoh.com | 홈페이지 www.isamtoh.com

이 책은 저작권법에 따라 보호를 받는 저작물이므로 무단전재와 복제를 금지하며,
이 책의 내용 전부 또는 일부를 이용하려면 반드시 저작권자와 ㈜샘터사의 서면 동의를 받아야 합니다.

● 값은 뒤표지에 있습니다.
● 잘못 만들어진 책은 구입처에서 교환해 드립니다.
● 이 책에 사용된 저작물에 대해서는 저작권자가 확인되는 대로 게재 허락을 받도록 하겠습니다.